El Abecedario

El Abecedario
© 2013, Federico Reyes Heroles
© De esta edición:
  Santillana Ediciones Generales, S. A. de C. V., 2013
  Av. Río Mixcoac 274, Col. Acacias
  México, 03240, D.F. Teléfono 5420 7530
  www.alfaguara.com/mx

ISBN: 978-607-11-2898-0

Primera edición: septiembre de 2013

© Diseño de cubierta: Alejandro Magallanes

Federico
Reyes Heroles
El Abecedario

Para Beatriz, con la luna llena en el firmamento

Si lloras por haber perdido el sol,
las lágrimas no te permitirán ver
las estrellas.
RABINDRANATH TAGORE

El más poderoso hechizo
para ser amado es amar.
ANÓNIMO

Índice

I. Naufragio

1

Nunca nadie le dijo que sería tan larga. Por segunda ocasión anudó el zapato derecho. ¿Qué hizo mal en el primer intento? No lo recordaba. Sus dedos actuaron en sustitución de su mente. Él nunca estuvo en el nudo. Estaba en otra parte. En un acto tan rutinario había cometido un error. ¿Cuántas veces en su vida se había anudado los zapatos? Era acaso una señal de algo que se negaba a ver o, una vez más, Samuel Urquiaga hacía conjeturas inútiles, esas bellas conjeturas de las que vivía. Sería quizá un aviso de la decadencia inevitable que llega con la edad. O, al contrario, la corrección del nudo mostraba su férrea voluntad de hacer las cosas como se debe. Esa era la actitud con la cual enfrentaba la vida a sus cincuenta y cinco años. Experiencia y plenitud era su argumento cada vez que algún amigo se refería a la juventud perdida. No toleró el nudo un poco flojo. Lo hizo de nuevo hasta lograr la presión necesaria.

Domingo por la mañana, caminaría por las calles de Nueva York en un diciembre luminoso. Visitaría la Neue Galerie para deslumbrarse con Klimt. Sabía lo que buscaba, eso creía. Ya se veía a sí mismo. Estaría ahí, parado frente al retrato de aquella mujer maravillosa, que lo había seducido treinta años antes en Viena. Su nombre, Adèle Bloch-Bauer, retumbaba en su cabeza, como si la fonética fuera parte de su encanto. Adèle lo seguía seduciendo, eso era evidente. La recordaba una y mil veces por cualquier motivo, bastaba con ver una mujer con abrigo para que su mirada cayera sobre él. La imaginaba caminando, comiendo, la veía sonreír y recuperar la seriedad. Hoy se daría el tiempo necesario para caer en su seducción. ¿Cuál era la prisa? Buscaba revivir aquella emoción juvenil que lo invadió y le dio energía. Pero ahora estaría solo. La palabra revivir le molestó, retumbó en la cabeza. Tomó su abrigo, miró la habitación en el Gramercy Park Hotel ahora rehabilitado, lanzado a la modernidad minimalista que enterró de un golpe su aspecto tradicional y suavemente avejentado que él conoció veinte años atrás. Samuel Urquiaga salió a construir su día.

2

El dolor estaba cerca del omóplato derecho. No era muy severo pero lo suficiente para arruinarle la noche. De seguro se habría lastimado al jalar la maleta de la banda circular en el aeropuerto. Le ocurría con cierta frecuencia y eso le disgustaba. No había aprendido a dar el tirón sin lastimarse. El colmo fue cuando, ante el leve gemido, una joven mujer le ayudó a poner el equipaje de pie, sobre sus ruedas. Fue bochornoso. Su masajista, doña Marta, estaba de vacaciones pero lo atendería la señorita Susana. Entró al cubículo, se desnudó como siempre y se cubrió con la sábana. Cerró lo ojos para iniciar el relajamiento. Escuchó el toquido en la puerta. Adelante dijo. Buenas tardes se escuchó en la habitación. Era una voz ligera, que se cuestionó a sí misma, o serán noches dijo, recalcando esa penumbra invernal que conserva algo de luminosidad. La miró sorprendido, era alta y morena, muy morena pero de ojos claros, verde, amarillo, difícil establecerlo con precisión. El contraste entre la piel y los ojos provocaba una belleza muy extraña. A pesar del frío llevaba sandalias y una playera blanca ajustada, su busto era inevitable. Samuel Urquiaga sintió algo de vergüenza. Él a sus cincuenta y cinco años y un leve sobrepeso estaba distante de ser un Adonis. Pero tampoco es para tanto se dijo a sí mismo, el trote cotidiano ha conservado el equipo en buenas condiciones. Tener un juicio claro sobre el propio cuerpo es difícil. Hay gordos repulsivos que se ponen tangas y bikinis sin el menor sentido autocrítico. Caminan orondos por las playas y se inventan una estética inexistente para los otros. Los anoréxicos, por el contrario, ven gordura en donde sólo hay huesos. Además Samuel siempre se comparaba con Marisol, tenista habitual, tres veces por semana. La disciplina del tenis le había dado a

Marisol un bronceado permanente y una agilidad notable. A donde fuera sus movimientos parecían una danza. De niña Marisol también había tomado clases de ballet y de piano. El francés nunca lo perdió. De lo primero, el ballet, había quedado poco. De hecho casi nunca hablaba de ello. El piano, sin embargo, lo conservaba como una tentación. Fue por ello que Samuel buscó durante años —sin decirle nada por supuesto— un piano usado. Lo encontró en un garage de una casa en remate.

Llamó a un especialista que lo inspeccionara porque Samuel no sabía nada de pianos. El maestro Álvarez, que tocaba en un restaurante español del sur de la ciudad que ya desapareció, alzó la tapa, observó la maquinaria, vio la marca, dejó que sus dedos caminaran por el teclado unos cuantos minutos. Se levantó sin decir palabra. El dueño del instrumento observaba atento sus reacciones, pero Álvarez no movió un músculo de la cara. Salieron y sin más le dijo, cuánto le piden, cien mil, respondió Urquiaga, cómprelo, es una ganga. Llevarlo al departamento fue toda una aventura. El piano habría de volar por las alturas hasta llegar a la ventana de la sala. El tránsito en la calle se detuvo. Hubo claxonazos e insultos al profesor Urquiaga que sudaba la gota gorda sin cargar medio gramo, simplemente de observar la riesgosa maniobra. Eran sus nervios los que lo traicionaban. ¿Y si se cae?, se preguntaba, no le compré seguro. Perdería todo. Por lo menos dos meses de salario de la Universidad. Pero la aparatosa operación fue exitosa y Urquiaga dio generosas propinas a los mudanceros semiprofesionales que había contratado en el mercado. Marisol llegó por la noche, venía del lavatorio. El portero le avisó al profesor de la llegada, esa era la instrucción. Urquiaga la esperaba con dos copas en la sala con una botella de espumoso bien fría, sentado en el sofá. Marisol abrió la puerta y se quedó pasmada, en su sala había un nuevo invitado que sería permanente. Se abrazaron y ella lloró de la emoción. Podía regresar al piano que tan buenos recuerdos le traía de su infancia y adolescencia. El narrador sabe que eran ratos de soledad infantil que le permitían aislarse de los gritos entre sus padres. De ahí la importancia del piano. Esa parte nunca se la confesó totalmente a Samuel Urquiaga. ¿Era la música lo que la movía? Sí, es la respuesta. En eso coincidía con Urquiaga, que de pronto le daba por dirigir a Sibelius con una batuta de la Sinfónica de Chicago que habían comprado juntos en esa ciudad, en la propia tienda de la Orquesta. Pero para Marisol el piano representaba la mayor luz de su infancia. Al ballet y al tenis sistemático que le daban una gracia y ligereza notables, Marisol sumó los Cinco Ejercicios Tibetanos. Obtuvo mucha mayor firmeza muscular y al estimular las hormonas, le vino un nuevo impulso erótico. Esa fue la mejor parte de los Ejercicios Tibetanos. Urquiaga no pasó del número 1 el primer día. La flexibilidad no era lo suyo. Esa era otra razón por la cual admiraba a Marisol. Para Urquiaga, Marisol entró así en una nueva etapa que revivió la relación amorosa con Samuel. No hay exageración, el narrador lo sabe, hay un antes de los Tibetanos y un después. Compararse físicamente con ella a diario durante dos décadas había golpeado el ego de nuestro personaje. No sé qué tanto, pero algo sin duda. Para el narrador es difícil establecer la frontera entre la admiración por el cuerpo de Marisol y la crítica justificada al propio. El tema, Urquiaga lo manejaba con humor, con ese humor consciente que disfraza la verdadera discusión. De lo que no hay duda es que ese día frente a la joven masajista Susana y su desnudez evidente, ese ego golpeado invadió a Samuel Urquiaga.

Una ventaja de ser el narrador es que podemos mirar la historia con otros ojos. Samuel Urquiaga ese día mostró un cuerpo muy honroso. No era esbelto y tenía un poco de abdomen, pero sus tetillas pequeñas y siempre recogidas y su bello entrecano en el pecho le daban cierta elegancia. Sobre Susana sabemos que debajo del uniforme blanco de trabajo se escondía un cuerpo fuerte, sólido, firme, todo en su lugar con un poco de volumen muscular como resultado de su trabajo. Monumental, vamos. Samuel Urquiaga no tiene cómo saberlo, tan sólo lo intuye. Una mujer joven frotaría su cuerpo. La idea le agradó. No extrañó a doña Marta.

3

¿Qué será mejor: la felicidad como postre o como plato de entrada o quizá una dosis de felicidad permanente? El postre supone una espera. Lo mejor llega al final. El problema es que no sabemos cuándo será ese final. Esa es sólo una parte del problema, el cuándo. Pero también está el cómo, en qué condiciones llegaremos al postre. El profesor Urquiaga presentaba el dilema de Robert Nozick en sus cursos. Era de sus predilectos. El número estaba muy bien montado. Qué prefieren, preguntaba y de antemano conocía la respuesta, la mayoría se inclinaba por la versión de la felicidad plena como postre. Pero entonces el profesor Urquiaga, enfundado en su respetable y avejentado saco de pana negra, salía con el ardid: "la conciencia es una enfermedad", no lo digo yo, afirmaba en descargo. Venía entonces el golpe de autoridad, lo dijo Miguel de Unamuno. Uno va por la vida con su conciencia, decía —con tono un poco apesadumbrado— mientras miraba fijamente el patio interior de su facultad. Es una enfermedad en tanto que circulamos por la vida sabiendo de lo que quizá no quisiéramos saber, no quisiéramos saber porque nos hace infelices, nos provoca sufrimiento. Pero entonces, ¿cuál es la salida, acaso ser inconscientes para ser felices? Pero, y ahí aparecía Samuel Urquiaga en el momento de mayor gozo de su oficio, cuando hablaba por él y no el pedante de Unamuno, pero la conciencia también puede ser un privilegio. La vida es como un viaje. El equipaje puede ser adecuado y ligero o una carga excesiva, un problema. Los recuerdos, buenos o malos, de felicidad o de tristeza, son nuestro bagaje. Quien viaja apesadumbrado por su conciencia habrá perdido la batalla consigo mismo. Pero los recuerdos gratos alimentan la vida. Para eso también queremos conciencia. De algunos recuerdos querremos deshacernos lo antes posible, arrojarlos lejos en el largo camino, que se pudran y desintegren. Pero lograrlo será imposible los llevamos dentro, en algún sentido nos poseen, podemos llegar a ser sus esclavos. De otros, en cambio, no queremos desprendernos, queremos asirlos con fuerza para revivirlos, para volver a vivir en ellos, para hacerlos parte de nuestro presente. Pero también será imposible, son recuerdos. Pensó en su espalda y en el hecho de que la metáfora del equipaje le había venido a la mente con demasiada facilidad. Puede haber acaso un exceso de conciencia. Cuidado, advertía nuestro profesor, por ese camino de nuevo la felicidad es producto de la inconsciencia. ¿Se puede ser consciente y feliz? Es pregunta decía, dejándola flotar largos segundos en el salón. Así remató su corrida antes de salir a caminar por los pasillos rodeado de los intrigados alumnos. Gozaba esas caminatas. El problema es que Samuel Urquiaga vivía el dilema de Nozik todos los días. Viudo desde los cuarenta y cinco años, el profesor Urquiaga iba por la vida acompañado de sus recuerdos y ella, Marisol Dupré, ocupaba casi todos los rincones de su vida. Muchos amigos y algunos alumnos lo intuyen y tratan a Samuel con una consideración particular. Intuyen que el dolor sigue presente a pesar de que Urquiaga se ríe y hace guasas. Intuyen que busca a Marisol, intuyen que su vida sigue quebrada y sangrante. El narrador lo sabe. Las pláticas sin fin, las comidas más deliciosas, los besos sorpresivos, el sudor amoroso, la compañía, el estar con alguien en la vida, todo eso eran recuerdos, sólo recuerdos. Ese casi milagro de la plenitud que surge con la pareja, cuando dos personas son capaces de construir un mundo propio, ese lo había perdido. La pareja como plenitud, tan sencillo y tan complejo.

Samuel no puede olvidar esa noche en el sencillo restaurante italiano en que levantaron las copas, Marisol lo miró a los ojos e hicieron una gran promesa, administrar el único recurso no renovable de la vida, el tiempo. Hacerlo con severidad en un aspecto: ver a las personas que se quiere y no ver a las que no se quiere. Se dice fácil pero les resultó muy difícil. Marisol se quejaba amargamente de las comidas y las cenas con personas que nada tenían que ver con su vida. La bióloga se fastidiaba de estar con lo que ella llamaba "la gente", así de impersonal, "la gente". Gente que no eran amigos, gente que llenaba los días y de inmediato pasaba al olvido. ¡No más gente!, le dijo a Samuel y él aceptó el reto. Cinco meses después Marisol moría embestida en su pequeño automóvil por un conductor ebrio. Fue a las siete de la mañana. El tiempo como único recurso no renovable, ¿lo habían aprovechado al máximo?

Samuel Urquiaga vivía por Marisol, con Marisol, en compañía de sus recuerdos. La poderosa conciencia de Unamuno. Pero ¿se puede vivir sólo de recuerdos?

ABRAZO. No veo el rostro de ella. La foto de EPS, la revista semanal del periódico español, es magnífica, en blanco y negro. Ella está sentada en un pretil, sus piernas cuelgan al lado de la cintura de él. Debe ser muy joven pues lleva unos zapatos de tela muy de moda. Los brazos de él, no se ven, dan la vuelta a su torso. Los de ella en cambio, cruzados en la espalda de él y con las manos trenzadas, lo dicen todo. Está fechada: 15 de febrero del 2003. El texto me tocó:

Tengo que pedirte perdón. Se me ha vuelto a olvidar. Otra vez. Como se me olvidaba llamarte, se me olvida escucharte, o se me olvida responderte, se me olvida abrazarte, o besarte, o se me olvida mirarte mientras duermes o que me miras mientras duermo... Y luego me acuerdo y quiero acordarme siempre. Me acordé esta mañana, me acordé de que te quiero.

Me acuerdo mucho de los abrazos iniciales. Estaban impregnados de la intención de tenerte toda entre mis brazos, de sentir tu rostro, de olerte, de oír tu respiración, de sentir tus pechos contra el mío y, por qué no decirlo, de frotar tu espalda y de sentir tus piernas cerca de mi entrepierna. Recuerdo los de tristeza, uno en particular, cuando nos avisaron que la concepción nos estaba vetada, tú y yo, solos en el pasillo de la clínica, llorando con los brazos colgados sobre los hombros, con una pena que era nuestra y sólo nuestra, con un vacío como único resultado de aquello que deseábamos con todo el corazón, unirnos en un nuevo ser. Recuerdo que estuvimos allí varios minutos, no sé cuántos, si fueron muchos o quizá no tantos, pero queríamos compartir lágrimas sin palabras, sentimientos sin explicación posible, tristeza profunda que habríamos de superar, para ser honesto, tan sólo parcialmente. Para ti fue distinto que para mí, eso concluyo, quizá no lo hablamos demasiado por temor a rascar en la herida, a lastimar o lastimarnos. El ser bióloga y dedicarte con admiración a la vida y no poder concebir fue una dolorosa paradoja. La maternidad es algo que deseabas, lo hacías como mujer, de alguna manera lo llevabas dentro. La vida era tu obsesión. La paternidad, sabes, creo que es más lejana, más abstracta, más cargada de un sentido de trascendencia que bien a bien no sé de qué valga. Pero sí sé que ambos queríamos compañía, teníamos miedo a volvernos egoístas como producto de los pequeños mundos en los cuales vivimos a diario, como resultado de una pareja dedicada sólo a sí misma. Ese ABRAZO también lo recuerdo.

Recuerdo otros burbujeantes de año nuevo, en los cuales tratábamos de transmitir una emoción que la fiesta quería imponer, ya sabes, esos actos de imposición de la felicidad a gritos. Después de los viajes también había abrazos, es curioso, la pérdida del olor del otro se recupera después de un viaje, de pronto redescubres esa dimensión. Los abrazos estuvieron en nosotros o nosotros en ellos. Déjame pensarlo. Por lo pronto me acordé de ti. Y no permitiré que se me olvide. No quiero tener que pedirte perdón, como les pasó a los compañeros de la foto que tengo enfrente. El perdón no restaura el mal, sirve de poco, es más un asunto de dignidad, de orgullo. Hay fórmulas más eficaces de cura, como el recuerdo.

Susana Aguirre nunca conoció a su padre. Su madre, Margarita Aguirre, llegó del sur del país a la capital. Hasta entonces vivió con sus padres en la costa, en un estero formidable que se convirtió en refugio de hippies. Su padre, el abuelo de Susana, era pescador hasta que los hippies le cambiaron la vida. Todo comenzó un día que un joven, con aspecto de Jesucristo del siglo XX, de cabellos rizados, rubios y largos, con unos jeans deshilachados, le preguntó a la abuela de Susana, doña Sabina, si podía prepararles algo de comer a él y a sus amigos. Doña Sabina convenció a don Pedro, que al principio estuvo renuente. Pero sus necesidades eran muchas. Primero fue un pescado fresco con sal gruesa, después les dio arroz y frijoles que nunca faltaban. Doña Sabina presumía de hacer buen arroz y pescado frito. Usaba mucho aceite. Pescado fresco, arroz, frijoles, tortillas, alguna salsa con chile, manjares para los jóvenes en busca de aventuras.

Doña Sabina echaba las tortillas en el comal sobre el anafre para cocinarlas. La choza olía a humo que permanente escapaba entre los carrizos y las palmas secas sobrepuestas como tejado. Fue ese olor, ese humo permanente que le daba un toque fantasmal al lugar, el que les provocó a ambos una severa enfermedad respiratoria. Tiempo después se le conocería como EPOC. De ahí don Pedro pasó a venderles cerveza que traía en el lomo del burro. Para eso compró una hielera vieja. Las bolsas de hielo se convirtieron en parte de la rutina. Con la cerveza el sitio se transformó en un referente obligado. Al poco tiempo don Pedro dejó la pesca, compraba el pescado a sus conocidos y se dedicó a administrar la fonda. Cada vez llegaban más jóvenes, ellos y ellas. Lo único que les molestaba a don Pedro y doña Sabina, como cariñosamente los llamaban los visitantes, a pesar de que ninguno llegaba a los cincuenta años, era que se desnudaran un día sí y otro también. En un desplante de autoridad don Pedro estableció que a comer no podían llegar desnudos. Que hicieran lo que quisieran, unos contra los otros o con los otros, allá a lo lejos, en la playa o en sus tiendas de campaña, pero a la fonda —como le llamaba orgullosamente— debían llegar cubriendo lo esencial. ¡Sólo eso faltaba!

La madre de Susana, Margarita, estudió sólo la primaria, que nunca acabó. Tenía que caminar varios kilómetros para llegar al aula. A Margarita, como a muchas niñas de la costa, los pechos le surgieron muy temprano. La niña no se dio cuenta de que su cuerpo le traía peligros. De sandalias y short, con una playera deslavada, Margarita se convirtió en mujer con cabeza de niña. A los dieciséis años la violaron. Susana siempre ha pensado que fue un hippie y que por eso tiene los ojos claros, pero no, el narrador sabe que fue un compadre de Pedro que agarró a la muchachita sin piedad una mañana que andaba locuaz y ebrio. Margarita nunca se lo dirá a Susana, ni a sus padres porque el barbaján se siguió apareciendo con todo desparpajo en la fonda. Tenía y tiene los ojos claros cuyo origen desconozco. Lo que sí sé es que Margarita odia esos ojos sin poder explicar a nadie el porqué. En ocasiones, cuando los ve en Susana, prefiere cambiar el rumbo de la mirada. Margarita trabajó durante años en el servicio doméstico, que es la puerta de entrada para muchos a la ciudad. Susana estudió fisioterapia y ahora ayuda a su madre, que sigue siendo una mujer joven. Con frecuencia visitan a los abuelos, que continúan atendiendo nudistas, aunque la moda de los ochenta tuvo ya sus mejores días. De la violación nunca se habla, ni se habló. Cuando el embarazo se hizo evidente discutieron un poco, después la abrazaron, algo dijeron de Dios como explicación final. Sin embargo, una mueca de odio se instaló desde entonces en el rostro de don Pedro. La idea de venganza iba y venía. ¿Quién habría sido, cuál de todos los jóvenes blancos, visitantes furtivos, necesitados de un desfogue, habría agarrado a su Margarita? Por la mente de Pedro nunca cruzó el compadre Anzaldo como sospechoso, menos aun con su reiterada presencia que él no veía como desfachatez sino como muestra de amistad. ¿Por qué habría de verlo de otro modo? La acumulación de ese engaño tendrá consecuencias funestas. Como un volcán vivo que sólo dormita, el odio acumulado puede ser bestial.

Qué tienen las manos que pueden ser mágicas. Desde el saludo firme o flácido hasta la caricia más suave o la bofetada. Los matices y las sutilezas que las manos pueden trasmitir son tantos que sus misterios sólo crecen. Quizá por eso generalmente comenzamos los encuentros estrechando las manos. Ese instante de contacto transmite más información que miles de caracteres. Quizá por eso de ellas, de las manos, nacen muchas de las artes. El dominio de un pincel o de las cuerdas de un violín depende de ellas. Las manos pueden ser prodigiosas.

AVENTURA. En la A tendría que ir AMOR, es inevitable. Pero cómo definirlo. Imagínate. Yo no me atrevería, por lo menos hoy no sabría por dónde comenzar. Pero soy un tramposo, así que llegué a clase y pedí que elaboraran sus definiciones de AMOR. Por supuesto los varones rechazaron el ejercicio, ya sabes, este Urquiaga y sus cursiladas. Pero ellas respondieron y hubo una expresión que me atrajo: "Hacerse a la mar con disposición al naufragio". Fue de Yadira Guzmán. Eso me llevó a la AVENTURA. El AMOR es una AVENTURA. Ya ves cómo me fue a mí. Hoy soy un náufrago. Quien no esté dispuesto al naufragio no puede enamorarse. Me lo aplico a mí mismo: aún conociendo el final de nuestra historia creo que lentamente la voy aceptando. Todo lo que me diste, todo lo que descubrimos juntos le pueden dar un nuevo sentido a mi vida. Por eso he decidido recuperarlo, letra por letra.

La AVENTURA es la decisión de correr un riesgo, la vida misma es un riesgo. Como tú bien sabes, puede haber malformaciones, enfermedades congénitas, desde la llegada a este mundo la vida puede estar jugando en contra de nosotros. De haber concebido de seguro hubieras pedido todo tipo de estudios para garantizar que "el producto" —como decían los médicos— viniera bien. Si en la concepción, en el origen de la existencia misma, hay riesgo, el resto es la consecuencia, la acumulación de riesgos. Recuerdo al gran Fernando, ya cerca de los ochenta, cuando llegó con flamante carro deportivo y comentó orgulloso haberlo conducido a ciento ochenta kilómetros por hora. Pero qué necesidad, le dije reclamándole preocupado. La vida es asumir riesgos, dijo. Me dejó pensativo. De nuevo Nietzsche, el mal como necesidad del bien, el riesgo le da a la vida otro sentido. Quién nos iba decir que aquella mañana no regresarías. Siempre supusimos que eso no podía pasarnos, que no corríamos ese riesgo, por lo menos no recuerdo haberlo platicado. Yo viudo, pero si mi vida eras tú. No puedo conjugarlo así, mi vida sigue y no puede estar en el pasado. Estoy tratando de mirar al piano sin odiarlo. Estoy trabajando para lograrlo. Prefiero recordarte allí algún domingo por la tarde, después de una siesta, ya sin intención de ir a más —domingo al fin— sentada frente al teclado ensayando, con tu partitura enfrente, gozosa y ensimismada. En la A también va obligatoriamente AVENTURA. Quien lo olvida, quien no recuerda que está atrapado en una AVENTURA, ha olvidado lo que es estar vivo y corriendo riesgos.

6

Samuel Urquiaga no es religioso. Creció en la tradición liberal, a pesar de que su madre trató de inculcarle el rito católico. Peor aún fue la tía Mary que tomó como consigna vital educar en la religión a Samuel. Con la historia de Cristo no tuvo problema. Pero todo tiene límites y para Samuel la Santísima Trinidad, el misterio de las tres personas en una, estaba más allá del sentido común. Para Samuel el camino de esa fe estaba plagado de afrentas a un mínimo de racionalidad: el vino que se transforma en sangre de Cristo o la hostia que contiene su cuerpo. Un asunto que nunca comprendió es por qué la vida tenía distintas valoraciones. Durante la cuaresma había que comer pescado y no carne de res o cerdo u otra. Pero los peces también eran seres vivos, ¿por qué no entraban en la veda? O todos coludos o todos rabones. Si de sacrificio se trataba, había que ser congruentes y durante esa época ser vegetarianos totales. Las plantas y frutas eran vida, pero en una forma diferente. Eso lo entendía bien. El sacrificio del cordero tampoco le cuadraba en esa lectura. Otro problema irresoluble para el niño Samuel, surgía de la contabilidad de las almas. Si con la muerte venía el desprendimiento del alma que se iba a sufrir eternamente al infierno o a transitar en el purgatorio o al cielo, pues el número acumulado de almas debía ser enorme. Si a ello le aumentamos el crecimiento demográfico, los más de siete mil millones de habitantes del planeta, pues entonces era claro que la línea de producción de almas debía andar muy ocupada. Las dudas del niño Samuel se multiplicaban cuando la tía Mary le respondía con toda seriedad, es un asunto de fe, son asuntos de fe. Ten fe y comprenderás y él no comprendía, por lo tanto no era un hombre de fe. Pero no ser religioso no le impedía tener un claro apego a ciertos principios. La moral de Samuel era bastante más firme que la de muchos creyentes. A Marisol le fue fiel toda la vida a pesar de las insinuaciones de alumnas, conocidas, incluso ¡amigas de la propia Marisol! Las mujeres son bravas, pensaba.

La muerte de Marisol fue una sacudida de tal magnitud que el deseo sexual desapareció en Samuel fulminantemente. Pero sólo unos meses. El cuerpo es el cuerpo y al cabo de un tiempo el profesor empezó a mirar cabelleras, piernas y pechos, las sonrisas también eran para él y para nadie más. Siempre actuaba con el mayor respeto a la memoria de Marisol, que estaba en otro nivel de querencia. El síndrome del viudo joven se hizo presente en Samuel muy rápido: adoraba a Marisol pero seguía vivo y con ganas de vivir. Su principio de nunca involucrarse con una alumna se mantuvo incólume, no sin algún esfuerzo. Pero la vida sigue y ser viudo a los cuarenta y cinco no podía cancelar la vida sexual que en él, a decir de Marisol, era muy activa. Pero había otra dimensión más allá de la vida sexual. Nuestro sosegado profesor era y es un ser que goza el erotismo. Goza estar rodeado de mujeres, goza sus coqueterías que no necesariamente tienen destinatario, goza mirarlas a los ojos o verles la piel de cerca, goza las sandalias de la primavera y los hombros descubiertos, goza ver los campeonatos de voleibol de playa, femenil por supuesto. El marcador lo tiene sin cuidado. Gozaba acariciar a Marisol no siempre con la finalidad de desatar algo más, gozaba verla acicalarse sobre todo cuando, desnuda o envuelta en una toalla, se alisaba el cabello. El erotismo es todo un capítulo en la vida de Samuel Urquiaga a pesar de su aspecto de *scholar* estadounidense. Pero había otra dimensión que Samuel había perdido, esa era la que más extrañaba: el cariño. Eso era lo que más le dolía. Ese era el expediente más difícil de conciliar. Samuel lo intuye, incluso habla al respecto —consigo mismo— pero todavía no sabe ni se imagina el reto al que se enfrenta. Con Marisol todo fue natural. Una brutal atracción de dos jóvenes adultos, que se convirtió en caricia, que transitó con suavidad al sexo, que era apasionado, de sudores y brusquedades necesarias, que se volvía silencio y cariño inflamado. Pero el cariño también en una mirada por la mañana, en un hombro que recibe una cabeza, en un bostezo compartido, en un hasta mañana con ánimo de tú me entiendes estoy cansado, en un mensaje frente a la puerta, dormí mal, fui a caminar, en la sorpresa de unos espárragos o una alcachofa para deleitar al otro, en un vámonos, está aburridísima (la película), en una risa sin freno después de una cena boba, en un pequeño empujón como juego de adolescentes, en un inútil masaje en el cuello cuando el cansancio es mucho, en un abrazo de cumpleaños en un miércoles que no da pausa para el festejo, en traer el suéter del coche cuando se ha olvidado, en servir más vino sin necesidad de pedirlo, en comprar flores o un libro o un CD, simplemente porque sí, en pasar una hora compartida en la sala de espera del desorganizado doctor, en preparar agua de limón cuando la gripe invade, en discutir con burla el nombre de un actor, en inyectar humor cuando el servicio en un restaurante va a paso de tortuga o en ver en la habitación del hotel una horrenda techumbre, en conocer la talla del otro y comprar sin errores, en tolerar un exabrupto, no responder y mirar con tranquilidad, en ver crecer una planta en, en, en… Pero ahora Samuel tenía que volver a empezar. Erotismo y sexo eran dimensiones diferentes. Lo que más extrañaba era el cariño.

Desde la muerte de Marisol, Samuel ha tenido poca vida erótica. Pero la energía sexual no cesa. Se miraba como un hombre joven y la viudez no le sentaba bien. Cuántos septuagenarios y más conocía que seguían activos. Los estímulos, le dijo su padre un día, los estímulos lo mantienen a uno vivo. El viejo se refería a sí mismo. Samuel era muy joven para entender la profundidad de las palabras y además nunca había necesitado estímulos. Ahora, de viudo, recordaba con frecuencia a su padre. Los estímulos aparecían debajo de una minifalda o cuando los pechos dejaban ver su contorno. Nunca lo imaginó, pero contrario a todas sus convicciones y costumbres decidió contratar a una golfa, era lo más conveniente. Discreción, regularidad, en pocas palabras profesionalismo para resolver un problema que no debía serlo. Así lo miró el racional de Samuel. Los placeres solitarios no se le daban. Peor era andar buscando acomodo para estar tranquilo. En una de esas salidas de emergencia ya le andaban pidiendo matrimonio. Samuel no le tenía miedo al matrimonio, ¡le tenía pánico! Lo había pensado muy bien, después de Marisol no habría nadie. Había recuperado su vida sexual, pero no el cariño. Al salir de sus citas y con ánimo de no sentirse miserable, recordaba una expresión de Woody Allen: "El sexo sin amor es una experiencia vacía. Pero como experiencia vacía es una de las mejores".

Así llegó a Isabel, una mujer un poco pelirroja cercana a los treinta años. Creo que Urquiaga la prefirió precisamente porque no tenía ningún parecido con Marisol. Recordemos, Marisol era de estatura mediana y complexión robusta. Sus pechos eran discretos y, como decía el gran cirujano plástico Fernando, decentes, pues cabían en una mano. Marisol era muy bella. Su espalda —como producto del tenis— era un poco ancha y la tez siempre estaba asoleada. Sus manos no eran grandes y sus piernas morenas y muy firmes destacaban debajo de las pequeñas y muy coquetas faldas con pliegues que usan las tenistas y que levantan de vez en vez para guardar una bola de reserva. Esa escena había vuelto loco a Urquiaga la primera vez que vio a Marisol de lejos. Fue una comida con colegas en el club francés de la ciudad. La comida era buena, los vinos franceses a buen precio, pero para Urquiaga lo mejor fue la vista sobre las canchas. Aquella mujer que Urquiaga observaba a través del cristal, con la mirada fija, terminó su partido. Se despidió de beso de su compañera y de sus contrincantes y desapareció. Urquiaga, sin decir palabra, regresó aburrido a la conversación con los que entonces eran jóvenes profesores de la Facultad. Poco tiempo después ella apareció en el comedor con el pelo húmedo. Se sentó sola en una mesa relativamente cercana. Casi de inmediato el capitán acercó una enorme ensalada. Las cejas eran pobladas, no llevaba una gota de maquillaje, unos diminutos aretes era todo su adorno. Vestía unos jeans y una blusa holgada. Las prendas ocultaban el cuerpo perfecto que se había paseado como gacela por la cancha. Los colegas de Urquiaga comenzaron a burlarse de la mirada fija y atónita de Samuel. Mándale una copa de vino, dijo uno de ellos. No, no, respondió Urquiaga quien para entonces había cambiado de color varias veces. Su timidez era proverbial. Fue Antonio, del departamento de Historia y educado en Francia, francófilo y asiduo del restaurante, quien llamó al capitán, su amigo, y le pidió llevarle a la señorita una copa de vino de parte del maestro Urquiaga. Samuel se retorcía de la vergüenza en su silla. El capitán se acercó con la copa y Urquiaga, entre protestas y rubicundeces, no tuvo más que aceptar la mirada de agradecimiento. Párate, no seas tonto. Marisol levantó la copa y le agradeció con la mano. Ahí acabó el capítulo. Marisol terminó de comer con rapidez, el capitán le acercó la cuenta sin que ella la solicitara —Urquiaga no perdía detalle— y se levantó sin regresar la mirada a la mesa de Samuel. Antonio llamó al capitán y algo musitaron. Urquiaga lo observó. A la salida Antonio se acercó a Samuel y le dijo, lunes, miércoles y viernes, en el comedor de tres a cuatro, máximo, Dupré es el apellido, es una de las familias viejas del club, Marisol el nombre. Samuel le apretó el brazo y sólo le dijo gracias. Por supuesto la pista era clara. El profesor Urquiaga comenzó a ir por lo menos una vez por semana a comer al club, casualmente siempre era lunes o miércoles o viernes. Las miradas a veces coincidían. En una de esas se saludaron a lo lejos, hasta que un día Samuel tuvo la osadía de repetir la copa de vino. Ella la agradeció. Al final de la comida se acercó a la mesa de Samuel, quien se levantó como resorte. Le agradezco su cortesía, dijo ella, pero por las tardes tengo que regresar a trabajar al laboratorio de la Universidad. Urquiaga no podía quitarle la mirada a esos ojos negros y al aspecto de limpieza y pulcritud que de ella emanaba. Un sábado quizá, lanzó Urquiaga en lo que ha sido uno de sus mejores lances en toda la vida. Ella sonrió y fue entonces cuando aparecieron esos dientes grandes y perfectos, los colmillos en una leve función amenazadora. Yo también trabajo en la Universidad, pero en Filosofía, le dijo como carta de garantía, como credencial de presentación. De acuerdo, fue la respuesta, ¿cómo le queda el próximo sábado?, dijo ella en tono de pregunta. Urquiaga se sorprendió, tan rápido. Perfecto, dijo él, el sábado a las 2:30, lanzó, así podremos chocar las copas sin prisa. Mejor mejor hablémonos de tú, dijo la mujer y volvió a sonreír. Urquiaga no pudo evitar mirarla a la boca con deseo. Allí comenzó todo. Ese sábado hubo frescura, risas y una atmósfera de buena intención. El narrador sabe que el día que se conocieron ella también se sintió atraída, sobre todo por el rostro limpio y joven de Samuel, y eso de la filosofía no deja de tener su encanto. Meses después Marisol se lo admitiría a Samuel. Había, sin embargo, otra razón.

7

Regresemos a Isabel, la profesional de lo suyo era *petite*, con un busto prominente y una cara olvidable pero que trabajaba con toneladas de cosméticos. La cintura muy marcada y las caderas —en su proporción— enormes. Era el cuerpo ideal para hacer maniobras de cuatro bandas y vaya que las practicaba. Isabel nunca escuchó el nombre de Marisol y eso facilitó las cosas. Isabel lo llevaba al éxtasis y el profesor Urquiaga terminaba agotado después de las "sesiones" semanales, como él las llamaba. El viudo gozaba el sexo pero eso no cancelaba su tristeza profunda. Woody Allen era la salvación. Todo ocurría en el departamento de la profesional, justo atrás de la plaza de toros. La decoración del lugar era corriente, sobre todo el buda de plástico que presidía la sala. Para el profesor Urquiaga el Buda era el símbolo de la confusión cultural. ¡Qué hacía un Buda en un sitio dedicado a provocar orgasmos! El Buda le recordaba el fenómeno del sincretismo cultural, pero todo tenía límites.

En alguna ocasión, después del acto, nuestro profesor le lanzó a Isabel una perorata sobre Buda cuyo nombre original Sidhartha Gautama, acotación culterana del narrador, no recordó el profesor Urquiaga. Pero sí se le vino a la mente el asunto de la negación del yo permanente y su sustitución por la idea de temporalidad y de tránsito. Algo le dijo Isabel de la meditación y claro, el profesor no desperdició la oportunidad de hablar del camino a la sabiduría. De pronto cayó en cuenta que Isabel se estaba quedando dormida y que el tema la tenía sin cuidado. Temió que también cobrara por dormir y salió corriendo. Desde ese día le quedó clara la profundidad de su relación, mejor dicho la superficialidad obligada. Ahora cada semana, cuando miraba el ridículo Buda de plástico, pensaba que nadie sabe para quién trabaja, ni siquiera Buda.

Isabel era católica o por lo menos acompañaba a su madre a misa. Se dedicaba a un negocio que requiere una moral flexible, por decirlo de alguna forma. Pero nada de eso impedía cierta veneración por el ascetismo. Viva la libertad de cada quien para inventarse su propio mundo. Pero Isabel y su Buda de plástico también le recordaban la movilidad social de su país que él tanto ponderaba en clase. Movilidad para arriba y para abajo. Isabel provenía por el lado paterno de una familia conocida y acaudalada medio siglo antes. Hoy vive de sus servicios y cariñosas amabilidades.

El espejo en el techo molestaba al profesor Urquiaga quien, semana a semana veía sus partes íntimas en posiciones poco conocidas por él. Eso lo llevaba a perder concentración. Entonces cerraba los ojos pero temía que la imagen de Marisol apareciera, así que los volvía a abrir y allí estaba él observando en sí mismo lo inobservable en la vida cotidiana. Además Isabel gozaba la cabalgata y, como buena mujer de gimnasio, los esfuerzos del profesor se miraban lánguidos frente a la incansable furia profesional de ella. Samuel Urquiaga nunca quiso besarle la boca. Los labios estaban reservados al recuerdo de Marisol. Ella lo entendió y no hubo insistencias. El profesor salía complacido y vacío, vacío en muchos sentidos. Isabel no era el problema. Tampoco la solución. Viva la precisión de Woody Allen.

BESO. Es un universo. De niño besaba a mi perro. Él me lamía en respuesta. Entre los dos nos teníamos gran cariño. Ya no beso perros porque no tengo. He sufrido un naufragio, soy un náufrago, incluso sin perro. Por mi mente ha cruzado la idea de una mascota. Pero me pregunto ¿vas a caer en eso? El vacío en que vivo desde que no estás no puede llenarse con una mascota, con todo respeto a las mascotas y a Oscar Wilde, quien afirmó que entre más conocía al hombre más amaba a su perro. Mi necesidad de cariño va más allá de un lengüetazo. En los velorios da uno besos que dicen lo siento mucho. Todo mundo anda con un aliento de caño pero uno quiere decirle al otro lo siento, de verdad lo siento. No quiero recordar tu velorio. Esta línea me provocó dolor. A los niños les da uno besos. Allí el mensaje es bienvenido al mundo, todos te queremos, yo tengo una buena alma, los niños concitan ternura. Ya descubrirán el mundo. Las niñas llegan a la adolescencia y siguen dando besos, no es sino hasta que se convierten en mujercitas que empieza en ellas cierto celo, y este viejo libidinoso por qué me besa, me ha ocurrido con hijas de amigos. Los varones son diferentes. Antes de los diez años empiezan a rechazar los besos de otro varón. Es entendible. Reafirman su masculinidad. Es la misma etapa en la que jamás le darían un beso a una niña, uf qué asco. Pero las hormonas llegan y todo cambia, y entonces por las noches sueñan con besar a fulanita que va en la escuela y que empieza a tener pechos.

Hay un BESO muy particular, el que se da a las madres y a los padres. Con las madres lo normal es un BESO que lleva mucho de señal de respeto. Hablo como varón, como qué más puedo hablar. Con los padres cada quien construye su historia. Pablo besó a su padre hasta el final de su vida que fue muy larga. Respeto sí, mucho, pero también cariño. Muchos besan a sus muertos en el último adiós. Con mi padre tuve mi historia. Tú sabes que siempre he sido muy carnal, por decirlo de alguna forma, me gusta tocar a las personas que quiero, dar abrazos, dar palmadas, apretar manos y brazos, un pequeño empellón de broma, por qué no. Recuerdo que un día me regañaste invadida de celos porque a una alumna, sin darme cuenta, le tomé el cuello por detrás y le sacudí con suavidad la cabeza. Me dijiste que pocas partes del cuerpo de una mujer eran sensuales como el cuello, sobre todo en su parte posterior. Qué bueno que no me demandaron por acoso sexual. ¿Te acuerdas cuando fuimos a la Universidad de Chicago a dar clases y mi vecino de cubículo me advirtió que jamás cerrara la puerta si alguna alumna o alumno estaba conmigo? Por menos de eso habían ya despedido a varios. Desde ese regaño tuyo me controlé con las alumnas y me dejé ir a tu cuello para descubrirlo. Fue todo un nuevo universo, el cuello es fantástico. ¡Cuántos años perdí sin aprovechar tu cuello! Regresemos al padre, yo besaba a mi padre regularmente hasta un día en que llegué de la Universidad y lo besé y con cierta molestia me dijo, hueles a sudor y observé cómo pasaba su mano por la mejilla, como limpiándose. A partir de ese momento suspendí cualquier contacto físico y se lo hice notar con humor y no tanto. Él no era muy expresivo, ni cariñoso, pertenecía a esa generación que se inhibía ante las expresiones táctiles, vaya palabreja, de cariño. Siempre admiró la naturalidad con la cual tú y yo jugábamos tocándonos, abrazándonos, besándonos frente a él sin demasiado recato. Pasaron los meses, no lo tocaba, no lo besaba, nada, castigo total. Hasta que un día me lo pidió, ya hombre, dame mi BESO, me paré, le dije ¿no te importa si huelo a sudor?, ¿no te importa si te dejo baba en el cachete?, tienes que estar dispuesto a todo, ya hombre déjate de cuentos, me acerqué lo besé en la frente y por supuesto no hubo saliva. Desde ese día nunca dejé de besarlo hasta su muerte. No tenía que pedirlo, lo hacía con la mirada. Pero yo quiero hablar de otro tipo de BESO, del BESO DE LOS AMANTES. "En un BESO, sabrás todo lo que he callado", Pablo Neruda. No está nada mal.

¿Por qué? Por qué un borracho tendría que embestir el pequeño auto de Marisol a las siete de la mañana, cuando se supone que todo mundo va al trabajo y no se regresa de una farra. El auto de ella era pequeño por conciencia ecológica. Para qué tener un auto más robusto si con ese podía trasladarse y contaminar menos. La vida siempre por delante. Samuel Urquiaga no podía digerirlo. Por qué de todos los vehículos, cientos, miles, cientos de miles en circulación en ese momento, el borracho tuvo que irse contra el de Marisol. La muerte fue instantánea, el cráneo golpeó el pavimento. La pregunta seguía viva: ¿por qué? Ella no tuvo tiempo de meditar sobre los hechos. Pero la maldita conciencia de Unamuno gobernaba a Samuel. El gran por qué no soltaba al profesor Urquiaga. Era como la mordedura de un perro furioso que no suelta a su víctima. El porqué provocaba sus insomnios casi cotidianos que remediaba con pastillas. El porqué provocaba sus amaneceres lentos, desganados, de obscuridades prolongadas que sólo rompía la rutina. El porqué lo asaltaba al subir al coche, al pasar cerca del lugar, al mirar a una pareja durante la clase, en la comida, solo en el cine o al cenar frente al televisor.

Las víctimas eran dos: una desde la muerte, otra instalada en la dolorosa vida. Nadie le advirtió que podía ser tan larga, que la vida podía prolongarse y con ella el dolor. Eso vivía él. Detente, grita el Fausto —con ánimo de orden— al instante feliz. Shakespeare por su lado define el sufrimiento como un instante muy largo. Las dudas invaden a Urquiaga. Acaso algo que ver con su religiosidad fallida. "Si Dios no existe, todo está permitido", repetía el profesor Urquiaga en clase citando al clásico. O quizá sería un desafío del destino que él negaba por principio. "Que Dios te bendiga" es la expresión que los creyentes lanzan con frecuencia. Lo que Urquiaga no entendía es por qué había que solicitar la bendición, por qué Dios no procedía en automático. Si es todo bondad, debía hacerlo, sin solicitud de por medio. Por qué la selección si además no le cuesta nada, no hay desgaste, es todopoderoso. Por qué no bendijo a Marisol. ¿Por qué?

La noche anterior la lectura de Urquiaga se había prolongado por horas. Ni siquiera la escuchó levantarse. Prudente y sabedora de los hábitos de lectura de Samuel, Marisol se había levantado temprano para hacer su rutina de ejercicio. De allí al laboratorio. Nunca se despidieron. Nunca le dijo adiós, a Dios te encomiendo. Esa herida está abierta.

BESO DE AMANTES. Tuve suerte, lo encontré. Un reportaje especial de EPS sobre el beso, el de los amantes. Intervienen 34 músculos, vaya complejidad de algo que parece tan sencillo. Hay un intercambio de millones de bacterias y microbios. Nada romántico. Noventa por ciento de las personas recuerdan con más precisión sus primeros besos que su primer episodio sexual. La estadística es la estadística y los chinos son los chinos. ¡Qué lo sabemos ahora de nuevo! *Made in China*. Perdón por la digresión. Hay ciertos monos que utilizan el beso como forma de excitación sexual. Interesante pero inútil. Esto no va bien. Por allí la búsqueda no irá muy lejos. Mucho mejor la imaginación. Los lectores participaron. @RorroBird "La unión de dos epidermis y dos fantasías". Mejor verdad. @CarlaNieto "intento pasional de poseer a la otra persona". Sí, poseer y dar inicio a una fusión en la cual se penetra y se es penetrado, se escucha horrible, mejor se comparte una parte del cuerpo muy íntima pero que todos ven, la boca, todos la ven pero sólo una persona puede tener acceso a ella en el mismo momento. Recuerdo cuando por primera vez miré tus dientes, me dieron ganas de tocarlos, tocarlos con mi boca. @GDCVC. "Manifestación pública de la libertad". Sí, de acuerdo. Me viene a la memoria un día que nos besábamos en el Art Institute entre Matisse y Chagall o quién sé yo, una señora se nos dejó venir encima y nos reprendió. Era el reprimido y represor *Midwest* encarnado y con vestido faldero. Sí libertad. En el 2010 en Indonesia dos jóvenes, de 17 ella y 24 él, casados, fueron llevados a juicio y condenados a sufrir ocho latigazos frente a cientos de personas por haber sido sorprendidos besándose en público. En Dubai ha habido casos muy sonados y lo mismo en la India. En China se ha afirmado que el beso fue llevado por los "invasores europeos". Todo esto lo leo en EPS y me quedo estupefacto, en pleno siglo XXI. Sí, el BESO DE LOS AMANTES es un acto de libertad. @javierdgaviria "La mejor manera de congelar el tiempo en tus brazos". Genial. @PaL-montero "La puerta del deseo". Vamos bien, ya voy recordando, recordándote @DesireeRomay "La señal de que dos almas se han encontrado". Esos son los besos que extraño. En realidad busco un alma.

Lo primero fue un olor. *Inhale* era la suave instrucción que él acató de inmediato. Sus manos estaban cerca de la nariz. Él estaba boca abajo y podía, en la penumbra, cruzar la mirada hacia esas manos desconocidas. No veía demasiado. Además se suponía que tenía los ojos cerrados. Quizá era lavanda o alguna de esas hierbas que la verdad el profesor Urquiaga no distinguía muy bien. Aquella mujer comenzó a friccionar el cuello. Por allí, dijo él, más a la izquierda. De pronto sintió cómo una pieza de su cuerpo brincaba de un lado al otro provocándole dolor. Aquí está, dijo ella y comenzó a "trabajar" más profundo según le explicó. El dolor no permitía pensar en demasiadas complicaciones. No le faltaban ganas de decirle deténgase que me duele. Pero pensó que era poco masculino quejarse. Al próximo brinco doloroso lo haré, reflexiona, a quién le importa lo que piense esta chica, me duele. Pero no dijo nada. Conclusión: era a él al que le importaba lo que pensara esa desconocida.

La zona de dolor fue atacada por minutos que se le hicieron eternos al doctor Urquiaga hasta que, lentamente, las manos fueron al otro lado de la espalda para encaminarse después a la parte baja. La fricción dejó de ser dolorosa. Él conocía la rutina, de allí descendería a las piernas y llegaría a los pies. Urquiaga y la chica, Susana, no volvieron a cruzar palabra. Fue entonces que Urquiaga cayó en cuenta. Las manos de aquella mujer desconocida estaban teniendo un efecto muy diferente a las de Marta, su masajista de años. Marta era una mujer de alrededor de sesenta y cinco años, muy profesional, conocedora de los misterios del cuerpo, quizá un poco ruda. Pero las manos de aquella morena le estaban provocando algo que no esperaba y que no venía a cuento, cierta excitación. No debía ser así. Sería acaso la forma como las movía. No era difícil distinguir un estilo de otro, el de Marta y el de Susana, había sin duda mayor cadencia y suavidad en la joven. Urquiaga sintió cómo caía más aceite en sus piernas y pensó que quizá era él quien estaba provocando esa novedosa sensación. El hecho de que se tratase de una mujer joven, el hecho de que la hubiera visto y de nuevo, que fuera consciente de ello, ese era el verdadero cambio. De pronto sintió que la sábana se levantaba y de atrás escuchó la voz de la chica decir, boca arriba por favor. En esa segunda mitad de la jornada el profesor Urquiaga tuvo que concentrarse para no pensar en esas manos que recorrían su cuerpo. Su mente lo traicionaba, qué pensaría esa chica de un hombre maduro con actitudes libidinosas que además eran involuntarias. Pero, ¿eran involuntarias? Porque la conciencia era de Samuel Urquiaga, si no ¿de quién más? Urquiaga no podía reírse de la incómoda situación. Cuando llegó a sus manos y se entrelazaron con las de ella, él sintió una suavidad y una tensión muy grata. Había acudido al masaje por el dolor de espalda, pero ahora disfrutaba el recorrido de aquellas manos jóvenes por su cuerpo.

Hemos terminado, dijo la chica, gracias y lo dejó allí, cubierto por la sábana meditando en la conciencia de Unamuno y en la mujer. A la salida la miró a los ojos tratando de descubrir el misterio, ella sonrió amable mostrando unos ojos claros que delataban frescura. Que se mejore, le dijo. Ni remotamente imaginó el trance por el que atravesaba Samuel Urquiaga. Susana Aguirre nunca sabrá lo que sus manos habían provocado.

"Propiedad del espíritu humano de reconocerse en sus atributos esenciales y en todas las modificaciones que en sí mismo experimenta". La conciencia le había hecho una mala pasada al profesor Urquiaga: el ser consciente del poder de las manos había catapultado su efecto. La conciencia le había demostrado su poderío con el riesgo de provocarle un ridículo. Además esa traviesa conciencia utilizó el elemento sorpresa, eso es trampa pensó Urquiaga en un extraño diálogo consigo mismo. Él allí, desnudo, necesitado de un masaje que le aliviara el dolor, empezó a imaginar cómo esas manos jóvenes recorrían su cuerpo. Sus pensamientos se fueron a otros sitios. De entrada fue consciente de su desnudez, sensación que hacía años no lo visitaba en un masaje, por lo menos con Marta. Pero además fue consciente de la juventud que lo rodeaba y eso lo trastornó. El circuito se cerraba, ahora era consciente de las travesuras de su conciencia.

El Beso. Claro, ya sabes de cuál quiero hablar. Mide 180 x 180 cm. Lo pintó entre 1907 y 1909. Sólo lo he visto una vez, contigo en la Österreichische Galerie en Viena. Lo miro ahora en el libro sobre Klimt de M. Constantino que tuve en la mesa frente a mis ojos durante meses sin mirarlo bien. Está en la portada. Lo curioso es que en El Beso las bocas no están unidas. ¿Es beso? O quizá la concepción tradicional, el estereotipo, ya dice poco. El beso de los amantes va más allá de los labios que se juntan, ese beso es una intención. Recordémoslo. Se trata de un abrazo en el cual los cuerpos se funden en un fondo dorado. Es una fusión de los sexos. Los dos seres, los amantes, están como flotando, rodeados de un precipicio, ella hincada, él parado, los dos sobre una superficie que parece un campo de flores. Ese espacio es irreal y con aires bucólicos, como si fueran flores en una primavera de ensueño. El vacío que los rodea también es dorado, pero Klimt lo hace parecer un extraño cielo con estrellas y planetas o qué se yo, que cada quién se imagine su beso, El Beso, de eso se trata en el arte. Las proporciones no cuadran. De ella vemos los pies y una parte de las piernas dobladas, se insinúan los glúteos y el brazo izquierdo aparece para mostrarnos el codo en un doblez extraño, como si la mano estuviera metida en el pecho. Pero no, la mano izquierda de ella, delgada y fina, aparece más arriba con los dedos sobre la mano derecha de él. Las tres manos, la femenina y las dos masculinas tienen rasgos muy diferentes. La de ella es delgada, las de él robustas. La de ella es muy blanca, las de él más morenas y detienen o aprisionan el rostro y la cabeza de ella. Los dedos de ella están sin fuerza, lánguidos, como derrotados. El rostro de ella descansa sobre su propio hombro casi en horizontal, como si no tuviera cuello; la posición es anatómicamente imposible. El rostro de la mujer es perfecto, en la mejor tradición grecolatina, equilibrado con los labios acentuados y las cejas marcadas. Los ojos están cerrados, no nos mira, no mira a nadie, está en otro mundo. Nunca sabremos lo que atraviesa por su mente, eso que Klimt no quiso expresar en una mirada. Sobre su mejilla derecha cae con cierta brusquedad la cabeza de él, con cabello castaño que contrasta con el de ella, que es más claro. No vemos el rostro. Como si la furia masculina fuera una. La mano derecha de ella reposa sobre la espalda-cuello de él. Tiene los dedos doblados en una extraña posición que no es de relajamiento. ¿Qué quiso transmitir Klimt? Quizá un gozo tan intenso que se acerca al dolor, un estado de entrega, de disposición a todo. El rostro de ella no transmite placer en su versión más burda, la de los labios abiertos. El ceño está liso, sin expresión, como si estuviera en el más allá. Son los dedos de ella, tanto de las manos como los de los pies que están doblados, los que expresan algo de gozosa incomodidad ante lo que puede ser un ataque un poco bestial de él, podría intentar una mordida, como un fauno que va al ataque. Klimt distingue los sexos al introducir figuras rectangulares en la superficie dorada que corresponde al cuerpo de él. En contraste, en ella predominan los círculos. De sus piernas cae una especie de cadenas doradas. Lo único evidente es que mi austriaco predilecto quiso imprimir un sentido de intemporalidad a uno de los actos humanos más antiguos en los registros históricos. Algo de canibalismo merodea en todo beso y el de Klimt no es la excepción. Intemporal y en un espacio etéreo e indefinido, quizá por eso Musset dijo que EL BESO era el único idioma universal. Tensión, entrega. Qué misterio.

La memoria es una compañera poco confiable. Quién no se ha visto en esa situación angustiante en que no podemos recordar algo, sabemos que está por ahí adentro, pero nuestra voluntad no es suficiente para sacarlo del archivo. Cuando los olvidos se vuelven frecuentes la voluntad se siente humillada. Doblemente humillada, pues cuando la voluntad enfrenta algún elemento exterior, tenemos a quién culpar. Pero cuando la resistencia está en nosotros mismos el asunto es muy incómodo. Todos conocemos a algún tipo muy memorioso, de esos que aplastan con su capacidad incontrolada de recordar todo o casi todo y hacerlo con lujo de detalle. Esas memorias continentales provocan la sensación de debilidad. Recordar puede ser una humillante expresión de poder. Pero está el otro lado de la historia.

El olvido también puede ser una gran cura. Cuando una herida ha sido muy grave, el olvido actúa como una cicatriz que cierra lo que debe estar cerrado. Miraremos la cicatriz y nos acordaremos de lo sucedido, pero no seguiremos sangrando. Lo normal es que la cicatriz se forme de manera natural, sin permiso, sin pausa. De no ser así, algo está muy mal. ¿Podemos trasladar la imagen a las emociones humanas?, pregunta el narrador. Tomemos el caso de Samuel Urquiaga. El dolor lo visita a diario con la pregunta de POR QUÉ, con mayúscula. Esa herida está abierta, no cierra, y algo está mal. Pero también es cierto que otra zona de la herida ha ido cicatrizando. Urquiaga no lo acepta con facilidad. Pero el proceso continúa, con su aprobación o sin ella. Es el olvido que alivia. Es el olvido como fórmula de supervivencia.

Al morir Marisol, de golpe la vida de Samuel se colapsó súbitamente. Imagine el lector lo que fue llegar al departamento aquel día después de reconocer el cadáver. Todo era Marisol, su lugar de estacionamiento, su gorra para el tenis colgada en el perchero, la raqueta en la entrada. Marisol estaba en todas partes, en el cuadro colgado por ella sin demasiada aprobación de Samuel, en el comedor, en las sillas y la mesa, por supuesto en los utensilios de cocina, en esos cuchillos que cuidaba con verdadero celo. Sus manos anduvieron por allí esa mañana en que se preparó un licuado, ella abrió la ventana y caminó por el pasillo mientras Samuel dormía los últimos minutos de esa parte de su existencia. Porque eso es innegable, su existencia quedó dividida a partir de aquel instante en un antes y un después. El instante preciso fue la llamada telefónica que tomó en la cocina pensando que era ella. Dijo sí dos veces y después sus manos comenzaron a temblar antes de doblarse sobre la mesa a llorar sin consuelo. La primera noche, en la recámara, sólo tenía una imagen en la mente: el rostro lleno de heridas de su Marisol. Esa imagen dolorosa, muy dolorosa, duraría a pesar de que él decidió, por salud mental, no dejarla entrar más. Fue imposible. Ser consciente del daño que le causaba recordar no le ayudó demasiado. De hecho, cuando las imágenes lo asaltaban Urquiaga quería olvidar y no podía. Pero, y qué hay del recuerdo deseado.

Samuel es hijo único, así que cuando llegó el momento de sacar la ropa y objetos, le pidió a la hermana mayor de Marisol que le auxiliara. Sólo pudo acompañarla unos cuantos minutos antes de quebrarse en un llanto sin freno. Lo que nunca imaginó era el poder de los olores. Varios meses después de la muerte de Marisol, la recámara seguía teniendo un inconfundible olor a ella, lo mismo que el estudio con los libros de biología y fotografías de sus trabajos en el laboratorio y en el barco de investigación. Allí estaba la fotografía de Marisol lista para sumergirse, con su tanque, las aletas y la máscara en la mano. Qué decir del piano, ahora abandonado, se mira solo, allí en plena sala. Era tal la fuerza de los olores que Samuel pensó en cambiar de departamento. Buscó en los periódicos, hizo varias visitas. La operación costaría un dinero que no tenía, no era un impedimento menor. Su departamento no valía lo que él tenía en mente. Su sueldo de profesor no le daba margen de maniobra. La tentación de mudarse le duró en la cabeza hasta una noche en que, acompañado de una botella de vino tinto, pudo caminar por el sitio y al entrar al estudio y ver su retrato, una sonrisa se le vino a la mente. Marisol había sido muy sana, la biología, la vida era para ella una verdadera pasión y su muerte había sido instantánea. Quizá el único expediente doloroso era no haber podido procrear. Fueron tantas las explicaciones sobre deficiencias de ella y de él que al final ninguna contó con una validez total que los convenciera. Hicieron de todo hasta que llegó un momento en que, por dignidad, decidieron dejar aquello, que se había convertido en una obsesión. De sufrirlo, el tema pasó a provocarles risa. Incluso platicaban sus peripecias a sus amigos cercanos, que acudían a la conversación con una curiosidad vecina del morbo. Fue la pregunta de un colega a la que Marisol dio respuesta puntual como buena bióloga, el semen de Samuel, los óvulos de ella, la acidez y alcalinidad de la vagina, la posición, todo con una naturalidad excepcional, la que provocó el cambio de actitud. Marisol, la que no tenía inhibiciones, era una científica y una profesional. La diferencia es que no hablaba de la reproducción del caracol marino sino de ella y Samuel. Su respuesta provocó picardía en los ojos de quien interrogaba. Eso hizo que ambos decidieran recuperar el asunto para la intimidad.

El narrador sabe que fue esa noche, frente a la imagen de Marisol, con la copa de vino en la mano y con una sonrisa de la que fue consciente, cuando Samuel se convenció de que, sin preguntar, lentamente la cicatriz se estaba formando. El olvido, que está más allá de la voluntad, hacía su trabajo.

CALOR. Aquí el asunto se complica. Pues en la B, BESO arrojaba una luz deslumbrante. Pero en la C se me vienen encima varias expresiones ineludibles. La primera es CALOR, el amor está siempre vinculado al CALOR. De nuevo, de qué amor hablamos, si se trata del amor en una familia, de inmediato aparece la imagen del hogar, el hogar en el sentido primario de la palabra, ese fuego condensado producto de la leña en su último proceso de consunción. No es la poderosa y deslumbrante llama, no es el fuego que envuelve y destruye, el hogar viene después y sólo después. El hogar emana CALOR pero no es espectacular, no arroja embrujantes luces en forma de flamas que atrapan la mirada. El hogar es denso y aburrido. La leña tiene voces, ruge, truena sobre todo si está húmeda. El hogar es en cambio silencioso. El hogar es el sitio donde se administra el fuego para la cocción de los alimentos. Ese fuego une, reúne. Así llamamos también al espacio físico y emocional donde nos criamos, nuestro hogar, ese referente al CARIÑO y amor familiar. En todos los hogares se busca una forma de protección a la intemperie, puede ser un iglú o una choza en el centro de África. Seguramente habrá etnias nómadas que nunca establecen un hogar físico, son excepcionales. El hogar como sitio de las emociones es universal.

CALOR DE AMANTES. Pero el CALOR de los amantes es otro muy diferente. Lo curioso es que el CALOR de los amantes, esa furia que comienza en el beso, deviene en el otro CALOR HOGAREÑO. Los dos se repelen. Los amantes en el CALOR HOGAREÑO que ellos mismos crearon se apagan, se mueren, se asfixian. En el hogar los amantes caen en el CONTROL. Fíjate en las mayúsculas. El hogar supone CONTROL de la furia de los amantes. Monogámicos o poligámicos, con una o con las varias mujeres aceptadas por el Islam, el hecho es que el CALOR del hogar conlleva CONTROL de los impulsos como dijera Norbert Elías, qué quieres, me sale la deformación profesional. Lo curioso es que utilizamos la misma palabra, CALOR, para referirnos a dos expresiones de la naturaleza humana disímbolas y en muchos sentidos excluyentes. Tú y yo tuvimos hogar, quiero pronunciar tu nombre, qué me pasa, de hecho te hablo. Tú, Marisol, y yo tuvimos hogar, pero en ese hogar predominó, sobre todo en los primeros años, el CALOR DE LOS AMANTES. Pero claro, pasados los ratos de furia amorosa, sobre todo la programada de los domingos por la mañana, venía una calma en que afloraba el CARIÑO. Fue con ese CARIÑO con el que decoramos el departamento, fue con ese CARIÑO con el que subí, es un decir, subieron debiera decir, el piano, tu piano. Es con ese CARIÑO con el que te recuerdo practicando una y otra vez alguna sonata sencilla. Estabas en otro mundo. Pero a ese CARIÑO sólo podíamos acceder, palabra tan de moda en la era digital, llegar, arribar porque los amantes estaban tranquilos. Después llegaron los días, los años en que queríamos una familia, otro tipo de hogar. Llegamos a platicar de cómo el estudio se podía transformar en el cuarto de él o de ella. Nunca fue necesario, lo peor es que cada vez que entrábamos al estudio, ya sabiendo que no habría un tercer miembro en ese hogar, los dos recordábamos la intención. Como ves, Marisol, en la C encuentro por lo pronto tres definiciones que se cruzan, el CALOR DEL HOGAR, el CONTROL y finalmente el CALOR DE AMANTES. Ese me queda claro, el que llegaba con mi sudor y el tuyo unidos, el calor de tu cuerpo por fuera y por dentro, ese que yo buscaba dando motivos a que la bióloga se mofara. Las palpitaciones, la inyección de sangre, los labios hinchados, sobre todo en ti, admítelo, y te mofabas de mis insaciables apetitos. Recuerdo cómo me hiciste reír con aquello del antropólogo Jared Diamond que hace hablar a un perro. Pero por qué hacen el amor, se pregunta el can, si ella no está en su periodo de fertilidad. ¡Qué desperdicio de energía! Peor aún si se trataba de mujeres que ya no estaban en edad de reproducirse, para qué hacer el amor, se preguntaba el cuadrúpedo. Qué tontos. Y por qué cierran la puerta de la recámara. Entonces te pusiste en cuatro patas y me dijiste por lo menos ven a olerme, mete tus narices debajo de mis piernas para ver si estoy en mis días fértiles. ¡Cómo nos reímos! Y por supuesto terminamos haciendo el amor como lo que somos, mi querida bióloga, como humanos, en horizontal, en la cama. Lo de la puerta cerrada en nuestro caso no fue del todo cierto, me bombardean imágenes, la cocina, el cuarto de lavado, el sofá de la sala, el tapete, los escenarios fueron múltiples y divertidos. En la C me brincaron tres y podría haber más.

Cuando Robert Nozick se atravesaba, nuestro profesor de Problemas de Filosofía Contemporánea pensaba que él iba por el viaje de la vida en la opción C, aquella que todo mundo descartaba: la plenitud en el pasado, no en el futuro. Los recuerdos como el gran alimento de la vida, Proust como guía vital. Pero había un problema, la memoria, la cicatriz no discrimina, no selecciona entre lo que se desea olvidar y lo que se quiere conservar como alimento vital. El rostro herido de Marisol desaparecía lentamente pero también el rostro sonriente y malicioso de los domingos por la mañana cuando entraba a la recámara en bata, con un tarro de café para Samuel y un plato con gajos de naranja o manzana cortada. El ritual era sencillo: los domingos por la mañana no había presiones, ni llamadas y ella estaba plena para hacer el amor con todo el tiempo que ello requiriera. La regla era una, los domingos indiscutible, no negociable, los sábados altamente probable y si algo se atravesaba por la semana, era un beneficio adicional. Ella quería hacer el amor recién bañada, totalmente despierta y, sobre todo, sin prisas. El café quitaba el aliento a noche de Samuel, la fruta servía para que el hambre no matara el after party y la luz del día para observar los detalles de la anatomía —incluso debajo de la sábana— del adversario sexual que debía vencer. Eso la excitaba y mucho. Marisol gozó siempre que él llegara primero y gimiera, se estirara desde la frente hasta los dedos de los pies. Para Samuel el asunto era todo un reto, pero la práctica hace al maestro.

Todo esto viene al caso, cree el narrador, porque la traicionera memoria también fue sacando de la mente de Samuel aquellos recuerdos que él quería conservar. Se empeñó en que el olvido no podía vencerlo, que para eso estaba la asesoría de

Nozick y la potente conciencia del español, Unamuno. Quería ver a Marisol entre las cortinas de su memoria. Pero en su interpretación del poder de los recuerdos había una falacia, para utilizar términos filosóficos. Samuel quería mantenerla viva. Marisol había muerto y su desaparición de la memoria no era optativa. Nada sirvió para refrescar o desempolvar los recuerdos. Hablar de ella con otras personas no era pertinente. Hablar solo no dejaba de tener algo de locuacidad, Urquiaga lo sabía. La memoria no era un manantial incansable. Vivir de la memoria cada vez más remota no es tan buena opción. La vida requiere de recuerdos frescos, que la alimenten. Es como una locomotora antigua que necesita más carbón para su incontenible marcha.

El narrador no sabe con exactitud qué día Samuel Urquiaga decidió iniciar su *Abecedario*. Sin embargo, la intención la tiene clara: Samuel Urquiaga decidió alimentar artificialmente sus recuerdos. En lugar de sentir tristeza ante la imagen de dos personas besándose, la guardaría, para así sacar del baúl sus recuerdos, sus experiencias que deberían quedar plasmadas en letras. Así podría recurrir al abecedario cuando la memoria languideciera. El *Abecedario* lo obligaba a un orden.

13

El profesor Urquiaga entró al salón y lanzó la pregunta, ¿quien cree en el Diablo? Se escucharon algunas risas. La volvió a repetir con toda severidad, ¿quién cree en el Diablo?, nadie levantó la mano. El narrador debe acentuar aquí que Urquiaga no erró de profesión: es un espléndido maestro. Mezcla de conocimiento y capacidad histriónica, Urquiaga tiene ese don para hacer de las cosas muy complejas algo que parece sencillo. Lanzó entonces una segunda pregunta mientras abría su viejo y lastimado portafolios de cuero. ¿Quién cree en Dios?, más de la mitad del salón levantó la mano, los miró fijamente simulando que contaba para mantener las manos levantadas. Los alumnos se miraban mutuamente. Regresó la mirada a la mesa, tomó su cuaderno y escribió en el pizarrón: omnisciente, omnipotente, omnibenevolente, éstas son, por definición, las características de Dios, bueno, dijo, de un Dios monoteísta que se respete a sí mismo. Poseidón no era omnipotente, pero su furia podía levantar los mares. El politeísmo, les dijo, es diferente. Pero en el monoteísmo la pretensión básica tiene estos tres elementos, y los leyó con calma: omnisciente, omnipotente, omnibenevolente. Como el narrador ya conoce el destino que llevan las palabras de Samuel Urquiaga, hace notar el uso de la teatralidad para lograr su objetivo.

No fue Drake, fue Dios, lanzó Felipe II después de la terrible derrota de su flota. Dios estaba enojado con España y había que encontrar la causa. El poder total de Dios tiene sus complicaciones. Urquiaga regresó al escritorio y tomó un recorte periodístico. *Ocho de octubre de 2005, un devastador terremoto golpeó la región de Kashmir administrada por Pakistán. Las primeras cifras oficiales hablan de alrededor de 75,000 muertos,*

100,000 heridos y alrededor de tres millones de personas que perdieron su hogar. Urquiaga levantó la mirada y dijo: dónde estuvo Dios ese día. Es uno de mil casos. Si es omnisciente, sabía que el horror se aproximaba. Si es omnipotente, podía haberlo evitado. Y si es omnibenevolente, debió de haberlo evitado. ¿Estaba de vacaciones? La muerte de Marisol se le vino a la mente: debió de haberlo evitado. ¿Por qué no lo hizo? Caminó lentamente de un lado al otro sin emitir sonido. Nadie imaginaba por dónde andaban sus pensamientos. Sus zapatos de suela de goma permiten a Urquiaga ser silencioso hasta en eso. Un pasmo gobernó el salón.

Se le conoce como el "Problema del Diablo" y con frecuencia aparece en los manuales de filosofía. El acertijo es muy bueno, Urquiaga con su pelo canoso un poco largo y sus anteojos apoyados en la punta de la nariz, encarna el prototipo de un profesor de filosofía. Él lo sabe y lo explota, faltaba más. Después de la muerte de Marisol muchos alumnos se acercaron a él para abrazarlo con cariño. Su condición pública de viudo acentuó el respeto hacia el personaje. Nadie sabe el drama que vive. Los alumnos lo miran con atención y, en el momento preciso en que el silencio podría ser exagerado, lo rompe diciendo, hay alternativas. Una: no es omnisciente, no sabe todo, no sabe de esas fuerzas superiores a él. O sí sabía pero no pudo evitarlo, no es omnipotente. Van dos. O sí sabía, sí podía detenerlo pero no quiso hacerlo, no es omnibenevolente. Van tres. ¿Cuáles otras opciones se les ocurren? Y miró al grupo.

Manjarrez y Suárez ya habían levantado como siempre sus manos. Siempre los primeros, siempre astutos, siempre arrojados. María Elena, por favor las damas primero Manjarrez. La piel de la chica es tan blanca que asombra, jamás ha conocido el maquillaje y el pelo se lo lava una vez al mes en promedio, eso parece, dice el narrador. Con pleno control de sus palabras la joven lanza, ni es omnisciente, ni es omnipotente, ni es omnibenevolente, Dios ha muerto, afirma al final para rubricar con la famosa expresión de Nietzsche. Usted, Manjarrez. Lo mismo, no existe ese Dios. Urquiaga respira tranquilo pensó que Manjarrez, siempre adelantado, le arrebataría su salida: el

Diablo existe. Varias cabezas se movieron de un lado al otro. El problema con el monoteísmo es que no acepta matices. Quizá Dios es muy poderoso, pero no omnipotente. Quizá sabe muchas cosas, pero no es omnisciente. Quizá siempre quiere el bien, pero no puede contra el mal porque el Diablo existe. O quizá deja que el mal ocurra porque lo cree necesario. Trabajemos sobre esta última idea. Dios puede creer o saber que el dolor humano es —en el largo plazo— necesario. El mal, el sufrimiento, el dolor, la muerte, la existencia del Diablo, es la única forma de sacar lo mejor del hombre. Es un acto de fe. ¿Quién compra la tesis?, preguntó Urquiaga. Ninguno de los alumnos aceptó el razonamiento. Ellos, al igual que Urquiaga, no eran creyentes. Urquiaga gozó la discusión. Invocó a Nietzsche con esa autoridad de citar al alemán del gran bigote cuya complejidad espanta a muchos. Ahí se encontraba en parte el origen de la discusión. El bien necesita, para su existencia, al mal. El Diablo existe.

Al llegar a su auto y quitarse el saco, el profesor mira debajo de sus axilas. La camisa está mojada de ambos lados. Más de veinte años de dar clase y no deja de sudar.

CARIÑO. Si fuiste buena lectora, habrás notado que traigo un pendiente en la C, CARIÑO. Eso que no encuentro en mis revolcadas semanales frente a Buda, por quien por cierto estoy perdiendo el respeto. Qué comparación con los que vimos en Indonesia y Tailandia, te acuerdas de aquel dorado, de treinta o cuarenta metros de largo, reclinado, ese sí me imponía. El silencioso testigo de plástico ya no me provoca la menor reflexión o inhibición. ¡Lo que no habrá visto! Pero antes hay otras ces imprescindibles. Qué te parece CARICIA. No se puede circular por la vida sin conocer la importancia de la CARICIA. Los perros, los caballos, algunos gatos buscan las caricias. Vienen a uno a recibir ese fascinante estímulo del alma que es la CARICIA. Por cierto, ya estoy loco, te estoy hablando como si estuvieras viva, me dolió decir esto. Te decía, en una librería de viejo me encontré un fascinante libro sobre la mano de un autor para mí desconocido Fred Gettings. De las características raciales, a un intento de tipología de las manos y su adaptación al trabajo, al llamado dedo de Saturno, a la bióloga admiradora de Darwin le hubiera fascinado. No puedo hacer esto, me refiero a pensar en ti como si estuvieras viva en alguna parte, en el limbo y me escucharas. Creo que voy a necesitar ayuda. Regreso, la CARICIA nos debería acompañar toda la vida. A los niños todo mundo desea acariciarlos, hacerles una caricia. Pero nos estamos volviendo muy raros. ¿Te acuerdas? Allá en la isla a la que fuimos a bucear, de regreso en el hotel, al entrar al elevador se subió una pareja con un hermoso y sonriente bebé en los brazos, llevaba las piernitas desnudas y le pregunté a la madre si podía tocarlo, la piel de los bebés es embrujante, ella dijo que sí pero el padre me miró con tales ojos que sólo lo toqué un segundo y lo dejé por la paz. Los padres acarician a los hijos y los hijos a los padres. O sea que la infancia está cubierta y la madurez también, aunque a ti y a mí nos faltaron esas caricias, me refiero a las de los hijos. Después los niños se transforman en odiosos adolescentes ya que no aceptan fácilmente las caricias hasta que descubren las caricias de sus congéneres y vaya que se dejan ir en caricias, pero ya son de otro tipo. ¡Que si lo son! Los recién casados se acarician, bueno si de verdad están enamorados, pero las parejas adultas dejan de acariciarse, ése es un grave error. Yo extraño tus caricias, en el cine, en la casa, al llegar del laboratorio, casi todo el tiempo. Salvo cuando nos enojábamos. También ocurrió. A los viejos la familia los vuelve a acariciar, con suavidad, con respeto, pero imagínate a aquellos que están solos, quién los acaricia. Nadie. En esas estoy yo, el náufrago. Hasta aquí llegué. No puedo más con este asunto.

14

Urquiaga lo llamaba el "Síndrome Japonés" y vaya que se burlaba de quienes caían en él. Se refería a esa auténtica manía de sacar foto de todo y de todos en todas partes. En los viajes con Marisol los señalaba una y otra vez, ya fuera en una mezquita en Marruecos, frente a un paisaje en Suiza, ni se diga en París o en su propia ciudad. Hordas tomándose fotos unos a los otros por cualquier motivo. Se burlaba del burbujeo de las luces en los estadios o de los relámpagos que salían de las cubiertas en los cruceros. Como si el flash fuera atómico, capaz de iluminar una bahía entera. Atrapar la imagen como obsesión de millones y millones, ése era el síndrome. Se preguntaba si de verdad esas familias se reunirían algún día a comentar los cientos, miles de imágenes que podían almacenar en un pequeño aparato. O quizá nunca más las volverían a ver. Cámaras baratas y ahora celulares habían provocado una verdadera inundación de fotógrafos, como si fueran marabunta, esas feroces hormigas que todo lo devoran a su paso. Foto, foto se escucha en cualquier reunión, ya no digamos en algún cumpleaños significativo, setenta, ochenta, o en algún aniversario también importante. El "Síndrome Japonés" ataca a cualquier hora. Filósofo al fin, Urquiaga, centraba sus críticas en dos puntos, una vana idea de trascendencia, todo mundo quiere mostrar que estuvo allí, no les basta con saberlo, se lo tienen que decir a los otros y a sí mismos, era la primera. La segunda era esa búsqueda de alegría artificial, todos a sonreír por decreto, nunca en la actitud real que guardaban en ese momento. Por qué sonreír como si fuera un mandato, una orden, un *fiat lux*, mostrar que estuviste feliz, como si la verdadera felicidad surgiera de estar plasmado en una imagen. Había una tercera crítica, más circunstancial decía él, ya no miran lo que están fotografiando, de qué sirve estar frente a un glaciar si lo primero que hace cualquier turista que se respete es sacar la cámara para "atrapar el momento". Sus posturas siempre le generaban buenas discusiones con sus amigos, Manuel, quien quería a fuerzas atraparlos en el Corcovado, o con Jorge, que siempre exigía foto en cualquier situación a cuarenta grados en Cambodia o a menos diez en la Patagonia, justo cuando Urquiaga decía ¡pero qué calor!, vamos a tomarnos una cerveza o vámonos a la chimenea, Jorge tenía a bien solicitar a cualquiera que tomara una fotografía. Y claro llegaba la petición, sonrían por favor. A Urquiaga por principio le parecía insensible hacerlo, que la gente sonría cuando quiera y cuando no, pues no. Tenía otro inconveniente severo, para él —como buen maestro— el trenzado de una conversación es lo más importante, el gozo está no sólo en las conclusiones de la conversación sino en la conversación en sí misma. Urquiaga odiaba las interrupciones en clase y en cualquier conversación. Cuando alguien interrumpía sin seguir la argumentación le parecía una brutal falta de respeto. Peor aun cuando el motivo era ¡tomar una fotografía! Eso era una franca majadería.

Lo que nadie sospechaba al oír sus críticas al "Síndrome Japonés" es que Urquiaga era un buen fotógrafo, sobre todo de retratos. Instalado en la era analógica y con un equipo Canon con más de treinta años de antigüedad, Urquiaga de pronto, en ciertas situaciones, sacaba retratos de sus amigos, siempre en blanco y negro y, por supuesto, nunca exigía ¡sonrían por favor! Al contrario, los tomaba taciturnos, meditabundos, siendo ellos mismos. Entendía las fotos a los niños —que a diario se transforman y dejan de ser lo que eran— e incluso había tomado a los hijos de sus amigos en imágenes que ellos apreciaban. Menos aún podían saber que Urquiaga había realizado una serie de desnudos a Marisol en su larga relación, veinte años o algo así. Urquiaga fotografió a Marisol en playas, en apartamentos, en hoteles, en Nueva York o en el Caribe, en regaderas acicalándose, en un baño, con un sombrero y nada más, en una terraza, en un jardín solitario, en una casa de campo, en cualquier sitio que se prestara para la intimidad.

Muy cuidadoso de los materiales, Urquiaga en persona los trabajaba o iba a un laboratorio muy profesional donde les pedía el papel deseado, siempre mate. Al principio Marisol fue renuente al ejercicio, pero era tal el gozo de Samuel al hacerlo que accedió pensando que no tendría ninguna consecuencia. Pero claro que tenía consecuencias, al terminar cada sesión Urquiaga se le lanzaba, ya fuera sobre un prado o en pleno mar o sobre el tapete elegante de una sala o donde fuera. Al poco tiempo Marisol ya no ponía resistencia y al final lo gozaba. Las fotografías jugaron un papel erótico muy importante en la relación entre los dos. Eran parte de un mundo compartido que crecía y se expandía, en lugar de adelgazarse como ocurre con frecuencia en las parejas.

Para Urquiaga, Marisol era la más bella y eso merecía un monumento fotográfico que él labraba a golpe de cincel, click. Con los años, algunos más productivos que otros, la serie creció. Urquiaga, que coleccionaba libros de fotografía, en particular de retrato, comprendió el valor estético de darle seguimiento durante dos décadas a la evolución de una persona, de su rostro, de su cuerpo siempre con el mismo ojo fotográfico, con la misma técnica. Lo furtivo del instante quedaba plasmado en la larguísima serie. Un día en vida de Marisol, y sin consultarle, Urquiaga le habló a Pablo, su amigo el fotógrafo y editor. Él lo invitó a su estudio y Urquiaga llegó con una caja de materiales. Pablo, un profesional, no podía creer lo que tenía frente a él, en primer lugar por tratarse de Marisol, siempre tan recatada y propia y qué decir de Urquiaga, que parecía no matar una mosca. Además estaba la sorpresa de que su amigo por muchos años, el *scholar*, escondiera sensibilidad para el arte fotográfico.

Entre los dos miraron la serie, y Pablo se encargó de darle al material un tratamiento profesional. Tiempo después Pablo terminó su trabajo y sabiendo lo preciado que sería para Samuel un día, él y Marisa, su esposa, quien lo había ayudado en algo tan delicado, le entregaron el álbum que guardaba la historia secreta, íntima, erótica y amorosa de los dos. Urquiaga lloró y tomó el álbum entre sus brazos. Era un tesoro marcado por la desgracia. Samuel lamentó no haber hecho más clicks y el "Síndrome Japonés" ya no fue una obsesión suya.

15

¿Qué sintió Samuel Urquiaga aquel día del masaje? Él fue a buscar alivio para su espalda, para la contractura producto de la maleta de Nueva York. Las manos de aquella joven le dieron un toque sensual al masaje, algo que no le ocurría con Marta. Eso fue evidente, por lo menos para él. Susana Aguirre pensaba en algo muy diferente, en hacer su trabajo lo mejor posible para conquistar a un nuevo paciente-cliente. Eso lo sabe el narrador. Pero hubo algo más. Justo en el momento que la chica tomó sus manos con suavidad Samuel Urquiaga recordó la belleza de ese sencillo acto, trenzar las manos con alguien, con la amada, como lo había sido por mucho tiempo Marisol. Algo tan sencillo pero también insólito puesto que no se trata de tomar la mano de cualquiera sino de alguien muy especial. Samuel Urquiaga allí, tapado con la toalla, cayó en cuenta de todo lo que había perdido, la mano cariñosa de Marisol en la función de cine, en los conciertos sabatinos en la Universidad, en las caricias tempraneras con ánimo de buenos días o las de buenas noches y por supuesto, el beso.

Justo ese día comprendió que no podía seguir su vida sin cariño, las marometas sensuales presididas por Buda no eran suficientes —a pesar del Woody Allen dixit—, además él con sus actos había dado a entender a Isabel que no buscaba ser besado. Ella lo entendió de inmediato, al fin y al cabo era una profesional. Había recuperado su vida sexual pero no era lo mismo. Los encuentros entre Marisol y él, aunque más rutinarios sin duda, tenían mucho de juego, de aventura, de travesura. Recordaba el día en que, a punto de comenzar la faena en un apartamento playero que les habían prestado, escucharon entrar a unos jóvenes que venían guaseando. Marisol y Samuel habían dejado la puerta abierta de par en par para que la brisa entrara. No esperaban a nadie. Marisol ya estaba desnuda sobre la cama, Samuel se asomó sin que lo vieran. Eran cuatro. Marisol trató de taparse, él la contuvo, la recostó fingiendo que dormía y él se ocultó en el baño. Los cuatro jóvenes recorrieron el apartamento hasta que por fin entraron guaseando a la recámara. El corazón de Marisol palpitaba. Samuel estaba entre emocionado y excitado. Con los ojos cerrados Marisol escuchó el asombro del primer joven, que de inmediato hizo una señal de silencio a sus compañeros. De puntas uno por uno, por turnos fueron pasando a contemplar el cuerpo expuesto de Marisol hasta que ella giró como si se fuera a despertar. Ellos salieron corriendo. Tan inocente como dejarse ver, un juego de niños en el que todos habían encontrado mucho placer.

Eso no ocurría con Isabel. Sin ser una típica meretriz pagada por hora, Isabel sabía cuál era el punto final del párrafo de ese día. Por su lado, Samuel tampoco tenía intenciones de permanecer más de lo estrictamente necesario. Por lo pronto la historia de las religiones no pareció ser un tema adecuado para conversar. Pero las manos de Susana le habían recordado ese otro instinto o necesidad, rodearse de cariño. A la salida del masaje observó el rostro de la joven y sus labios gruesos. Tuvo ciertos deseos de besarla en el cachete, quizá a ella sí. Por supuesto, no hizo nada para delatar sus impulsos. Ella agradeció la propina y por su mente nunca pasó la idea de lo importante que para Samuel había sido aquella sesión. Al llegar al departamento el académico Urquiaga de inmediato fue a su "tumbaburros", a su diccionario de la Real Academia en su decimonovena edición. Todo el camino había pensado en su brutal ignorancia: no sabía el verdadero significado de CARIÑO. Ahí lo encontró, …del latín carere, carecer. *"Inclinación o buen afecto que se siente hacia alguien o algo… Manifestación de dicho sentimiento…* AÑORANZA, NOSTALGIA… *Esmero, afición con la que se hace una labor o se trata una cosa… Regalo, obsequio".* De todas las acepciones tomó un poco. En su vida no había cariño, esa fue la conclusión.

Pero el diccionario era sólo una aproximación y bastante fría, por ejemplo besar: *"Tocar u oprimir con un movimiento de labios, a impulso del amor o del deseo o en señal de amistad o reverencia"*. Irreprochable, pensó Urquiaga, pero no basta. Ese día se dio cuenta de la importancia de su propio *Abecedario*, uno que fuera más allá de la Real Academia, o de Oxford y que fuera su lectura de ciertos anclajes en la vida. No se podía circular por ella sin tener claras algunas acepciones. Las fuentes de su conocimiento podían ser muy diversas. Llegó a clase al día siguiente y le pidió al grupo que elaboraran su personal definición de amor. Al principio lo tomaron a la ligera. Pero a la próxima clase Urquiaga abrió la sesión preguntando por las definiciones. Los varones se rieron, ninguno había elaborado algo. En cambio dos chicas se sonrojaron delatándose. De nuevo Yadira Guzmán lanzó la suya con pena: "Hacerse a la mar con disposición al naufragio". Urquiaga aplaudió provocando al resto a hacer lo propio. El maestro hizo una reflexión sobre la utilidad del lenguaje metafórico para el conocimiento humano, del riesgo, el mar como invocación de lo infinito, la idea implícita de algún tipo de embarcación, el naufragio como amenaza de lo imprevisible. Urquiaga pensó en su propio naufragio. Marisol cruzó por su mente y se plasmó en su mirada. Varios alumnos que conocían su historia se dieron cuenta. El grupo quedó en silencio escuchando la dimensión que unas cuantas palabras pueden tener. Urquiaga se asombró de su propia lucidez, algo que le encantaba: sorprenderse de sí mismo. En silencio se felicitó. Fue a su escritorio y apuntó. Desde entonces, en las sesiones —antes de abordar el tema central— Urquiaga tomaba alguna propuesta. Poco a poco se estableció un ánimo de competencia. El *Abecedario* empezó a llenarse con su caligrafía, pues decidió hacerlo a mano. El teclado y la computadora eran maravillosos, pero había una serenidad indispensable que no encontraba en la pantalla. El papel era totalmente respetuoso de sus ritmos, no interrumpía, no avisaba nada, no se apagaba para recordar un silencio que la máquina consideraba excesivo. Era perfecto. Además el *Abecedario* sólo era para él mismo.

CARICIA y CONSUELO. Regreso, he dejado mi *Abecedario* varios días. Lo de la CARICIA me dolió. Estoy solo, no tengo a nadie a quién acariciar, ni quién me acaricie. En esas estaba yo cuando Malena me contó de un viejo arquitecto amigo de don Carlos que murió solo en un departamento el fin de semana. Lo vinieron a descubrir varios días después. Odio imaginar ese final para mí mismo. La C de CARICIA, esa mano suave que se desliza por la cabeza de un perro, por una mejilla, o por un brazo y, por qué no, por una pierna, esa CARICIA trae CONSUELO. Qué es Consuelo, me pregunté. De inmediato al "tumbaburros". Primera pista, la RAE, "Descanso y alivio de la pena, molestia o fatiga que aflige y oprime el ánimo". No cabe duda que los señores académicos hazen su trabajo. Imagínatelo ceceado. De nuevo al ánimo, al alma que debemos recuperar en el siglo XXI. En el XIX sabían muy bien de su importancia, desde los románticos como Lord Byron hasta Víctor Hugo. En *Los Miserables* se utiliza la palabra alma 355 veces. Antes que describirnos el físico del personaje Víctor Hugo lee el alma. Consuelo a la fatiga o la molestia sí encuentro. Molestia cuando los vecinos tienen fiesta y bailan hasta las cuatro de la mañana. Pero bueno, me pongo mis tapones y a otra cosa. Molestia cuando me voy al pueblo los fines de semana a leer y preparar el curso y al cura le da por poner la misa en altavoz. Vamos, que a estas alturas me quieran adoctrinar con quinientos watts de salida me parece una afrenta. Molestia, de nuevo allá en el pueblo los interminables bombardeos de cohetes cada vez que se festeja un santo o un barrio. Fatiga sí, pero una fatiga profunda. La vida se me está haciendo larga, demasiado larga. Desde que te fuiste no tengo con quién compartir los momentos gratos y los ingratos perduran, no transitan. Nadie tiene la vida comprada pero hace unos días me hice mis análisis de sangre y fui a ver a nuestro amigo Luis, el cardiólogo, colesterol y triglicéridos muy bien, sigue así y vas a dar lata muchos años. A la salida me fui a echar un trago al bar de La Vieja Hacienda. Cacahuates y whisky, muchos años y para qué demonios quiero muchos años. Ya había escrito lo de la CARICIA, andaba muy bajo. Setenta y cinco es la esperanza de vida para varones y va subiendo. ¿Veinte años más? Veinte y sin caricias, no me pareció nada atractivo. Me di cuenta de que mi alma está herida y no encuentro CONSUELO. Termino con algo más grato.

COSQUILLA. La CARICIA lleva nuestra mente a un acto tierno y lleno de CARIÑO. Pero hay otra forma de CARICIA muy simpática: la COSQUILLA. Sabes que soy muy cosquilludo. Recuerdo que verdaderamente me torturabas a cosquillas, hasta que en verdad me molestaba reírme sin control, todo por el movimiento caprichoso pero calculado de tus dedos. Yo también te tiraba a cosquillas y pateabas desesperada sobre la alfombra. A los niños, hace tiempo que no toco a uno, les hacemos cosquillas y lo toman como parte de una muestra de cariño. Pero los adultos dejan de hacerse cosquillas, no sólo en público, creo que también en privado. ¿Tendrán los ancianos cosquillas? No lo sé. Pero en mi memoria, de la cual alimento hoy mi alma, las cosquillas ocupan un espacio. Recuerdo cuando mi padre me sometía a una tortura de cosquillas, yo terminaba llorando. Me trenzaba entre sus piernas y no paraba hasta que mi madre nos reprendía a los dos por el escándalo. Nada más por ese hecho la COSQUILLA merece un lugar en la CARICIA, y ambas van en la C.

16

¿Qué es normal? Fue normal que Marisol aceptara los guiños de un extraño. En este mundo supongo que sí. Tampoco podemos ser demasiado formalistas, qué más esperar, acaso una invitación con RSVP. Pero el narrador se quedó con la duda de por qué Marisol, al ir a agradecer la copa de vino, en aquel momento en que Urquiaga tuvo ese lance, asombroso en él, de proponer un encuentro en sábado, por qué ella había revirado con tal celeridad: el próximo sábado. Hasta por elegancia pudo haber pospuesto una o dos semanas esa comida. Pero no fue así. El narrador ha descubierto que la respuesta tiene varias entradas. La primera es que el joven profesor desde entonces tenía un perfil de nobleza inocultable. Marisol lo había observado en varias ocasiones con detenimiento, estaba convencida de que era un hombre bueno y eso para ella era primordial. No podía sacarse de la memoria aquel galán autopostulado, mayor que ella, que comenzó a tocarla violentamente en el asiento trasero del auto de su amigo, cómplice, y la amiguita de éste que también guardó silencio ante las quejas, gritos y forcejeos de Marisol por defenderse. Desde ese día el aliento alcohólico del funesto tipo quedó guardado en las entretelas de la mente de Marisol como sinónimo de violencia. A gritos se bajó del automóvil con la blusa rasgada y la respiración entrecortada. El tipo le atraía y mucho, por eso había caído en la trampa. Sola, llorando a medias, recargada en un poste con la mirada de varios transeúntes encima, Marisol se prometió a sí misma nunca más salir con alguien que de entrada no mostrara nobleza. Creo que Marisol se refería a la lectura del alma tan practicada por Víctor Hugo, tan olvidada en el siglo XXI. Los ojos de Urquiaga transmitían tranquilidad y nobleza, esa era la primera impresión. Después venía el color entre verde y azul de los ojos. La barba clara rodeaba el rostro y ascendía por los cachetes sin un corte tajante. Ese nunca ha sido el estilo de nuestro profesor. Así que Urquiaga había pasado la primera prueba.

Pero hay más. La bióloga, como es la moda de toda profesionista moderna que se respete, había cursado sus estudios de licenciatura y maestría sin escala. Los de doctorado estaban en curso en ese momento. Pero Marisol estaba muy consciente del daño que había causado a la generación anterior una estimación equívoca de la Asociación Norteamericana de Ginecología. La conclusión era muy sencilla: la fecundidad en la mujer declinaba pasados los treinta años. Millones de mujeres confiaron en el dato, pospusieron su primer embarazo más allá de los treinta y cayeron en problemas de fertilidad. Década y media después la Asociación rectificó, sin grandes disculpas, admitiendo que en realidad el declive se iniciaba antes, quizá después de los veinticinco. Cuando Marisol miraba a hurtadillas a Urquiaga tenía muy presente su edad, veintiséis años. El narrador sabe que Marisol difícilmente lo admitiría. No es que tuviera prisa, pero con cada regla se acordaba que los próximos óvulos serían más viejos, que no se renovaban. Eso también marca el reloj interno de una mujer. Marisol tenía claro que quería un hogar armonioso que no le dieron sus padres y que quería tener familia. Su única hermana vivía en Francia casada con un hombre rico y fanfarrón. Eran totalmente diferentes. La relación era muy distante. Ese cálculo, aunque el narrador sabe que suena muy frío y poco romántico, también atravesó por la mente de Marisol.

Pero de nuevo, había algo más. Esa ágil gacela con su pequeña falda blanca y la piel dorada que volvió loco a Samuel Urquiaga, venía de estar por lo menos cinco horas en el laboratorio o en su cubículo. En ambos lugares el silencio era imperativo. Socializaba un poco en los pasillos pero la investigación era para ella un trabajo solitario. Salvo los viajes en que sus colegas se relajaban y parloteaban, el resto era silencio y protocolos de investigación. Por las tardes la investigadora invertía otras tres horas por lo menos en revisar información y entregar informes que odiaba. Por las noches Marisol llegaba agotada a su departamento, la hora y media de ejercicio pasaba factura, se preparaba una sopa de lata, algún sándwich y se iba a dormir mirando alguna película. A pesar de la jovialidad que irradiaba, Marisol era una mujer muy solitaria. Su última relación amorosa había sido con un colega frío como un hielo. Un día ella le sugirió que hicieran un viaje a la costa para perseguir la luna llena. Él sacó su agenda y en segundos le dio la fecha. Saben cuando será luna llena pero no saben para qué quieren verla. Eso concluyó Marisol. En el fondo de su corazón nuestra científica era una romántica. El filósofo podría ser diferente, por eso dijo *el próximo sábado*.

CELOS. Quien de verdad ama es prisionero de una pasión. Las pasiones encierran irracionalidad. El celo en su origen es un "cuidado extremo", ser celoso del trabajo por ejemplo es una expresión de elogio a alguien. Celar es cuidar, los celadores cuidan, ese es su deber cotidiano. Pero los CELOS son ese dolor intenso producto de la sospecha de que él o la amada, estén en tránsito hacia otros brazos. Los CELOS carcomen la racionalidad, arrojan leña a la pasión, generan grandes y peligrosas llamaradas. Pobre Otelo, qué sufrimiento. Los dos tendíamos a ser celosos, tú de mis miradas, yo de las caricias involuntarias, o no tanto, que tenías con mis amigos y viceversa. Pero hay otra lectura, cuando la amada —en mi caso fue así— atrae a otros hay un acicate al amor. Declarar el monopolio de la atracción es imposible. En eso también soy liberal. Es imposible que la amada deje de ser mujer y como tal circula por el mundo sujeta a los vaivenes y los riesgos (de nuevo) de la atracción. Una mujer o un varón que se cancelan como tales caen en una ficción que termina por dañar al amor. Creo que el flirteo abierto —te acuerdas del libro que los dos leímos al respecto— era mucho más sano. "Discreto juego amoroso que no se formaliza ni genera compromiso", el tumbaburros de nuevo. Es normal sentir atracción por otras u otros. Te recuerda que estás vivo, en todos sentidos. Pensándolo bien, desde que te fuiste no he tenido ningún flirteo, no es normal. Algo en mí se está muriendo, me estoy muriendo contigo.

17

Aquella mañana en Nueva York, después de visitar a Adèle Bloch-Bauer, Samuel Urquiaga fue en busca del retrato de *Judith I* que se encontraba en préstamo en la Neue Galerie. Allí estuvo parado frente a aquella mujer rodeada de árboles dorados, vestida con una gasa transparente, uno de sus pechos está al descubierto y lleva un rígido y amplio collar de oro alrededor de su cuello. Su generosa cabellera casi negra enmarca un rostro gozoso, con una mirada cargada de reto y erotismo. Los labios entreabiertos imprimen una sensualidad evidente. Pero en la parte baja del cuadro la mano derecha sostiene la cabeza de un muerto, es Holofernes, el general asirio a las órdenes de Nabucodonosor II. Judith, una viuda muy bella, utiliza sus encantos para introducirse al campamento de los asirios. Allí seduce y embriaga al militar. Cuando éste duerme, lo decapita. La cabeza es el trofeo, símbolo de la liberación del sitio de Bethulia. Lo ha matado con sus propias manos. Judith, la judía, libera a su pueblo de la opresión, pero con ese acto muestra un territorio de gozo y perversión. Heroína y amenaza a la vez, recuerda a Salomé, quien fuera la culpable de la muerte de San Juan Bautista. La *Judith I* de Klimt fue vista por muchos como un retrato de los signos de sus tiempos, de la vuelta del siglo XIX al XX, de la liberación femenina.

Pero recordemos. La intención de Urquiaga al dejar el Hotel Gramercy era la de revivir una emoción juvenil, que él recuerda vagamente, entre atracción y temor por *Adèle*. Pero eso no ocurrió. En ese momento Samuel pensaba que su capacidad de conciencia podría revivir emociones. Todavía no entraba en crisis, todavía no aceptaba que el olvido se impone sin pedir permiso. Ni remotamente se imaginaba el *Abecedario*. Parado, solo, no sintió ni un asomo de lo que él recordaba haber sentido de joven. Fue peor aun, recordó con fuerza la alteración que lo invadió cuando, de visita con Marisol en Viena, la llevó especialmente a la Österreichische Galerie a mirar a *Judith I*, su segundo amor pictórico después de *Adèle*, le dijo. Allí le contó la historia de los amoríos del pintor. Ese día en Nueva York, en que no sintió nada especial y se desesperó al no poder convocar a sus emociones, Samuel pensó que estaba muerto en vida. En la tienda del museo compró un libro sobre Klimt, mismo que a su regreso dejó sobre la mesa central de la sala, a manera de adorno disfrazado de conocimiento. Al salir de la Neue Galerie, nuestro serio profesor decidió que necesitaba por lo menos un par de Manhattans para asentar su dañado ánimo. Varias semanas después de iniciar su *Abecedario*, un martes, al regresar de clase, Samuel Urquiaga se sentó en la sala —piano incluido— con una copa de vino blanco. Había decidido que la muerte de Marisol no podía terminar con sus rituales, uno de ellos sentarse en la sala antes de comer algo.

De pronto sus ojos quedaron atrapados por la portada del libro sobre Klimt. Era *El Beso*, quizá el cuadro más famoso del austriaco. Su primera reacción fue de reclamo a sí mismo, cómo no lo había recordado, ni siquiera se dio cuenta de su presencia, durante meses tuvo el famoso cuadro frente a él y no vio *El Beso*. En clase no lo había recordado. Era un olvido imperdonable, peor aún en alguien que durante décadas se ha dicho admirador de Klimt. La memoria, una vez más, le había jugado una mala pasada. El colmo: no recordaba lo que quería y olvidaba lo que podía serle útil para salir adelante. Tomó el libro entre sus manos y lo miró como nunca antes lo había hecho.

CHILLAR. Antes de tu partida no hubiera tenido voz en la Che. Pero ahora sí. De pronto estoy solo en casa y se me cierra la garganta. Me ha ocurrido varias ocasiones, dos de ellas cuando me he sentado en la banca del piano a mirar el teclado por el que deslizabas tus recuerdos infantiles. Viene entonces esa sensación de no poder tragar y emito unos gemidos. No lloro, pues de inmediato me levanto. Pero CHILLO, gimo. Hoy en la Che, *chillar*.

18

La historia con los rituales es algo que en Samuel viene de muy lejos. Su madre era descendiente de una familia que tuvo su etapa de riqueza. Pero claro, después de los abuelos trabajadores vinieron los hijos derrochadores, o sea los tíos de Samuel. A su madre sólo le quedaron unos cuantos muebles de época, unos cubiertos de plata que usaba todos los días y una manía de exigir un servicio como si estuviera en la campiña inglesa. El padre —en contraste— era hijo de un inmigrante español. De modales no muy finos, pero muy trabajador y estudioso, se pagó su carrera como telegrafista, obtuvo su título de abogado, dio clases en la Universidad y todos lo reconocían como un hombre ejemplar. Para el niño Samuel los rituales de la comida implantados por la madre le resultaban insoportables. La conversación familiar era interrumpida, a veces, para reclamar que la sopa estuviera más caliente o que el pan no estuviera suficientemente tostado o cualquier cosa que debió ser resuelta antes de la ceremonia. Por eso, en cuanto pudo rebelarse en contra de los rituales lo hizo. De adolescente y después como universitario prefería comer y cenar solo y rápido, para poder levantarse de la mesa sin escuchar los infinitos reclamos de la madre. Pero la vida da muchas vueltas.

Durante una etapa de la vida de Samuel Urquiaga su salario como profesor universitario no le alcanzaba, sobre todo en los primeros años de vida con Marisol. Los ingresos de la bióloga tampoco eran significativos. Tenían que pagar la hipoteca del departamento y eso los estrangulaba. Cuando tuvieron que cancelar viajes y salidas a restaurantes, Urquiaga se convenció de que necesitaba más dinero. Ser profesor universitario era muy gratificante intelectualmente y cómodo, pero no era suficiente para pagar sus gastos. Así que Urquiaga empezó a aceptar conferencias. Su capacidad histriónica y los años de clase le ayudaron a promocionarse. Eso sí, tenía que hablar de temas que le aburrían al extremo, la filosofía no pagaba. La política contemporánea tenía buena demanda, así que el profesor Urquiaga comenzó a hablar la hermenéutica del discurso, es decir el transfondo de las palabras siempre confusas de los políticos. Algo muy desgastante para Urquiaga era tener que leer periódicos todos los días, peor aún era tener que tomar aviones. Le decía a Marisol que su felicidad era inversamente proporcional al número de noches que pasaba fuera de su casa. En sus salidas nada podía quedar al azar. Llegaba con tiempo al aeropuerto. Ponía el ticket de estacionamiento siempre en el mismo lugar de la cartera. En el portafolio de viaje, diferente al de clase, mucho más pequeño, de material sintético negro y moldeable, viajaban las notas de la conferencia y un pequeño botiquín con los repuestos de las medicinas que debía tomar a diario. El equipaje podría no llegar pero las medicinas cotidianas para la presión no podían suspenderse. Las salidas se hicieron muy frecuentes, poco a poco Urquiaga se dio a conocer en un medio que nada tenía que ver con su vida original. Era trabajo bien remunerado y así debía verlo. Por las noches, desde los hoteles, llamaba a Marisol y pedía algo de cenar en el cuarto. El silencio de las múltiples habitaciones le molestaba hasta que Jorge le recomendó dejar la televisión prendida, hábito que él había contraído por su incontrolable necesidad de brincar de un lado al otro. Urquiaga no era hombre de televisión, pero en las habitaciones de los hoteles las lámparas de lectura eran tan deficientes que no le quedaba otra opción que prender el aparato. Hasta que una noche, mientras hacía zapping, quedó atrapado en una película pornográfica de dos lesbianas; Urquiaga se miró a sí mismo en el espejo junto al televisor, con un club sándwich entre las manos, la pijama manchada de catsup, una lata de cerveza en el buró. La imagen era de verdad decadente. Fue por eso que se convirtió en un severo defensor de ciertos rituales, uno de ellos el sentarse a la mesa en los tres alimentos, así estuviera solo en un hotel. Nunca más servicio al cuarto. Para todo había espacios adecuados, la recámara era para dormir y el comedor para comer. Quién lo dijera, recordó a su madre y su exageración. Pero el otro extremo tampoco le gustaba. El conferencista Urquiaga regularmente se arreglaba, preguntaba por algún sitio y emprendía su ritual de estar consigo mismo. La cena no podía durar menos de cuarenta minutos. Y si no tenía apetito pedía algo ligero, un poco de vino, hasta que aprendió a estar en soledad sin Marisol. Pero Marisol vivía, su soledad era pasajera. Ahora estaba solo en la vida. No volvería a encontrarse con ella.

DESEO. ¿Puede haber algo más poderoso que el DESEO de estar con alguien? Seguramente los militares desean otro cañón, otro misil o lo que sea. Los políticos desearán más poder y los actores más fama. Serán capaces de dejar amores en el camino por lograr sus conquistas. Pero es el DESEO generalizado y común de estar con otra persona lo que mueve al mundo todos los días. Por ese DESEO los mortales somos capaces de cruzar el mundo. Lo vemos en las salidas de los aeropuertos cuando se abren las puertas y ella o él salen corriendo a darse un abrazo y un beso de te extrañé mucho. Por ese DESEO de estar con el amado los humanos mentimos, engañamos, somos infieles, violamos la ley, golpeamos, matamos, lo que sea. ¿Puede haber algo más poderoso que el DESEO de estar con el ser amado? Pensemos en la lucha de los homosexuales, las barreras, los prejuicios, las condenas, los actos de discriminación laboral, social, la que sea, la violencia que han tenido que vencer, todo para estar con el ser amado. Esa fuerza interna mueve montañas. Es el DESEO de tocar y ser tocado, de oler y ser olido, de penetrar o ser penetrado, de volverse uno como en *El Beso* de Klimt. Quizá por eso cuando alguien, como el náufrago que habla, pierde ese DESEO pierde parte de la vida. Marisol, el asunto va más allá del sexo. La simple atracción, que no desprecio y tú lo sabes muy bien, está varios peldaños abajo. Uno puede sentirse atraído por una persona o varias personas a la vez, ocurre en las reuniones sociales, qué guapa está fulana, te comentaba sin recato porque ya habías notado mis miradas que no podían contenerse. Pero te deseaba a ti y también lo sabías. Quizá por eso los que hemos perdido al ser deseado, los que ya no tenemos DESEO, caemos en otra D.

Marisol Dupré nunca utilizaba su segundo apellido. El Rodríguez de su madre fue desapareciendo, primero por razones prácticas. El Dupré la distinguía en automático, era el único apellido francés de toda la nómina del Instituto. Todo mundo le preguntaba por el origen de su padre, era una curiosidad natural. Ella ya tenía una explicación a flor de boca. Del sur de Francia, y les pronunciaba una palabra que la mayoría de sus interlocutores olvidaban al instante, era un pequeño pueblo, nada memorable. Jacques Dupré era ingeniero y trabajó para la Renault desde muy joven. La empresa decidió enviarlo a América Latina como supervisor de la producción local. Eso le dio a la vanidad de Jacques Dupré un impulso que marcaría su soberbia para el resto de su vida: francés, alto, delgado, de impecable vestimenta, ojos color miel, un acento muy marcado que no intentó nunca perder y además supervisor. Fue demasiado, toda su condición mostraba la superioridad frente a los productores locales que con frecuencia caían en el juego. Jacques Dupré se ganó paso a paso una terrible fama, tuvo pocos amigos y varios amoríos de los cuales supo María Elena Rodríguez, su esposa. Eso, Marisol no lo contaba pero sí atravesaba por su mente cada vez que contaba su historia familiar. El narrador lo sabe, no lo intuye. Sofía llegó a esa casa cuatro años antes que Marisol y para su padre siempre fue Sofié. Lo cual, con acento francés, terminó por molestar tanto a María Elena que empezó a odiar todo lo que oliera a superioridad francesa, quesos, vinos y coches, lo que fuera, la misma superioridad que la había engatusado años antes para casarse. Después de andar en varios países —seguía la historia de Marisol— había conocido a María Elena Rodríguez, su madre. Allí la historia se ponía más aburrida. Marisol abreviaba. La parte interesante de la historia de su madre no podía ser contada por Marisol. Dupré se había jubilado temprano para gozar del buen clima de este país y había muerto de un infarto cerebral dos años después, a los 61 años. No tuvo mucho tiempo para gozar, como era su cálculo. Pocas personas fueron a su velorio y más bien eran parientes o amigos de María Elena, de Sofía o Marisol. Marisol fue Marisol para que no tuviera una abreviatura afrancesada. El vanidoso ingeniero Dupré nunca intentó llevar la r al frente del paladar, por lo cual cada vez que decía Marisol les recordaba a todos su origen y superioridad incuestionable. De vez en vez alguien le preguntaba si tenía alguna relación con Jacqueline du Pré, la chelista. La primera ocasión se quedó desconcertada pero no hizo más. En la segunda de inmediato fue al Internet y allí encontró la terrible historia de esa gran ejecutante que murió de una esclerosis múltiple que la atacó desde muy joven. Casada con Daniel Barenboim, du Pré había accedido a la fama por su interpretación del concierto para cello de Elgar que, por cierto, Marisol ponía de cuando en cuando. No, no tengo ninguna relación, respondía, Dupré es un apellido muy común en Francia. De hecho el apellido de Jacqueline du Pré se escribe en dos palabras y el mío en una. Normalmente el curioso interlocutor empezaba a sentirse incómodo por su desconocimiento, ya fuera de Jaqueline, de Marisol o del francés. Ella no lo tomaba a pecho. El concierto de Elgar y la historia de Jacqueline provocaban en Marisol una gran angustia, la historia era desgarradora, a cualquiera le podía ocurrir. El concierto, conmovedor. Ella no podía separarse de la imagen de la chelista con el instrumento entre las piernas, un vestido amplio y elegante y la escena reproducida en la película de un concierto en que perdió el control de los esfínteres. Era demasiado.

El romance entre el ingeniero y María Elena Rodríguez, de ojos negros y piel cobriza, había durado pocos años. Sofía salió de los griteríos de su casa en cuanto pudo, se fue a estudiar turismo a Francia y allá conoció a su esposo. Marisol optó por la biología, encontró en la muerte de su padre cierto alivio. Su madre, una joven y amargada viuda, de malos modos, tuvo la fortuna de encontrarse con un empresario de la industria jabonera, también viudo, jovial, alegre, que tocaba la guitarra y cantaba a la menor provocación. María Elena revivió, se casaron rodeados de amigos de él, que la besaban con cariño sin conocerla y la incorporaron a su mundo de inmediato. Los malos modos desaparecieron, Jacques Dupré era el responsable. El día de la boda, Marisol lloró de la profunda felicidad de ver a su madre rejuvenecida, vital y guapa gracias a Nicolás Jiménez y a su fortuna jabonera. De allí que Marisol y su madre lo llamaran, sólo entre ellas, San Nicolás. Los recién casados huyeron de la capital y vivían en una ciudad templada y rodeada de bosques a dos horas y media de la capital. Él jugaba golf cada vez que había un grupo divertido. Se uniformaba, sacaba su bolsa de palos donde siempre había alguna prometedora novedad. Jugaba pésimo y lo sabía, pero era lo de menos, los buenos ratos y carcajadas con sus amigos no se los quitaba nadie. María Elena gozaba todo, los prolongados desayunos con sus nuevas amigas, ir de compras con una holgura que el ingeniero Dupré nunca le dio, las continuas fiestas y reuniones y, por supuesto, las visitas de Marisol, que sólo permanecía un par de noches. Tratada como princesa por San Nicolás, Marisol entraba a un mundo que le era tan ajeno que incluso lo gozaba. Nadie sabía nada de biología y lo que ella dijera sonaba a sabiduría para los oídos del Santo que asentía una y otra vez con un asombro honesto. Marisol gozaba los encuentros pero tenía que regresar a la soledad de su mundo. Absurdos de la vida, Marisol recuperó a su madre al perder al padre, recuperó la creencia que la felicidad es posible cuando vio renacer a su madre, lejos de ella. Sin embargo, la historia de Jacqueline du Pré hacía que Marisol se acordara de que la tragedia merodea. Quizá de allí surgió la vitalidad que embrujó al pasivo profesor Urquiaga.

DEPRESIÓN. Regresé con el gran Lauro. Es lógico, me dijo, de por sí eres crónico y desde lo de Marisol no te has repuesto totalmente. D, DEPRESIÓN. Horas enteras en la cama después de levantarme. Frotando las sábanas de un lado al otro, incluso las de la zona fría de la cama que tú habitabas. Dando vueltas al cuerpo y a los asuntos, como si las sábanas pensaran por uno. Ya sabes, para qué levantarse, no hay fuerzas para nada. Todo parece tan aburrido, tan sin sentido que lo único que deseas es quedarte donde estás, tirado en todos sentidos. Café, un ojo descuidado al periódico, a la banda de vez en vez, a que me arrastre, me visto todos los días igual, pantalón gris, mi saco negro y sólo cambio la camisa y los zapatos de goma. Me acicalo porque Lauro ha sido enfático, no caigas en ese círculo vicioso. ¿Cómo anda la concentración, amigo?, me pregunta con esa cálida frialdad que lo caracteriza. Mal, cómo quieres que ande. Intentemos esto, y me da otro chocho o me cambia la dosis. Te veo en dos meses me dijo. Espero llegar mejor la próxima cita. La clase martes y jueves y el seminario de los miércoles por la tarde me salvan, me obligan a reponerme, pero no te quiero platicar la vida de tu náufrago los fines de semana. Salgo, voy al teatro y a cenar con amigos, sin embargo merodea algo de compasión, siento que les rompo la dinámica al no ir en pareja. De vez en vez invito a alguien, a Márgara por ejemplo, que es buena persona, educada y tiene conversación. Pero "la gente" como dirías tú, te busca a ti y la compara y los amigos nos damos cuenta. Días que no terminan, un ánimo apagado por no decir desánimo, un alma marchita, por no decir muerta o peor aun sin alma. ¿Desalmado? En la D, después de DESEO, debe ir DEPRESIÓN. Estoy vacío.

II. Vacío

1

Al salir de su reunión con su psiquiatra de cabecera y ratificar, clínicamente, su calidad de náufrago, nuestro profesor entró en crisis. Se fue solo al pequeño y tranquilo restaurante en una esquina de la colonia de grandes casonas francesas. Un lugar muy sencillo de una joven pareja, sin ningún lujo, con mesas de madera pero muy buena comida, platos del día, sugerencias. Nada barato. Pidió una copa de vino e inició una ceremonia de diálogo consigo mismo. El narrador sabe que sentado frente a Lauro, Urquiaga tuvo entre pena y temor de confesarle lo del *Abecedario* y sus conversaciones con Marisol. Peor aun, allí, en el restaurante, mirando a la calle, con las luces de los coches agitando todo, lo asaltó la idea de que se estaba volviendo loco. En varias ocasiones se sorprendió al estar hablando solo. Un Samuel observaba a otro Samuel. Uno se preocupaba por el otro, algo extraño por la fuerte división entre los dos. Al principio le pareció simpático, pero conforme las conversaciones se fueron volviendo más frecuentes, empezó a preocuparse de estar perdiendo la cordura. Él conocía varios casos de conocidos suyos que mostraban la delgada frontera que divide ambos mundos: el de la llamada cordura y el de la condenada locura. Con toda la confianza que con los años Lauro ha conquistado en él, no se lo comentó. Llevaba ya meses con esa preocupación que no quería compartir con nadie, ni con Lauro. Trató de encontrar otra salida que no fuera la locura, el lado positivo, si es que lo tenía. En un texto de Cercas había encontrado una confesión del autor español sobre su hábito de hablar solo. Refugiándose en Machado, quien también hablaba solo, Cercas retomaba la explicación del poeta sobre esa costumbre: "quien habla solo espera hablar a Dios un día". Pero qué te pasa, se preguntó, si no eres creyente, nunca lo has sido. Allí andas explicando el "Dilema del Diablo". Sólo falta que a estas alturas resulte que hablas con Dios. Con ironía se dijo a sí mismo moviendo la cabeza —el mesero lo observó y pensó que empezaba a estar borracho y sólo había tomado dos copas de vino— no estaría mal echarse un palique con el personaje, sonrió con pedantería. Algo debe tener de interesante, no todo mundo tiene ese privilegio: hablar con Dios. Se rió en plena soledad, lo cual ratificó la impresión del mesero: está borracho. Don Quijote hablaba solo, hay grandes soliloquios en Shakespeare. Por eso Cercas hace la defensa del soliloquio, el que mantienen los escritores. Recordó la frase que había marcado con amarillo y memorizado involuntariamente. "Escribir es una forma de hablar solo, de averiguar si es posible hablar con Dios". Después de leer la expresión, Urquiaga ya no había podido sentarse con su libreta a redactar el *Abecedario*. Temía que el jueguito lo estuviera llevando a la locura. Pero el hecho es que no tenía con quién hablar, al escribir hablaba, con alguien, consigo mismo, con Marisol, con Dios. Eso desató una nueva búsqueda. ¿Por qué estaba escribiendo? Recordó a Elías Canetti, toda línea busca trascender. ¿Trascendencia? ¿Yo, Samuel Urquiaga, busco trascender? Esa noche, después de que el mesero le escatimara el vino, al regresar solo al departamento, envuelto por el silencio del lugar, Urquiaga, por primera vez, tuvo miedo a la locura.

DESNUDEZ. "Cualidad de quien está desnudo" me dice poco. La DESNUDEZ es un mundo. Supongo que quien vive desnudo, algunas etnias africanas por ejemplo, crece con una visión distinta. El cuerpo sin ocultamientos es para ellos la condición natural. Pero en nuestras sociedades la DESNUDEZ cobra una dimensión llena de matices y sutilezas. Bañar a un bebé frente a otras personas es un acto cargado de inocencia. El bebé no sabe que lo miran, no tiene consciencia. Los adultos sí que la tienen. Es frecuente ver niños pequeños que juegan desnudos en las playas o en los ríos tropicales de nuestro país. Pero lentamente los vamos cubriendo y nos vamos cubriendo. Ocultando se construye un misterio, el misterio de nosotros mismos. El dejar ver una porción del cuerpo es un arma a la imaginación que —sobre todo las mujeres— usan a diario. Dejar ver casi todo menos lo esencial, como en la típica definición de bikini, es muestra de hasta dónde puede llegar el misterio. Cómo me acuerdo de los tuyos, de tus bikinis a rayas, blancos, amarillos con tirantes muy delgados, que me provocaban el deseo de que el nudo se deshiciera o de jalarlo para que la prenda cayera. Lo hice muchas veces en plan de guasa, así lo tomabas. Un día hubo una emergencia, lo hice en un elevador con la tensión natural de no saber si se detendría en el próximo piso y justo eso ocurrió y entraron dos afroamericanos de dos metros cada uno que no podían quitar la mirada de tus maniobras angustiadas por rehacer el nudo. Te molestaste mucho y tardaste en reírte de mi gracia. El valor de la DESNUDEZ lo construimos con el ocultamiento, es una forma de provocación del DESEO, el DESEO de ver al otro a plenitud, de rasgar la intimidad o compartirla. ¿De quién es la DESNUDEZ? Desnudo frente a un espejo la compartes contigo mismo, es tuya, pero de alguna manera es la vista la que primero genera la condición. Estar desnudo en la cama no es un acto de DESNUDEZ. El TACTO sobre el cuerpo es otra dimensión igual de poderosa. Lo veremos en la T, ¿te parece? No hay AMOR sin TACTO. Pero la desnudez es visual, la vista descubre, segrega, se apropia. Recuerdo una fotografía que te tomé en el pueblo, saliste de la regadera y te secabas el cabello. Te hincaste a buscar algo. Tus dos pies doblaron los dedos y apareció un pliegue del contacto de tu cadera con el talón hasta la rodilla. No te muevas te dije, con la cámara en la mano. Reaccionaste molesta pero no cambiaste de posición mientras untabas crema a los codos. En el fondo creo que lo gozabas. Ahí descubrí la belleza de esos pliegues que no se miran en ninguna otra posición. Lo mismo ocurrió en la cercanía a tus pechos, cuando podía captar en la lente el cambio de textura de la piel del pezón. O las axilas que siempre me han parecido apasionantes. Cuando una mujer levanta los brazos y deja ver sus axilas, exhibe una parte de sí misma que es muy íntima, nunca la vemos, está oculta casi siempre. Y, sin embargo, lo hacen con frecuencia y naturalidad. El pequeño doblez arriba de tu ombligo cuando te inclinas —perdón, inclinabas, eso me dolió— lo recuerdo y sé que es mío y sólo mío. Y qué decir de los hoyuelos simétricos que se marcan sobre la cadera. No se qué nombre lleven, pero son muy hermosos. Y están también los otros huecos, que aparecen de vez en vez a los lados del cuello. El diminuto vello que cubre casi todo el cuerpo y que sólo se aprecia cuando hay tiempo para la minucia, cuando hay DESEO de llevarse a la amada, tú, en la memoria. Mis actos circenses semanales me alivian de una necesidad, me divierten a medias, pero no hay la DESNUDEZ que tuve contigo.

2

Durmió mal, muy mal. En su cabeza retumbaba la voz del psiquiatra, y ¿cómo va el sueño, amigo? Ese jueves no pudo preparar la clase como siempre, en la mañana, fresco, con un café enfrente. Llegó a improvisar, lo hacía muy bien. ¿Quién de ustedes pretende trascender? Hubo un silencio en el salón y después Manjarrez salió con su típica inteligencia veloz. Qué debemos entender por trascender, preguntó. Allí comenzó la discusión. Varios alumnos, sobre todo ellas, dijeron que la descendencia, la reproducción, era un signo de búsqueda de trascendencia, la idea de que los genes perduren, de que por este mundo siga transitando el yo egoísta que todos llevamos dentro. Los alumnos se le fueron encima ante la propuesta, los filósofos y literatos, incluidos los existencialistas. Todos eran egoístas en búsqueda de la trascendencia. Por el patíbulo pasaron los tres grandes vanidosos, como los llamaba el filósofo Urquiaga: Hegel, Comte y Marx. Los tres habían llegado a descubrirnos la verdadera verdad, si es que la cacofónica expresión vale. Los tres habían descubierto la etapa definitiva de la historia, la racionalización total que convierte al estado en Estado en Hegel; la era positiva de Comte y el socialismo como destino universal en Marx. Los tres afirmaron que sus textos eran la llave mágica para entender al mundo y la vida. Vaya trío de vanidosos que quería trascender y, lo peor de todo, ¡lo lograron! El debate se tornó por momentos apasionado. Todos queremos trascender, gritó alguien desde el fondo del salón, no sean hipócritas. Urquiaga calmaba las aguas y trataba de establecer un rumbo, no siempre lo lograba. Conclusión, si es que alguna era posible, todos buscamos trascendencia, con marcadísimas excepciones. Los más por la procreación, los menos por la obra artística. Muchos por el trabajo, incluidos los maestros a los que se les entregan medallas por sus diez o veinte o treinta años de trabajo. Incluso los que aparentan estar exentos de ese mal, buscan quedar en los recuerdos, la abuelita que dice, cuando ya no esté yo aquí, acuérdate (con tono de orden) de mi sopa de ajo. Urquiaga salió muy satisfecho y pensó que esa clase había sido fenomenal. No la preparé, hay que romper los cánones, ayuda en la vida. El narrador está de acuerdo. Todos aprendimos mucho aquella mañana.

DISCAPACIDAD. La palabreja es hoy lo políticamente correcto, ya no se puede decir inválido, o ciego, o sordo, tenemos que hablar de discapacitados. Incluso algunos hablan de capacidades distintas. Los invidentes pueden desarrollar otros sentidos, el oído por ejemplo. Está muy bien, pero también puede haber discapacitados emocionales. Creo que soy uno de esos, ya no siento, ya no puedo sentir. No puedo sentir rabia, ni siquiera cuando alguien comete alguna arbitrariedad en la calle, cómo te molestaban mis enojos callejeros, no vale la pena, me decías, te vas a echar a perder el hígado, déjalos, tú no vas a cambiar al mundo. Ay Marisol, eras muy realista y yo un bobo. Pero ya ni esa rabia me queda, menos aún sentimientos más sutiles, emociones artísticas. Fui a la Neue Galerie, estuve parado frente a los Klimt que antes, cuando tú estabas aquí, me hacían vibrar o me encendían. Te confieso que no sentí nada especial. Salí frustrado por mi incapacidad para las emociones. ¿Puede alguien gozar con otro?, por supuesto, siempre lo dijimos de los viajes, acompañado los gozos son el doble y las penurias la mitad. Creo que nos quedamos cortos, en soledad los gozos tienden a desaparecer. Allí estuve, parado, con todo el tiempo necesario para emocionarme, pero simplemente no pude. Ni *Adèle*, ni *Judith I*, nada movió mi entraña. De hecho tuve *El Beso* frente a mí por semanas, allí en la portada del libro, sobre la mesa del centro y simplemente no lo vi. Admitámoslo, soy un discapacitado emocional en tanto que esa parte de mí, dondequiera que se aloje, está atrofiada, dejó de cumplir con su función. Si te fallan las piernas, pierdes movilidad pero te puedes auxiliar de una silla o yo qué sé, si pierdes el oído puedes acudir a un aparato o aprendes el lenguaje correspondiente, en fin, pero yo no sé cómo tratar mi DISCAPACIDAD para emocionarme. No puede ser por decreto, Samuel emociónate. Ya ni siquiera las lecturas me apasionan, sólo me queda la clase, es el único asidero que tengo. Cuando voy al cine con amigos, tengo ratos agradables en las conversaciones posteriores, sin embargo noto que mi disposición a las emociones se ha ido apagando. Pero la vida es tener emociones o voy mal, emociones de alegría, de tristeza, como la que tú y yo vivimos en soledad. Pensándolo bien, los cuadros de Judith, los dos, son horrendos, las cabezas sangrantes no son nada gratas. No sé si de verdad los gozaste o simplemente gozaste mi gozo, por cierto, hoy me parece bastante artificial. Pero entonces se puede gozar a través de otro ser, no sólo con otro, sino a través de él, del otro ser. Yo gozaba a través tuyo, gozaba cuando arreglabas flores cuyos nombres conocías a la perfección, gozaba cuando íbamos al mercado de mariscos y revisabas al detalle la frescura de los pescados, los ojos, abultados o sumidos, el color de la sangre en las branquias y no sé qué tantos otros detalles. No era mi gozo, en realidad era tuyo pero me lo transmitías y yo lo hacía mío, me imagino que igual que las Judiths. Al perderte, perdí las emociones que eran tuyas y de las cuales yo me había apropiado, porque era apropiarme de tu vida, de la vida a través de ti. La lista es larga, por ti gocé ir a ver ballenas, por ti gocé sumergirme en el mar, a lo cual le tenía pavor, por ti gocé las incomodidades de acampar en mil lugares, por ti gocé libros de excelente fotografía de animales en selvas y desiertos, en pantanos o lagos. Por ti gocé la estética de los tiburones, pues me hiciste ver la larga historia que está detrás de su diseño. Esos gozos tú los trajiste a mi vida y se fueron contigo. Mi DISCAPACIDAD es seria, muy seria. Porque ahora no tengo tus gozos y los míos no los encuentro. Me hiciste emocionarme y gozar, por ello te quiero aun más.

3

Yo creyente, se preguntaba Urquiaga una y otra vez. Yo con ánimo de trascendencia. Y se reía mientras caminaba sólo por el departamento buscando el sacacorchos para abrir una botella de vino blanco. El piano lo observaba atento. Admitamos —dijo en voz alta— que el intento de procreación es una búsqueda de trascendencia. La primera persona del plural era la típica deformación del maestro, lo cual hacía su reflexión un poco más cómoda. El *admito* a secas hubiera sido más duro. Admitamos continuó, que al final del día sí hay una fuerza superior, lo invisible evidente en palabras de Víctor Hugo. Pero entonces ¿qué somos?, ¿qué eres? se dijo con voz severa como si interrogara a un alumno mientras giraba la mano para sacar el corcho. Ya con la copa en la mano recordó el divertido libro que le había regalado su buen amigo Luis, *Plato and Platypus Walk into a Bar*, un herético diálogo que desecha cualquier solemnidad y se mofa de algunas discusiones filosóficas. En el capítulo de la "Filosofía de la Religión" leyó en voz alta, "Agnóstico es aquella persona que piensa que la existencia de Dios no puede ser probada con la evidencia existente…" Pero entonces quién demonios hizo todo esto, los árboles que miro en este instante desde la sala, el sol que ilumina nuestro estudio. El *nuestro* lo llevó irremediablemente a Marisol, lo pensó pero no corrigió, nunca dijo *mi estudio*. Las creaciones humanas son insignificantes frente a lo evidente. Entonces Samuel Urquiaga sí cree que hay evidencia. Detuvo su dialogo y volvió, "Agnóstico es aquella persona que piensa que la existencia de Dios no puede ser probada con la evidencia existente, pero que no niega la posibilidad de que Dios exista". Estás en un lío, Urquiaga: tú sí crees que hay evidencia suficiente y, por supuesto, nunca has negado la posibilidad de su existencia. Eso sería ser ateo, el que da la discusión por cerrada: Dios no existe, punto. Urquiaga es agnóstico, sentenció. Pero tampoco, por algo citas a Víctor Hugo que era un creyente fervoroso, "Lo invisible evidente". O sea que sí hay prueba de una fuerza superior. Cincuenta y cinco años, filósofo, y muy bueno, se dijo a sí mismo bromeando, y no sabes lo que eres. Pero algo tengo claro, dijo en voz alta y con la garganta seca, ese Dios conmigo no fue benevolente. Por qué, por qué Marisol, y empezó a gemir.

DIVERSIÓN. Me permitirás otra D. Así como está DEPRESIÓN tiene que estar DIVERSIÓN. Ah, qué divertido es este asunto del amor. Así como puede ser un naufragio, pregúntamelo a mí, también puede ser muy divertido. Por qué ir a comprar flores y perder media hora seleccionando justo después de una discusión. Por qué manejar horas para llegar al lugar que trae buenos recuerdos. Por qué fatigarse en una tienda, la que sea, sabes mi odio a todas, hasta encontrar un trapo extraño que en nada cambia tu vida, pero sí la de la amada. Por qué buscar lugares remotos para poder estar solo. Por qué brindar por fechas absurdas y mirarse a los ojos, por aquello de los siete años de mal sexo. Por qué esperar hasta tarde para poder dar un beso de buenas noches a pesar de que el despertador amenaza. Ahí me tenías cometiendo todas estas tonterías racionales con tal de estar contigo. Eso me divertía.

Pero también me divertían actividades menos románticas e igual de efectivas. Como cuando decidí retratar tu trasero en una cocina. Eso sí, portabas un elegante delantal. Cuando desde el piso tomé tus pechos presionados por un cristal. Cuando te desnudé y sólo te di una ligera bufanda roja para que cubrieras lo que pudieras. Cuando decidí pintar tu cuerpo —por aquello del *body painting*— tan de moda y por supuesto, no terminé ni siquiera el primer pecho cuando ya estábamos tirados haciendo el amor entre las pinturas. Cuando te rocié con una manguera para erizar tus pezones. Cuando decidí embadurnarte con crema para rasurar y tomarte fotos frente al espejo. ¡Cómo nos divertimos!

Se dice poco, el amor y el sexo pueden ser muy divertidos. No es una razón banal para enamorarse. Aunque en realidad uno se enamora sin pensar en ello. La DEPRESIÓN es un
aburrimiento muy profundo, tan profundo que te quita al ánimo de vivir. La vida también tiene que ser divertida, bueno, si
puedes hacerla divertida. Conclusión: desde que te fuiste me
aburro. Perdón, pero eras una excelente forma de estar divertido, y no lo digo en forma superficial. La falta de amor hace que
el tiempo se estire, se alargue, se vuelva infinito, como una
tortura. El amor hace que el tiempo fluya, que la existencia sea
llevadera.

¿Quiénes de ustedes son creyentes?, esa fue la primera provocación. Un tercio del salón levantó la mano. Me imagino que todos católicos. Protestante, dijo una chica que siempre estaba callada y cuyo nombre escapaba al profesor Urquiaga. Ustedes sí tendrían derecho a recibir los santos óleos, a orar en el momento de su muerte, que les deseo sea dentro de mucho tiempo, pero todos somos mortales, a arrepentirse de sus pecados y pedir perdón. Habría en ustedes una congruencia…, miró hacia el patio central, era un día luminoso, espléndido, el invierno se alejaba, a lo lejos los fresnos comenzaban a poblarse de una hoja pequeña, tierna, de un verde muy claro. Las jacarandas todavía no despertaban del invierno. Urquiaga pensó, allí está lo evidente, quién hizo todo esto. A los que no son creyentes les pregunto, quién hizo todo eso que estamos viendo, quién diseñó la vida de los árboles, quién dio el impulso inicial a la vida. El narrador sabe que Urquiaga no deseaba ventilar sus propios dilemas sino escuchar respuestas que le fueran útiles, los estaba usando. Regresó al argumento, aquellos de ustedes que son creyentes tienen una respuesta, a los que no son creyentes les pediría una respuesta.

Imaginemos —lanzó enfundado en su saco negro— a un moribundo que no es creyente. Imaginemos que su hermano sí lo es, creyente radical. Imaginemos que pocas horas antes de la muerte del agnóstico, el hermano trata de convencerlo de las bondades de un rezo para pedir a Dios su perdón y su clemencia. El caso era real, así murió el gran Fernando. El narrador sabe lo mucho que el caso impresionó a Urquiaga, pues él mismo se ha planteado ese dilema. Si ustedes fueran el moribundo, ¿qué harían?, decir unas palabras de arrepentimiento no cuesta nada. Caminó hacia el otro extremo del salón y se recargó en la puerta con los brazos cruzados en la espalda. Es un magnífico intercambio, vivir en libertad, sin culpas, sin pecados, gozar la vida y, al final, arrepentirse, pedir clemencia, iniciar una negociación para estar cómodo en la eternidad. Qué te cuesta, le decía el hermano, hazlo por mí. Ese Dios es muy benevolente, unas cuantas palabras y al cielo. Urquiaga se dio cuenta del riesgo de insistir en el punto, los católicos podrían sentirse cuestionados. De la chica protestante no lo sabía.

Comenzaron a llover respuestas, sería un acto de total incongruencia, si no se cree, no se cree hasta el final, afirmó Ángel Trinidad, un muchacho alto, delgado, de cola de caballo, radical, de más principios que lucidez. Urquiaga tenía una impresión vaga de él, siempre llevaba una playera muy simple, muy delgada, incluso en el invierno, sobre unos jeans que piensa Urquiaga son siempre los mismos. Llega con un morral de cuero en el hombro y nunca ha sacado un celular. Urquiaga piensa que proviene de una familia de escasos recursos y que ha decidido no caer en ese gasto. Me gusta, usted pone a la congruencia al parejo de la salvación eterna, es darle un gran peso. Por supuesto sería congruente pero, qué se pierde, sería la contra argumentación. La eternidad es eterna. Si el Dios redentor no existe, si la salvación eterna no existe, da igual. Pero y qué tal que la fórmula del perdón sí funciona. No crean que se trata de un asunto de vulgares mortales sin principios. ¿Quién conoce a Pascal?, nadie tomó el reto de hablar del autor. Allí empezó la ventaja de Urquiaga, quien después de quebrarse la tarde previa con la irresoluble pregunta *por qué* Marisol, había recordado la tesis del científico francés.

Allí comenzó la disquisición sobre Pascal, veamos, dijo en primera persona del plural, que el narrador muestra como un intenso diálogo consigo mismo.

La tarde en que Urquiaga se quebró gimiendo, apoyado en el piano, cayó en cuenta que en su vida había varias dudas fundamentales que debía resolver. Por primera ocasión sintió que el silencioso mueble musical dejaba de ser un involuntario monumento al vacío, a la muerte, a la soledad, para convertirse lentamente en importante baúl de recuerdos. Por dónde comenzar con las dudas. Repites como perico la quinta acepción de filosofía: "Fortaleza o serenidad de ánimo para soportar las vicisitudes de la vida". Cuántas veces no les has espetado a tus alumnos en voz alta que los enormes estantes de libros de autoayuda muestran la necesidad popular de tener una filosofía, de entender la vida, que no la desprecien, que observen el futuro de una profesión considerada por muchos como inútil. Que te sirva de algo la filosofía, se reclamó a sí mismo. Vicisitudes de la vida, lanzó con tono de burla mientras se preparaba un sándwich con pan dietético, pechuga de pavo baja en colesterol, mayonesa light y algo de lechuga. La muerte de Marisol es una vicisitud, vaya vicisitud. Estuvo tentado de ir al tumbaburros o al celular o al iPad para buscar la acepción, pero las manos chorreadas de mayonesa no eran compatibles en ese momento con sus dudas existenciales. Ganó el sándwich. El vino fue a su copa con generosidad. Brincó al tinto. ¿Por dónde comenzar?, tú que te creías muy racional y científico, ahora resulta que no has resuelto nudos centrales de tu vida. Ya estás como Pascal. Hacía tiempo que no iba a ese autor. Recordaba la famosa sentencia: "Si ganan, lo ganan todo y si pierden, no pierden nada". Lo primero fue la red, allí encontró información biográfica: fecha de nacimiento, 1623, Clermont-Ferrand, Francia; de familia noble, hijo de un exitoso y respetado juez, Blaise Pascal era un niño de tres años cuando, al nacer su segunda hermana, Jacqueline, pierde a su madre. Vicisitud dijo en voz alta y movió la cabeza burlándose, de no sabía quién, de Dios el benevolente. Blaise nunca se refirió al suceso. El padre se percata de la notable inteligencia de su pequeño vástago y por ello decide trasladar a la familia, nana incluida, a París, donde podían tener una mejor educación que en la provincia de Auvernia. Blaise tiene ocho años. Las habilidades y conocimientos del pequeño se potencializan y se hacen evidentes para todos. Por eso, tiempo después, su hermana mayor, Gilberte, decide escribir una biografía de Blaise. Habrá que ver si la biblioteca de la Facultad la tiene y consultarla, se dijo. Nunca la encontró. De la red pasó a uno de sus libros predilectos, la *Historia de la filosofía occidental*, de Russell. No había demasiado. Pensó que Russell abordaría a Pascal como autor importante en la discusión, sobre todo por su polémico libro *Por qué no soy cristiano*. Lo buscó en la desordenada biblioteca; por supuesto no estaba donde debía. Siguió levantando notas para la clase: científico o creyente, era el dilema que el profesor Urquiaga invocaba otra vez en sus clases. Allí se quedó hasta las dos de la mañana, Pascal había entrado en su vida.

EXCITACIÓN. Algo pecaminoso rodea a la palabra. Como si la excitación fuera un capítulo oscuro de la existencia, es decir de esa travesía de la vida con conciencia. "Das Wesen des Daseins liegt in seiner Existens": La esencia de la Existencia (mayúscula hegeliana) radica en el estar ahí (traducción literal, autorizada por mí, el profesor Samuel Urquiaga, autor último y único de este caprichoso *Abecedario*, yo, el profesor que dice hablar alemán cuando ya sólo balbucea algunas palabras, le robo la expresión a Heidegger y afirmo que Dasein no tiene traducción literal, estar ahí (con h y no allí, porque la h remite a algo abstracto y la elle a un lugar concreto). No está mal para un solitario miércoles por la noche. Hoy estoy muy culterano, también ocurre. Mañana tendré clase, capaz que les salgo con algún desplante así, primero en alemán, para generar rostros intrigados de qué demonios quiere decir eso, rostros pasmados que dejaré allí unos segundos, los suficientes para imponer autoridad y ya después les lanzaré la traducción. En este momento el único otro ser con conocimiento del alemán en esta casa es usted, piano. Ya averigüé sobre su origen. Friedrich Gotrian junto con el señor Steinweg, camino de piedra, que, al migrar a Estados Unidos, cambiaría su nombre por Steinway —qué tal la cápsula cultural— son los abuelos fundadores de la casa que lo fabricó a usted, piano, hace un siglo. Según consta en la caja, usted fue fabricado en Hamburgo, o sea que tiene toda la prosapia para opinar y, hasta ahora, no ha protestado por mi traducción. Infiero de su silencio —por cierto muy acentuado en la última década—, que es una aceptación tácita. De ahora en adelante le diré Herr Piano, Herr Klavier es demasiado germano y usted lleva más de medio siglo aquí, así que vamos volviéndolo criollo. ¿Está usted de acuerdo Herr Piano? Silencio otra vez. Aceptación. Bienvenido a la extraña conversación con Dios y otros invitados. No estaría mal preguntarles a los alumnos cómo definen EXCITACIÓN. Muy liberales, muy liberales, pero te apuesto, Marisol, que más de uno y varias de ellas se pondrían rojos y quizá les vendría sudoración. Lo voy a hacer, me divierte ponerles encrucijadas incómodas. Hay cinco acepciones según la RAE, pero son de excitar: "Provocar o estimular un sentimiento o pasión". No está mal, todo mundo le da una implicación sexual pero hacer estas líneas me excita intelectualmente, me provoca sentimientos, vaya que si me los provoca y en ocasiones son los que no quiero, chillar por ejemplo. No regreses Samuel, sigue con la diversión. Va la segunda, "Provocar entusiasmo, enojo o alegría". Pues el enojo puede ser por exceso de EXCITACIÓN, sí es la respuesta. "Producir nerviosismo o impaciencia". Totalmente pulcro, "El niño se excita con las visitas" es el ejemplo de mi interlocutor en la pantalla, los señores de la RAE de un lado y yo del otro, poniendo en tela de juicio sus sesudas disquisiciones. Pero también nerviosismo de los adultos, agrego yo, desde acá, mucho nerviosismo, ansiedad de la buena, prisa, aceleración cardíaca, descontrol. No está mal este asunto del *Abecedario*, hablo con los de la RAE de tú a tú y sin escuchar oraciones o campanazos, hablo con Herr Piano, con Cercas y, según él, incluso con Dios. Vaya elenco que logran las letras. Cuarta, por fin, esa es la que nos interesa verdad, hablo contigo Marisol, interlocutora principal, aunque ya no eres la única en esta conversación de locos, en este extraño diálogo: "Despertar deseo sexual". Es preciosa. Fíjate las sutilezas, el deseo está dormido, la EXCITACIÓN lo despierta. En la D vimos la fuerza del DESEO, del DESEO de estar con él o con la amada que mueve al mundo todos los días. Quien no despierta el deseo, languidece. El DESEO es vida, despertarlo es despertar la vida misma. La quinta habla de un "estímulo" (me recuerda a mi padre —ya también apareció aquí, en el diálogo—, diciéndome o diciéndose, con voz grave y un cigarrillo en la boca, es cuestión de estímulos). Ese estímulo provocado busca "...el aumento de la actividad de una célula, órgano u organismo". El "estímulo" es provocado, es consciente y racional. Tú, Marisol, racionalmente, me provocabas. Yo me daba cuenta de tu intención provocadora. Conciencia sobre la conciencia, es ahí donde está la delicadeza, si la provocación no es deseada, el asunto es distinto. Una mujer se agacha y sin percatarse, a través de los botones de su blusa, muestra su *brassière* o parte de sus pechos que no quiere enseñar. Uno puede mirar pero después la vista se retira, cierta pena invade, por lo menos a mí, porque ella no es consciente. Era muy distinto cuando tú te ponías una blusa ligera, sin ropa interior, una falda muy corta y unas sandalias que mostraban tus pies desnudos, cuidados, con las uñas limpias, que sabías me trastornaban. Durante horas sentías mis miradas y las de otros sobre ti. Venían las reacciones celulares, para seguir a los sabios de la RAE, y eso despertaba el DESEO, despertaba la vida. El final de la historia lo recuerdas bien, entrar raudos al departamento con la compra del mercado, arrojar las bolsas en la cocina y proceder sin consideración alguna a quitarnos mutuamente la ropa para tirarnos sobre el piso. PASIÓN es la palabra utilizada en la primera acepción, pasión como producto del DESEO, pasión como resultado de un acto consciente que provoca reacciones. En la P tendrá que ir PASIÓN. El asunto se vuelve delicado, me refiero al verbo, excitar, pues tendemos a conjugarlo muchas veces en reflexivo, excitarse. El reflexivo es la acción que sale de uno mismo y regresa al sujeto: bañarse, rasurarse, lo entiendo muy bien. Pero excitarse cruza por un acto diferente, no es manual, uno se excita sin tocarse, con el poder puro de la conciencia que deja que el DESEO haga su trabajo. Entre bromas y no tanto yo te advertía, si te vistes así te atienes a las consecuencias. Me mirabas coqueta y decías sí, lo cual era más excitante aún porque los dos sabíamos de las intenciones. No me falles, te decía, no empieces con unos inocentes besos en el cuello para decirme después ya estoy muy cansada, eso no se vale. Provocación era el baño dominguero, seguido de tu aparición en bata corta, con el pelo húmedo, dos tarros de café y un plato de fruta. La inocencia se rompía desde la programación de la fecha. Esa excitación natural la perdimos cuando los doctores nos empezaron a programar los días obligatorios de alta fertilidad. No fue sino hasta que los mandamos al demonio y asumimos nuestra condición, que la espontaneidad regresó con mucha fuerza. Me excitas en el recuerdo, ¡qué poder el del pasado! Creo que Nozick tenía razón. Te extraño y mis recuerdos de ti me excitan.

6

Una persona entró a mitad de la sesión. Pocas cosas molestaban tanto al profesor Urquiaga como una interrupción. Sostenía, y con razón, que elevar el nivel del debate lleva tiempo y mucha concentración. Hemos ganado en información y perdido mares de concentración. La filosofía es concentración. Por eso cuando sonaba un celular, interrumpía la clase con evidente molestia. Urquiaga se acercaba al alumno o alumna y le decía platique nosotros lo esperamos. De inmediato se esparció el rumor, de tal manera que esas interrupciones casi desaparecieron. Pero ésta era diferente, un empleado de la Universidad se acercó a pedirle que pasara después de clase al Departamento de Filosofía. Urquiaga pensó, otra invitación a un seminario, homenaje o conmemoración de no sé quién. Regresó a Pascal y la Pascalina, una de las primeras sumadoras modernas, inventada por Pascal a los 19 años. Por supuesto no competía con el ábaco, cuyo origen se remonta a Asia, muchos años antes de la era cristiana, pero la Pascalina era un buen intento mecánico. "Si ganan, lo ganan todo y si pierden, no pierden nada", vaya cinismo, dijo en voz alta. ¿Y si de verdad existe la vida eterna?, preguntó. Vale la pena creer, la relación costo beneficio sale a favor del creyente, la eternidad por la profesión de fe. Muchos alumnos movían la cabeza de un lado al otro. ¿Quién cree en la eternidad?, preguntó desafiante. Nadie levantó la mano. Vaya, por eso están en filosofía, pero tengan presente que son una minoría, una minoría muy pequeña. Caminó hacia la ventana, los fresnos ya estaban poblados de una hoja verde tierno, en unas cuantas semanas el invierno anunciaría con claridad su salida. Se quedó en un silencio que no era ni calculado ni fingido. Se acordó de su padre, caminaban por la calle, enfrascados en una conversación política y de pronto su padre lo interrumpió y le dijo, mira ahí hay un encino. Samuel volvió la vista miró el árbol y un segundo después regresó a su argumento. Su padre movió la cabeza de un lado al otro y le dijo, eres demasiado joven y apasionado para apreciar la belleza de los árboles. Aprendió la lección. Dejó a Pascal por un momento y les dijo, miren los fresnos, obsérvenlos, ya se poblaron, la hoja es tierna, quiero que registren el lento cambio de color y tamaño. Los jóvenes miraban sorprendidos a su maestro y de reojo a los árboles. Había mandado su saco de pana a la tintorería, pues ya lo había sudado en varias ocasiones, la temperatura subía, era evidente. Por eso llevaba su chamarra beige. Después de varios minutos regresó y, ante el azoro de los alumnos, fue a su argumento con toda precisión aunque lo disimuló con una pregunta, preguntó, dónde estaba, y él mismo se dijo, son ustedes una minoría muy pequeña. Cuando yo era estudiante muchos teóricos y pensadores apostaban a la desaparición del pensamiento religioso. La ciencia y sus postulados harían de los creyentes una excepción, era incompatible decir ser creyente y creer en la ciencia. Cada avance de la ciencia le enmendaba la plana a Dios. Si las pandemias se pueden controlar con vacunas el destino de la vida habrá cambiado. Si las pandemias las manda Dios, el que no es tan benevolente, o quizá el Diablo en el que ustedes no creen, pues el descubrimiento de las vacunas o los viajes espaciales o las ondas herzianas o la televisión o los rayos x o los antibióticos y... —se quedó sin aire intencionalmente—. Todo eso debería acabar con las supersticiones y con las creencias basadas en principios de fe. Pero no fue así, en pleno siglo XXI la gran mayoría de los seres humanos son creyentes. Para romper el monologo preguntó, quién de ustedes cree que hoy hay menos misterios, que conocemos más que hace un siglo, levanten la mano. Todos la levantaron. Allí está el garlito, la falacia. Definan falacia. Hubo definiciones muy aceptables, era un muy buen grupo. Habían llevado bien su lógica básica. Para no variar, Manjarrez se acordó de las formales y las informales, que son las más graves pues radican en el fondo de la argumentación. Se puede saber más, conocer más y creer más. La premisa, ahora caduca, era muy sencilla, a mayor conocimiento, menor número de misterios. A menor número de misterios menos creyentes. Falso. Había expectativas de que Urquiaga diera la solución. El narrador sabe que en la actual vida del profesor Urquiaga no hay gozo mayor que la magia de una buena clase. Además sabe que Urquiaga estaba cansado, había dormido poco y mal. Tengo que ir al Departamento. Fue una espléndida salida. Jamás sospecharía las consecuencias de esa cita. Los dejó con el misterio de los misterios.

FANTASÍAS. Ya regresé. Hubieras visto las caras cuando pedí excitación. Fue genial, todos comenzaron a reírse con incomodidad. Una chica lanzó desde el fondo de la clase un profesooor, como diciendo ya no juegue con nosotros. La discusión podía descarrilarse o perder seriedad, les lancé a Heidegger "Das Wesen"... bla, bla, bla, y entonces comenzó el asunto a ponerse interesante, la conciencia, la provocación, salió el típico argumento de que las mujeres pueden vestirse como quieran y no debe haber reacciones indebidas, en lo cual estuve totalmente de acuerdo, *indebidas*, acentué, pero las reacciones son reacciones incontrolables y ustedes lo saben. Es el deber ser contra el ser. Los varones me respaldaron, cómo quieren que no las veamos si hacen todo para que eso ocurra. Heidegger cayó en el olvido por un buen rato. Hablaron del acoso sexual y les platiqué del día que nos regañaron por besarnos en el Art Institute. En fin, regresé a la conciencia de la provocación y la faena terminó como debe ser, con una excitación intelectual que recalqué como actividad acelerada e intensa, deliciosa. Pero el capítulo de hoy es también un territorio prohibido. En sociedad las fantasías de las parejas no se comentan, no existen. ¿Por qué será? De entrada porque la fidelidad supone la cancelación de las fantasías, nadie debe pensar en otra mujer o varón. Casados o no, el peso judeo-cristiano de la pareja monogámica inhibe cualquier plática al respecto. Cómo va a ser que pienses en otro u otra mientras estás conmigo y, peor aun, cómo va a ser que me lo digas. ¿Casado o castrado, that is the question? Les hablé a mis amigos de la RAE, muy atentos me contestaron de inmediato, ya ves, por lo visto tengo vara alta con ellos, hago click un par de veces y sin importar la hora contestan con su edición más reciente. "Facultad que tiene el ánimo de reproducir por medio de imágenes las cosas pasadas o lejanas, de representar los ideales de forma sensible o de idealizar las reales". Leamos juntos, la fantasía nace del ánimo, del alma. No es un ejercicio cerebral sino que surge de ese increíble intangible del cual dependemos, a pesar de negar su existencia. En esta entrada la FANTASÍA no crea nada, reproduce, por medio de imágenes, imágenes que muchas veces están en nuestra cabeza y nada más. Pueden plasmarse gráficamente, en teoría sí, por qué no. Los dibujos animados siguen teniendo un gran éxito en pleno siglo XXI y la mayoría son fantasías llevadas al celuloide. Qué viejo se escuchó "el celuloide", que está por desaparecer. Pero las fantasías a las que yo me refiero, y tú sabes perfectamente cuáles son, no tienen nada de infantiles. Provocan que la imaginación vaya a donde la sociedad dice que no debe ir, pero no porque sea irreal el escenario o la situación, sino porque delatarla habla del deseo reprimido. ¿Puede la sociedad controlar a la FANTASÍA? Difícil, yo diría imposible. La FANTASÍA es una gran revolucionaria. Cuando te preguntaba, con ánimo provocador, cuál era el último hombre guapo que habías visto y me contestabas Jaime, con sus manos enormes. Te imaginaba haciendo el amor con él, te sonrojabas y comenzabas a besarme, me decías sí en los hechos, por tu cabeza atravesaba esa imagen que no es ni irreal ni imposible, tú simplemente no querías llevarla a la realidad. Quizá la palabra FANTASÍA no describe del todo ese juego erótico de imágenes y situaciones que provocan al DESEO. "Fantasmagoría —dicen mis serios interlocutores desde Madrid—, ilusión de los sentidos". O sea que el impulso sensorial puede crear la imagen. Usted qué opina Herr Piano, lo estoy viendo cara al teclado, no se evada, hoy de nuevo está usted muy callado. Algo queda claro dentro de tanta vaguedad, el poder de las fantasías es enorme. Se me viene a la mente *La verdad de las mentiras*, gran libro de Vargas Llosa. No era a las verdades, a las historias reales, a las que les temían los conquis-

tadores, era a las mentiras, a los cuentos libertarios de los súb-
ditos que provocaban la imaginación a los sueños independen-
tistas. Esas lecturas no debían llegar al Nuevo Continente. *El
contrato social* de Rousseau tiene un párrafo totalmente contra-
dictorio, aquel en que nadie cede libertad para ganar libertad.
Pero la imagen del pacto de Rousseau, como la del *Leviatán*,
son poderosísimas. También lo he aplicado a Marx, la ilusión
socialista movió al mundo por décadas, no los cálculos de *El
Capital*. Don Quijote se intoxica de historias de caballería y son
sus fantasías las que lo transforman y le inyectan brío a su vida.

Las fantasías eróticas son en todo caso un instrumento
de gozo, del PLACER, que irá en la P. ¿No lo crees así? Confesar-
las, como lo hacíamos tú y yo, habla de un alto grado de intimidad y confianza. Fingir, ocultar las imágenes no conduce a
nada, es mejor saber qué imágenes atraviesan por la mente del
amante. Y si provocar esas imágenes trae placer nada malo ocu-
rrirá. Cuántas comedias románticas no vimos que también eran
fantasías. Las fantasías alimentan al mundo y la pareja está en
él. El tema es apasionante, pero ¿con cuál de las parejas de mis
amigos podría yo platicarlo y obtener una respuesta franca? Si
yo imagino a Sharon Stone no hay problema, pero algo más
terrenal, a fulanita, que todos conocen, allí sí me meto en líos.
Imaginarme diciendo, tu esposa me mueve la hormona, imposible. Imposible. Esto sólo con el Herr Piano y contigo puedo
hablarlo.

7

Entró a la diminuta sala de espera. Las visitas del profesor Urquiaga eran poco frecuentes. Era de los maestros más respetados de la Facultad. Rara vez tenía asuntos que tratar. Esa era una parte de su acuerdo vital, dar las clases que gozaba, y mucho —hubiera pagado por darlas, eso sólo lo sabe el narrador—, y evitar al máximo a la pesada burocracia universitaria. Al entrar al Departamento la secretaria se levantó de inmediato y lo saludó con amabilidad, ahora le aviso a mi jefe dijo, eso era cierto, era su jefe pero no de él. Urquiaga no se sentó intencionalmente para presionar. Y recordó su otro papel, el del profesor ocupado y lleno de trabajo. Se abrió la puerta. Samuel cómo estás, pasa por favor, el director, sensible a su personalidad, lo remitió al terno y no al escritorio. Te ofrezco un café o algo, agua dijo Urquiaga. Por favor le dijo a la secretaria. La reunión fue muy breve, una petición muy especial, la profesora Bakewell de la City University de Londres visitaría la Facultad para dar una charla y presentar su más reciente libro sobre Montaigne. El libro era todo un éxito en Inglaterra y por fin llegaba la traducción al español. Yo te envío un ejemplar en cuanto la editorial me lo haga llegar, Urquiaga bebía varios tragos de su vaso de agua. La clase le resecaba la garganta, y más cuando por razones histriónicas elevaba la voz. Quería pedirte que comentaras la charla, sus temas son muy cercanos a los tuyos, es Montaigne revivido para la vida contemporánea, se vería raro que tú no estuvieras allí. Ella sugirió para el mismo fin a una profesora de apellido Arrigunaga, es profesora de alguna universidad privada, ahora no recuerdo de cuál. ¿La conoces, has oído hablar de ella? No, dijo Urquiaga con firme sencillez. Para no molestarte sólo se me ocurrieron dos colegas tuyas, pero, te soy franco, tú lo harás mucho mejor y además necesitamos un varón, no es cuota inversa pero sí una cuestión de equilibrio, y sonrió con picardía. Nos están desplazando, Samuel, sobre todo en ciertas áreas como las letras, la historia y en filosofía; ya están por todas partes. Samuel sonrió, bueno, dijo con humor, tiene su lado positivo, el paisaje ha mejorado mucho. Los dos se percataron que pisaban un terreno cercano a lo políticamente incorrecto. El director ni remotamente sospechaba el erotismo potencial y contenido del profesor Urquiaga, que en la primavera, cuando los hombros y rodillas de las mujeres aparecían en los pasillos de la Facultad, hacía esfuerzos inhumanos por mantener la mirada al nivel de las caras. Del profesor Urquiaga jamás había habido ni siquiera un rumor de algún lance impropio, no como un anciano libidinoso, eso sí con todos los honores universitarios posibles, que citaba alumnas a su seminario para coquetearles e intentar manosearlas. Todo mundo sabía la historia, nadie se atrevía a abordar el tema, era un tabú. De acuerdo, dijo Samuel, tengo mucho trabajo —el narrador sabe que Urquiaga exageró intencionalmente lo del trabajo—, pero lo haré encantado. Me gusta que la otra comentarista sea alguien de fuera, de otra institución. Es buena idea, te quitas el problema de seleccionar entre los jóvenes que vienen peleando duro y además rompes la endogamia, inevitable pero endogamia al fin. El comentario recordaba su autoridad académica, Samuel había sido director del Departamento muchos años atrás. Será a finales de marzo, el 10 por la tarde, tenemos más de un mes. Como a Bakewell aquí nadie la conoce, la embajada británica ha ofrecido apoyo para la difusión. ¿Te puedo dar por confirmado?, preguntó el director. En qué día cae, déjame ver, es miércoles, dijo. A qué hora, preguntó Urquiaga. Al final de la tarde. Tengo seminario, dijo como diciendo *imposible*, vendía cara su presencia. Puedes reponerlo, le dijo su interlocutor. Urquiaga lo miró fijamente. Si tú lo autorizas, de acuerdo. No será fácil. Lo dijo para que el director no sospechara las muchas tardes largas que Urquiaga pasaba atrapado en una siesta, dormitando, metido entre las sábanas en una soledad obscura, negándose a abrir los ojos y regresar a la realidad, tratando de olvidar o corrigiendo controles de clase o ensimismado en el *Abecedario*.

Urquiaga caminó a su coche, nadie conocía a Bakewell, ni él, el auditorio estaría semi-vacío, eso no era muy estimulante. Pero Montaigne siempre era un estímulo intelectual, así debía verlo, era un trámite más de su vida académica. En una de esas y podría colar a Pascal, que era su verdadera inquietud en ese momento, la religión, las creencias y sus propias dudas existenciales. Olvidó la presentación, regresó a sus dilemas.

CÓDIGO COMPARTIDO. Llegué al aeropuerto. Ya sabes, viajecito de una noche, conferencia para universidad pública sin remuneración. Compromiso académico, como solemos decir. El número del vuelo era de cuatro dígitos, en el mostrador pregunté por curiosidad, no tenía prisa, tampoco la persona que me atendía, lo cual es atípico, por qué cuatro dígitos. Es un vuelo de CÓDIGO COMPARTIDO, me respondió como si fuera obvio, a saber para los ignorantes en la materia, dos líneas comparten equipo, ruta, etc. El resultado es un vuelo conveniente para las dos. La expresión CÓDIGO COMPARTIDO se quedó zumbando en mi cabeza. Al *Abecedario* le falta una doble C, eso construimos tú y yo, un Código Compartido. Gustos, fobias, debilidades, gozos, miedos, tú enumera. Construirlo lleva tiempo, horas y horas de plática para conocer el porqué de un razonamiento, de una reacción, de una pasión. Esa construcción de la amistad viene después del impulso amoroso. Pero con el tiempo se convierte en parte substancial, perdón por el término, es deformación profesional, en un ingrediente, tampoco es bello, esa amistad es la luz que ilumina lo que otros no ven y con frecuencia ni siquiera imaginan. ¡Qué arrestos poéticos! Yo te quería por un parpadeo en que me dejabas ver lo que cruzaba por tu mente, tu infancia gris, la imagen del ingeniero Dupré a quien no tuve el gusto de conocer —perdón por el cinismo—, los silencios angustiados de tu madre por las múltiples correrías del prepotente francés. Otros podían intuir por tus gestos, pero yo y sólo yo sabía lo que había detrás de tu sonrisa, natural para los otros, fingida en mi lectura. Ese CC comenzaba por las mañanas, cuando cuidadosa te levantabas tratando de mover la cama lo menos posible para no alterar mi sueño siempre a punto de quebrarse. Después la fruta indicada en la porción adecuada y quizá alguna nota sobre cómo era tu día. Un mensaje por el celular, dos palabras, cómo vas y un signo de interrogación. Y después respuestas lacónicas, aburrida, hace un mes que no encuentro nada, o el laboratorio está helado, ya me puse guantes. Así, poco a poco, uno quiere a alguien por lo que se ve y también por lo que escapa a los otros, por lo que mostrabas y lo que ocultabas y de lo cual yo tenía pistas, tan sólo eso. El CC crece y crece conforme pasa el tiempo hasta que se vuelve algo entrañable. Sólo yo sabía de tu esfuerzo y molestia cuando debías maquillarte. Los amigos te chuleaban, te veías hermosa, más hermosa que todos los días, lo admito. Pero lo del maquillaje no era lo tuyo y la verdad no lo necesitabas. Tu cutis fresco y sin mácula, tus cejas pobladas y oscuras, tus pestañas suficientes para resaltar tus ojos negros y brillantes. Qué hermosa eras. Te miro en las fotografías y sin importar que estés vestida con la desabrida bata blanca del laboratorio y sin una gota de maquillaje, nunca entre semana, se vuelve un vicio, me dijiste, al aparecer tu sonrisa y mostrar esos dientes perfectos y grandes, todo lo demás se desvanece. Yo me quedé atrapado en esa sonrisa. Lo malo de haber preguntado por el vuelo de cuatro dígitos es que ahora extraño en todo ese CC. Me ocurrió lo que los conceptistas advierten, pienso en Gracián, las cosas no cobran total existencia hasta que aparece el concepto que las arroja al mundo, el entendimiento es el que vincula los hallazgos y establece correspondencias. La discusión es apasionante. Las cosas no existen a cabalidad hasta que reciben un nombre. Los realistas niegan esa posición, claro que existen aunque las desconozcamos. Luego existe lo que no existe. Está divertido para la clase. Dudo que conozcan a Gracián, quién sabe, se lleva uno sorpresas. Piensa en todos los nuevos planetas, constelaciones, nebulosas y demás que han sido descubiertas en la última década. El Hubble merece un monumento, muchos hallazgos llevan el nombre de quien dio con ellas. Hegel también hablaba del esfuerzo del concepto. Ya me fui al cerro. Me ocurre con frecuencia cuando estoy aquí. Regreso. Ahora que sé del CC, me topo con él en todas partes, todo el día y te extraño más y más y más. Me voy para no gemir, CHILLAR.

8

Menos o más misterios, fue la pregunta con la que abrió. Hoy tenemos el ADN, luego sabemos más. Hoy tenemos la nanotecnología, inimaginable a mediados del siglo pasado. Hoy, con un poco de sangre se pueden saber mil asuntos del cuerpo. Hoy conocemos muchos más rincones del espacio sideral. Hoy el cerebro y sus recovecos, sus funciones, han sido mucho más exploradas, tenemos un mapa sin precedente de lo que reconocemos. Hoy, el calendario de oscilaciones de cesio nos da un rigor en la lectura de los movimientos celestes que hace ver a todos los otros calendarios, el gregoriano, el juliano, etcétera, como meras aproximaciones, juegos de amateurs. Hoy sí tenemos un mapa certero de las profundidades de los océanos. Y así siguió varios minutos, hoy…, hoy…, hoy… Urquiaga gozaba el uso oral de la anáfora, esa repetición utilizada en misas griegas y en otras, pero lo odiaba en la vía escrita pues es, por definición, un recurso retórico, repetir una construcción para acentuar una tesis. La repetición en los cantos litúrgicos siempre ha estado presente para así incorporar a los feligreses. El *Canon* de Pachelbel es una excelente muestra del uso de la repetición pero también el segundo concierto de Brandenburgo. Menos misterios, eso es lo que ustedes piensan, eso me dijeron con sus manos la clase pasada. Yo, Samuel Urquiaga, sostengo que hay más misterios, muchos más. Sintió una gota de sudor caer de la axila a su costillar. Al descubrir el ADN apareció una estructura de una complejidad inaudita. Quién hizo ese diseño. El grupo estaba molesto porque pensaban que Urquiaga los iba a doctrinar o algo similar. Al ser capaces de mandar sondas y nuevos exploradores mecánicos hemos descubierto horizontes que antes ni siquiera imaginábamos. Hoy sabemos que somos mucho más pequeños, en unos cuantos siglos hemos pasado de pensar que la Tierra era el centro del cosmos a darnos cuenta de la insignificancia de nuestro planeta, de nuestro sistema solar. Al explorar el cerebro a detalle se han descubierto interconexiones insospechadas. Cómo se planeó eso o no se planeó, los miró entonces a los ojos por varios minutos. La ecuación no es tan sencilla: más ciencia, menos misterios. Puede ser a la inversa, la premisa podría ser la contraria, más ciencia, más misterios. Los misterios de la creación —y no me refiero a la imagen mítica judeocristiana, me refiero a la lectura científica—, son hoy infinitamente más. Se desató la discusión entre ellos, Urquiaga dirigía con parsimonia y sin involucrarse demasiado, que fueran ellos los que encontraran su camino, esa es la convicción pedagógica de Urquiaga y el narrador sabe que trata siempre de respetarla, se reprocha cuando su protagonismo excede la dosis de provocación necesaria. Eso le ocurre con grupos flojos, él tiene que hablar todo el tiempo; no fue el caso. Por supuesto, no llegaron a alguna conclusión. La palabra *creación* fue provocadora, los creacionistas niegan la evolución, niegan a Darwin, en Estados Unidos los grupos más conservadores luchan por prohibir en las escuelas *El origen de las especies*, lo consideran pecaminoso, atentatorio contra la supremacía del Creador, pero Urquiaga aclaró de inmediato su postura, viva Darwin, viva la ciencia, pero seguimos teniendo un problema. Y les recordó la discusión de Stephen Hawking con el Vaticano, el autor del famoso libro *Historia del tiempo* que volvía a la carga con *El gran diseño*. Hawking y Mlodinow, el coautor, niegan la posibilidad que Dios haya participado en esa creación. Lo que ocurrió simplemente ocurrió, *simplemente* es un decir, simple no hay nada en lo que nos rodea. Les dejaré un capítulo como lectura no obligatoria. De los hechos científicos no observados no puede decirse que existieron, pero sí podemos observar las consecuencias. Somos entonces producto del azar, correcto. Para las religiones eso es inaceptable porque todas se atribuyen la capacidad de explicar la creación. Pero la pregunta sigue allí y Hawking lo sabe, cómo llegaron los elementos que están en el origen de la azarosa evolución que llevó a la vida.

Los iracundos contra cualquier intromisión del pensamiento religioso se calmaron. Lo había logrado, allí estaba la capacidad de asombro que Urquiaga quería despertar en sus alumnos. Quién lo hizo, es la pregunta religiosa, cómo ocurrió la científica, de dónde salió todo esto, y señaló de nuevo al patio y allí dejó la mirada antes de terminar la clase. Salió satisfecho, ese era su mundo y su oficio. Lo gozaba, lo gozaba eso se dijo mil veces.

FRENESí. "1. Delirio furioso. 2. Violenta exaltación y perturbación del ánimo". Una sola ocasión observamos un FRENESí que nos fuera ajeno. Te acuerdas de nuestro viaje para ver ballenas con los fotógrafos. Dormíamos en sleeping bags en cubierta en un barco pequeño, con un solo baño para doce personas. Fuimos a rendir homenaje al ser vivo de mayor tamaño del que se tenga noticia: la ballena azul. Nos levantábamos a las 5:30, mejor dicho, nos levantaban a las 5:30 para capturar la luz del amanecer y de allí en adelante todo el día eran clicks, miles de clicks, montañas desérticas iluminadas en amarillos, anaranjados, rojos, el sol en un ascenso pausado, un sol con el que conviviríamos todo ese día, hasta el ocaso, la muerte de ese día. Y a navegar se ha dicho por las próximas 14 o 15 horas. Ballena a las tres, gritaba alguien y entonces el barco viraba a estribor. Miles de fotografías caían sobre el animal que después de respirar varias veces descendía a las profundidades. Y por fin dimos con ellas, con la azul, que llega a los treinta metros de largo, enorme, mucho más grande que el barco. Una en particular nos dejó ver su enorme cola formando una cascada antes de desaparecer, lo hizo muchas veces. Cómo aprendí contigo, mi bióloga querida, que me llevaste a aventuras a las que jamás hubiera llegado solo. Yo, el comodino filósofo Urquiaga persiguiendo ballenas, nunca lo imaginé en mi vida. En eso también te extraño. La pareja es ser otro. En uno de aquellos amaneceres, un enorme cardumen de sardinas, que por cierto están amenazadas y pueden colapsarse, allí lo aprendimos o por lo menos yo, mi querida bióloga, atrajo a delfines, pelícanos, ballenas, fragatas, aves de todo tipo. A lo lejos el mar se veía blanco de la actividad frenética de todos esos seres vivos, FRENESÍ por la abundancia, un festejo a la vida, al ciclo que incluye la muerte. Aun así la tuya, tu muerte, no la comprendo, nada tiene que ver con la sardina. Ellas no tienen conciencia de la vida. Pero, de no ser por esa escena, no recuerdo otro FRENESÍ que no sea contigo, sólo contigo. Para mí FRENESÍ es expresión del amor y amor fuiste tú. FRENESÍ era estar contigo y abrazarte, besarte y desearte sin importar nada más en el mundo. Hoy no hay sutilezas. Sin ti no hay FRENESÍ. Herr Piano está callado de nuevo. Te extraño.

9

Caminaba por el pasillo con su chamarra beige rumbo al salón cuando miró de lejos a una colega con la cual inevitablemente se toparía al pasar. Llevaba un body blanco y el sostén se transparentaba. Los hombros estaban al aire, ya hacía calor. Caminó hacia ella, llevaban buena relación, era casada y muy simpática, buena filóloga. Al acercar su rostro para darle un beso olió su perfume y sin haberlo calculado tocó el hombro con su mano. Su piel era suave. En una fracción de segundo un mar de recuerdos asaltó la mente de Samuel Urquiaga. A ella todo le pareció normal, se encontraban con frecuencia y Samuel le caía muy bien. Además era viudo trágico. Él sufrió un terremoto. Entró al salón, aventó su viejo portafolios de cuero sobre el escritorio y les dijo ahora vengo. Fue al baño de maestros, tomó aire una y otra vez, la piel, la piel, una piel honesta y sin Buda enfrente, hace años que no toco esa piel. Sacó uno de sus pequeños dulces de orozuz francés que utiliza para refrescar el aliento y que tienen la ventaja que a nadie le gustan. Tragó varias veces para evitar el nudo que sintió venir. El narrador sabe que el insignificante contacto le había removido un universo sensorial muy vasto, el que tuvo con Marisol, la cercanía de los rostros, el olor, la piel, su cabello. La crisis duró varios minutos. Fue profunda. En un instante recordó lo que había perdido, el hueco de su vida. Regresó al salón y sin más Urquiaga brincó a otro tema vinculado, estaba serio, la ciencia está en manos de personas que profesan religiones. Contra la creencia generalizada hay estudios, les citó dos, que muestran cómo la gran mayoría de los científicos concentrados en pocos países han declarado tener creencias de un ente superior, el que creó todo esto, lo invisible evidente de Víctor Hugo. Fue entonces que regresó a Pascal que había caído en el olvido por varias sesiones. La incógnita seguía frente a ellos: gran científico defensor de las creencias religiosas. Primero fue la muerte de la madre, de las consecuencias en el niño Blaise no tenemos muchas pistas. Pero en 1649, cuando Pascal tenía veintitrés años, su padre sufre un accidente severo. La convalecencia se prolonga mucho tiempo. Fue entonces que la familia entra en contacto con un obispo reformista, todo eso lo encontró Urquiaga en el Internet, no en los libros y se los dijo. Úsenlo, que no los use, les repetía, midan el tiempo que le dedican a leer y a la red. El obispo era holandés y se llamaba Jansenio y centraba sus creencias en San Agustín, era cercano a las ideas de Calvino. La familia entera se hizo devota, Jacqueline decidió hacerse monja. Parece que allí fue el quiebre. Blaise padecía de fuertes dolores y parálisis en las piernas, a partir de ese año se volvió medio asceta. Cada quien habla dependiendo de cómo le va en la feria y para muchos la religiosidad está allí, sin tantas complicaciones como las que lanzamos en el 304, Urquiaga se refería al número del salón donde llevaba años dando clase. El narrador sabe que el cabalístico siete de la suma le provoca intriga y desconcierto a un Urquiaga supersticioso que nunca lo ha comentado, ni siquiera con Marisol. Quién de ustedes tiene parientes que sean creyentes. Todos, salvo dos, levantaron la mano. Entonces comenzó a interrogarlos con suavidad, quiénes eran, desfilaron más madres que padres, e infinidad de abuelos. Hubo acuerdo en que la vejez orilla a la religiosidad, la proximidad con la muerte no es poca cosa. Por ahí se fue la discusión un rato, Urquiaga lo manejó con elegancia, se sentó sobre la parte de un pupitre en la primera fila para mirarles los ojos de cerca. Lo contaban con pena, como si la religiosidad de sus familiares fuera algo vergonzoso. Urquiaga les platicó de la tía Mary y su fracaso en el adoctrinamiento del pequeño Samuel, lo hizo para decirles, todos tenemos alguien así. De las lecturas religiosas de su padre prefirió no hablar, del ritualismo de la madre sí. La conversación se volvió muy íntima y cálida, nada que ver con las acaloradas sesiones previas. Fue curioso cómo Iván, uno de los estudiantes más radicales del grupo, platicó que sus dos padres eran creyentes y que no perdían la esperanza de encauzarlo, todos los domingos lo invitaban a ir a misa, mira es un ratito, estás contigo mismo. Él se negaba sistemáticamente. Urquiaga pensó que quizá su radicalismo provenía en parte de ahí. Los invitó entonces a imaginar a Pascal y sus ausencias, sus dolores y cómo el matemático públicamente defendió que sus creencias le ayudaban a vivir y no interferían con su trabajo científico. Su famoso *Tratado sobre el vacío* era posterior a su pública declaratoria de religiosidad. El padre moriría poco después, Jacqueline acentuaría su religiosidad incorporándose a un convento jansenista muy estricto. Los trabajos científicos de Pascal continuaron, hidrostática, presión atmosférica. El narrador sabe que el hábil profesor Urquiaga los había memorizado la noche previa para poder decirlos sin tropiezos, sin mirar su cuaderno de notas. Su clase tenía un alto y eficaz contenido histriónico. Tres años después de la muerte del padre, Blaise Pascal entró en un profundo trastorno depresivo. Se acercó a Jacqueline en busca de alivio, se alejó de amigos y de sus costumbres mundanas. El encierro se agravó. Después de tener un accidente en su carroza dejó un testimonio escrito de una experiencia religiosa, mística, de renacimiento, una epifanía. Preguntó a los alumnos si alguno de ellos había tenido una experiencia similar. Ninguno, insistió en el tema e inquirió si creían que experiencias así eran factibles. El grupo se dividió, hubo quien dio ejemplos de parientes cercanos que afirmaban tener momentos así. Encargó a Lorena —una chica muy inteligente pero poco participativa— la lectura de un capítulo de la gran obra de Mircea Eliade, precisamente sobre las "hierofanías", así las denomina el brillante y erudito autor de origen rumano. Debería exponerlo en clase. Eliade murió en Chicago, donde radicó muchos años siendo maestro en The University of Chicago. Un colega y seguidor de Eliade fue asesinado por un fanático religioso en la propia Universidad. ¿Se puede tener motivos para ser religioso y científico a la vez?, no me contesten ahora. Nos vemos la próxima. Urquiaga quería ir a su departamento a pensar en la P de PIEL.

PIEL. Fue inmediato. Toqué la PIEL de Corina un instante y el mundo, nuestro mundo, se me vino encima. Te confieso que tuve la tentación de frotarla un poco, por supuesto no lo hice. En ese momento me di cuenta del vacío de mi existencia. De qué sirven las maromas con Isabel si nunca he sentido ganas de tocarla como a Corina, menos aun de besarla. ¿Qué fue? Corina es atractiva, tiene un cabello rizado monumental, pero nada de eso pasó por mi mente al acercar mi rostro y poner la mano sobre su hombro. Sentí que tocaba a una persona que respeto y por la cual tengo cariño, sentí que apreciaba mi beso y que ella era mía por un instante, en público, porque siente también cariño por mí, sentí que su piel era limpia, toda ella era limpia, sentí que su mejilla y la mía hablaban entre ellas, olí su perfume, pero también la olí, miré sus ojos de cerca, tiernos y bellos en su estilo siempre jovial. Cuando le pregunté por Antonio sentí que se me cerraba la garganta. Mientras me contestaba algo que no recuerdo la miré con detenimiento, sus cejas, su boca, sus mejillas siempre sonrojadas. Me despedí con otro beso que gocé mil veces más y apresuré el paso al salón. Ya en el baño, antes de arrojarme agua a la cara, olfateé mi mano para ver si algo de su aroma se había quedado en ella, no fue así y lo lamenté. La PIEL, qué misterio, todo lo que nos dice, todo lo que oculta. Qué fortuna la de Antonio. ¿Estaré deseando a la mujer del prójimo?, para ser honesto creo que sí. Corina debe ser una espléndida compañera de vida, tú la conociste en alguna ocasión, poco después de que ingresara a la Facultad. Eso es lo que no tengo, compañía, y la PIEL, la poderosísima PIEL, me lo recordó en una fracción de segundo. Me gustaría desnudarla, verla toda, olerla toda para recordar lo que es estar con un alma y no un simple cuerpo.

III. Búsqueda

1

El día que Samuel Urquiaga tocó la piel de Corina, regresó de inmediato al *Abecedario*. Pensó que ahí encontraría consuelo. Pero ese día no le interesaban las definiciones, no pudo redactar más de una página, unas cuantas líneas, por primera ocasión sintió que el ejercicio era absurdo, un juego de niños. Sintió que la libreta esperaba más palabras y que éstas no salían de su mente, él estaba concentrado en el poder de ese instante con su amiga. Pensó que desear a la esposa de un colega no era algo bueno, que tenía que resolver sus asuntos sin dañar a nadie. Ese DESEO era riesgoso porque no se estaba enamorando de ella, el simple contacto de las pieles le recordó la ternura que también puede estar en el cuerpo femenino. Isabel y su Buda, sus peripecias, la experiencia vacía de Woody Allen no le dejaban demasiado. Ese día había sentido una emoción presente. Su vida frente al *Abecedario* lo llevaba a sentir en el recuerdo. Era muy bueno, Nozick y Proust tienen razón, pero el recuerdo no bastaba. Desesperado pero en control, llamó a su amigo José y, como si no fuera importante —el narrador sabe que sí lo era, y mucho— le dijo que tenía antojo de un buen pescado en el pequeño restaurante de la colonia afrancesada, allí donde el mesero pensó que estaba borracho. Samuel quería estar con alguien, quería platicar. Por fortuna José estaba libre, se había separado y ahora vivía solo. Ya en la cena, Samuel le platicó del incidente con Corina a la que José no conocía. Era lector voraz y editor, tenía su empresa, pequeña, pero propia, nada que ver con la Facultad. Que no la conociera le dio a Urquiaga la confianza, no cometía ninguna indiscreción. Ya soy pecador, le dijo, imagínate a mi edad y deseando a la mujer de un amigo, y se rió artificialmente. José, con su aguda inteligencia y una gran suavidad en sus modos se dio cuenta de que su amigo Samuel atravesaba por un mal momento. Le preguntó si conocía un párrafo de Alfonso Reyes sobre la PIEL, Samuel movió la cabeza de un lado al otro, no le había platicado nada del *Abecedario*, ese era su verdadero secreto. Pero sí le había confesado que el hecho de tocar un hombro con inocencia había trastornado su día. Yo te lo mando, y de allí pasó al asunto de fondo. Lo hizo con gran cuidado. ¿No has pensado en buscar una nueva pareja?, Marisol era encantadora, única, lo sé, pero la vida sigue. Samuel se le quedó mirando fijamente, pensó que quizá a pesar de sus desplantes de humor, sí transmitía esa sensación, la imagen de tedio, de que la vida le estaba resultando demasiado larga. Yo no podría estar solo tanto tiempo. Llevo un año separado y me siento como perro sin amo. Samuel se quedó muy callado, pidió más vino, José confesaba lo insoportable de su soledad, Samuel la ocultaba. ¿Por qué? Claro, continuó, mi situación es distinta, tú sabes de la locura que invadió mi hogar y las terribles dificultades que tuve con Carmen. Yo vengo de aguas turbulentas y quiero reconstruir mi vida lo antes posible. Tú vienes del Edén, así lo expones, pero quizá, le dijo de nuevo con gran sutileza, deberías situar tu tragedia en su justa dimensión. Se hizo un silencio. Urquiaga reaccionó después de mirar a la calle por unos segundos, sientes que estoy idealizando a Marisol. No, replicó de inmediato José, interrumpiendo abruptamente un sorbo de vino, algunas gotas cayeron sobre su plato. No se imaginó esa reacción y no quería herirlo. Marisol era una mujer maravillosa, lo sé, pero precisamente por eso no debe convertirse en una lápida en tu vida. Creo saber lo que piensas, será difícil, imposible, encontrar a alguien como Marisol. Sí, es cierto, pero puedes encontrar algo distinto. No busques a Marisol porque nunca la vas a encontrar. Pero lo de hoy es una muy buena noticia, indica que tu entraña está viva, muy viva, aunque racionalmente la hayas declarado muerta. Samuel cayó en un silencio profundo, no ocultó a José su desconcierto, sintió la palmada cariñosa de su amigo. Y lentamente fueron cambiando de tema. Al terminar la cena caminó por las calles cerca de una hora, quería estar solo y no encontrarse con el silencioso piano que lo provocaba a pensar.

GOZO. Definitivamente, sin alma no entenderíamos la mitad de la vida. Observa en la decimonovena, "Alegría del ánimo" o sea que el GOZO mueve al alma y ese ánimo "se complace en la posesión o esperanza de bienes o cosas halagüeñas y apetecibles". O sea que el alma puede ser bastante terrenal, la posesión de bienes o la esperanza de tenerlos no remite a la vida espiritual sino a lo material, y más terrenal aunque las cosas sean apetecibles. La comida es un GOZO y vaya que mueve almas. Pero a mí los bienes me tienen sin cuidado, estoy acostumbrado a tener pocos bienes, pero se me apetecen otros asuntos como una CARICIA o un BESO. Eso sí mueve mi ánimo, lo que pasa es que no los venden en el supermercado, ya visité todos los pasillos, me da un poco de pena preguntar, perdone, ¿tiene CARICIAS? O quizá tiene CARIÑO, te imaginas el rostro del dependiente. Como que no viene al caso. Algún día lo haré, es promesa. Avancemos, "Alegría del ánimo" otra vez al alma o sea que las pastillas de Lauro ayudan al alma. Pregunta obligada de inicio de consulta, cómo va el ánimo amigo, pensándolo bien es un doctor de almas. El náufrago, el desalmado, el discapacitado, o sea yo, anda a la caza de gozos para el alma. Mis amigos de la Academia son unos románticos como los del XIX, ¡para todo invocan el alma! O será que no pueden explicarlo de otra forma, no sé si Dios ha muerto, pero de que el alma existe, existe. ¿Cómo ves la formulación? Nadie aquí la rebate. Por casualidad me encontré con la existencia de una pequeñísima isla de Malta que se llama GOZO y qué crees ¡hay un Ministerio de GOZO! Mejor ir a la poesía, fui al de Autoridades, los poetas, sobre todo los del Siglo de Oro, vaya que si hablaban del GOZO. Pero si la definición de GOZO no da muchas pistas, gozoso es una calidad que no deja duda. Flaubert se me atravesó en el camino: "Algún día los hombres aprenderán que el asunto más serio de su vida es gozar". No está nada mal, prometo, me prometo no olvidarlo: gozar. Quiero estar gozoso y en una de esas descubro el GOZO.

2

Al abrir su correo esa misma noche, pues esperaba una respuesta sobre la extensión de un artículo que debía redactar en esos días, encontró que el párrafo ya estaba allí con la despedida cariñosa "Qué gusto la cena de hoy. Muchas gracias, José". Enviado a las 11:29 pm. Eso es tener una biblioteca organizada pensó, mientras yo caminaba con mis disquisiciones, José lo encontró.

"La paradoja de la piel", tomo IX de las *Obras completas* de Alfonso Reyes: "Nada más misterioso que la piel. Es estuche que nos arropa y resguarda. Pero es tela vibrátil que nos comunica con el exterior. Es superficie, pero expresión de profundidad. Es un aislador permeable. Es sensible y sufrida, es aguerrida y melindrosa. Imagen del misticismo militante, plumaje indemne entre pantanos, se conserva y se entrega, vive entre las tentaciones y las reduce a su dominio. Es virginidad renaciente como en las huríes orientales. Está en la zona tempestuosa donde chocan las corrientes del yo y del no yo y es, al mismo tiempo, accesible y resistente. ¡Cuanta contradicción!".

Mejor que Reyes imposible, fue al *Abecedario* y añadió el párrafo a las líneas que había redactado por la tarde. Abrió una botella pequeña de vino tinto, de las que proporcionan copa y media, se sentó en la sala, se conserva y se entrega, repitió, Corina se había reservado casi todo, le había entregado una pequeñísima probada de su piel y en esa mínima dosis lo había desquiciado. Virginidad renaciente, eso era, la piel de Corina era virgen al tacto de Samuel y lo sería al día siguiente y al otro. Se quedó pensando que le gustaría tocar su cara con suavidad, su cuello, no ir más allá, simplemente tocarla, tocar su espalda, tocar sus pies, sus brazos. Nada más y nada menos. Era un sueño, nunca lo haría. Nadie debía enterarse de sus enredos mentales, tocar a Corina, no a cualquier mujer. Allí se quedaría dormido con la ilusión de la piel, consciente de que los recuerdos tienen fronteras infranqueables, de que el verbo *sentir* tiene su mejor momento en el presente.

3

Pregunta, dijo sin más introducción, ni siquiera un buenos días de cortesía, todo mundo tomó su lugar con prisa, ¿por qué existe algo en vez de nada? Dejó que el silencio se apoderara del salón. El dilema de Pascal entre la ciencia y la creencia había cumplido su función, quería llevarlos más allá. Podría ser todavía más grave dijo, ¿es acaso mejor, superior, la existencia de algo —y ese algo nos incluye a todos— que la nada? Miró a los ojos de varios alumnos, se trata de la nada como posibilidad racional. Quiero respuestas, nadie rompía el silencio, lo cual agradaba a Urquiaga hasta determinado momento en que el silencio lo obligaba a reflexionar sobre la pertinencia de la pregunta. Con gran timidez Adolfo, un alumno callado al extremo, desde el fondo del salón levantó la mano, adelante, dijo el profesor Urquiaga, la existencia de algo es mejor que la nada porque en la nada nadie rendiría tributo al creador. ¿Es usted creyente?, le preguntó Urquiaga, de alguna manera, dijo el alumno, en qué manera, explíquenos por favor. Adolfo, de cara larga y unas extrañas barbas poco tupidas y nada cuidadas se explayó, no profeso una religión pero comparto con mis padres muchas discusiones, ellos sí son creyentes, no puedo comprar la idea de que todo esto, como dice usted, es producto del azar. No lo digo yo, es la versión de Hawking entre muchos otros, dijo Urquiaga para aclarar el punto, sí maestro entiendo, siga Adolfo siga. Incluso el azar en la afortunada mezcla de los elementos tiene un origen y ese se dio en algún sitio. De nuevo el argumento cosmológico, afirmó Urquiaga con seguridad, ese encadenamiento regresivo que obligadamente termina en una nueva pregunta: y quién puso los elementos, así fuera flotando, inconexos. ¿Va usted por allí Adolfo?, preguntó el profesor, sí maestro. Siempre le había gustado que le llamaran maestro pero el narrador sabe que fue hasta ese instante, y gracias al *Abecedario*, que se dio cuenta de que lo gozaba, fue aún más lejos, le llenaba el alma. Nadie se dio cuenta de la espiral ascendente de razonamientos que cruzó por su mente: maestro-gozo-concepto-*Abecedario*-alma. No interrumpió sus palabras. Podemos explicar el origen de lo que vemos hasta un momento en que caemos en la necesidad de que algo distinto esté detrás de esos elementos esenciales, la necesidad de explicar lo que existe en el origen del origen, ¿quién más anda por el mismo rumbo?, tres cuartas partes del salón levantaron la mano. Muy en el fondo ustedes son creyentes, dijo Urquiaga como provocación. Ese camino nos remite a San Agustín. ¿Siglo?, preguntó Urquiaga retador, en ese momento el propio Urquiaga dudaba, no tenía la fecha exacta, a ver usen sus aparatitos, pasaron unos segundos de tensión, 354 gritó alguien victorioso en la búsqueda. Bien, dijo Urquiaga que hubiera sido incapaz de recordarlo con exactitud. Una cosa procede de la otra, procede por generación o por fabricación cuando interviene el ser humano —Urquiaga pensó que hacía años no estudiaba a ese filósofo pero lo había hecho bien y la memoria en esos niveles le funcionaba esa mañana—, o por creación. Dios creó todo de la nada pero las creaciones tienen distintas clases o categorías, algunas fueron creadas para transformarse. Urquiaga no recordaba los términos exactos. Dios es la causa del ser, con lo cual nuestro vacío tiene una respuesta. ¿Por qué hay algo en lugar de la nada pura?, por Dios diría San Agustín. Por supuesto una parte del grupo se rebeló y la discusión cayó presa del desorden momentáneo. Urquiaga regresó a apaciguar las aguas, a los no creyentes les pido tregua, uno de los grandes motivos de las creencias es la admiración, la admiración por la complejidad. No es necesario ir muy lejos, mediten sobre la piel. Les pidió que miraran su piel, algunos rieron, sobre todo los varones, ahora imaginen todo lo que pasa por ella, la temperatura, las caricias, el amor, el dolor y por allí se fue Urquiaga. Él pensaba en la piel de Marisol a lo lejos en un domingo por la mañana o en los viajes cuando podía verla acicalarse con más tiempo, pasar sus manos por su espalda, verla con burbujas de jabón, todas esas imágenes estaban en su memoria. Pero lo pensaba ahora, después de aquella noche en que en su *Abecedario* escribió PIEL, después de que José le hiciera llegar el párrafo de Reyes que, por supuesto, no llevaba esa mañana. Admiren su piel, la piel les dijo, y algunos creerán en el creador original y encontrarán buenos argumentos para creer igual en San Agustín que en Tomás de Aquino. ¿Siglo?, preguntó de nuevo con arbitrariedad, silencio de nuevo, principios del XIII, por ahí anda dijo Urquiaga para salir del paso. Esa era la aventura de cada clase, ese día no tenía la menor intención de hablar de San Agustín o de Tomás de Aquino, no había preparado nada al respecto. Lo que no pueden hacer es banalizar la discusión, insistió. El debate dio un giro hacia la admiración, pero la mente de Urquiaga pensaba ya en la piel de Corina, se conserva y se entrega, retumbaba en su mente.

HÁBITO. La palabra en sí no tiene ni buena ni mala fama. Un mal HÁBITO como el tabaco o la bebida o qué sé yo, te puede matar. Los buenos HÁBITOS pueden ser garantía de vida, los alimentos, los ejercicios. Pero en el amor el HÁBITO casi siempre es condenado. Fulano y zutana se divorciaron, claro, dicen, ya no quedaba nada de amor, era el puro HÁBITO de estar juntos. Es cierto, romper los HÁBITOS inyecta vida a la vida, amor al amor. Pero el HÁBITO puede ir más allá de las simples rutinas que pueden asfixiar. Con tu muerte —acabo de sentir un horror— es la primera vez que lo veo en palabras, cuando te fuiste mis hábitos cambiaron radicalmente. Por supuesto, los domingos por la mañana ando perdido en el mundo. He decidido levantarme y sin pensarlo demasiado ir al club y nadar y nadar una hora o más hasta cansarme, tú sabes que me aburre pero lo puedo hacer solo. En el club veo tenistas pasar, ellas me recuerdan cómo nos conocimos, cada raqueta, cada red, cada falda, todo eres tú. De allí me voy a Mahatma, la librería, he llegado a la conclusión de que sólo comprar libros por correo te cierra las puertas al azar, a lo inesperado que está en la mesa de novedades o al libro con el cual tropiezas en la búsqueda de otros.

Después me voy con nuestro amigo Mario a comer un buen vacío, yo que me siento vacío como vacío, qué absurdo, pero qué sabroso. Es un gozo terrenal. Amable, se sienta conmigo unos minutos, algo que rara vez ocurría cuando íbamos los dos. Lo hace para acompañarme porque quizá sea el día en que más trabajo tiene, me invita una copa de vino. De allí me voy al departamento, duermo una siesta para reponerme del nado. He pensado en tomar de nuevo una raqueta, creo que el tenis me podría distraer más que la natación, pero la verdad tengo miedo de que los recuerdos sean demasiados. Por las tardes pongo música, por cierto, destapé el piano, espero que no le haga mal, la verdad es que ya lo tolero. Me queda claro que te dio felicidad y eso me ha reconciliado con él que no deja de ser el personaje central de la sala, un poco impositivo el señor, pero en fin, pongo piezas de piano a ver si en una de esas se anima, pero él no tiene alma ¿o sí? ¿Qué pensarían los románticos del alma? Sólo está en las personas, pero y los otros seres vivos, un perro por ejemplo. ¿Por qué abrazar un árbol? ¿Puede una casa o un cuarto tener alma? Quizá de allí viene la teoría del *I Ching*, de los beneficios anímicos —de alma— de mover las cosas. Regreso al HÁBITO, esos hábitos de vida diaria también dan fortaleza, nuestro HÁBITO de ir a los conciertos los sábados por la noche eran nuestra vida, parte de nuestro CC, un momento obligado de silencio y disposición. Las clases son un HÁBITO que rompe la monotonía de los días en que simplemente no tengo nada que hacer. Pregunta: el vacío ¿rompe la monotonía como algo externo a mí o rompe en mí la monotonía? Es lo uno y lo otro, lo objetivo y lo subjetivo. Ahora voy a comprar los alimentos, eso me distrae, pero no sé si ya es un HÁBITO. Esos hábitos mutuos, esas rutinas, las extraño, desde hace tiempo estoy tratando de establecer mis nuevos hábitos en soledad, pero es difícil, es tanto el tiempo que tengo para estar conmigo mismo, para estar con mi soledad, como diría Moustaki, que de pronto todo se me hace dilatado, largo, muy largo. Tú quitabas tiempo de mi vida y eso que todo mundo reclama, no tener tiempo, es un arma de doble filo. El otro día se lo escuché a Mauricio, no me queda tiempo para nada, entre el trabajo, los niños y Helen, no tengo tiempo para escribir. No tengo a mi Helen, ni niños y me sobra el tiempo para escribir. Por cierto, ahora que lo pienso, el *Abecedario* se ha convertido en un nuevo HÁBITO. Un HÁBITO solitario, pero HÁBITO. Nunca he hablado contigo de Isabel, por un tiempo ha sido divertido, un HÁBITO de supervivencia, pero yo quiero abrazar un alma, ya no más el puro cuerpo. No sé si quiero hablar contigo de ella. Pero hay un nivel del HÁBITO que he venido a descubrir con el tiempo, con tu ausencia, tú me diste el HÁBITO de querer, estoy acostumbrado a quererte, a querer a alguien, y sin ese HÁBITO la vida no tiene mucho sentido.

4

La próxima cita con Isabel fue un desastre. La chica abrió la puerta en un negligé morado que dejaba ver de entrada sus pechos con una silueta poco edificante. Isabel lo abrazó del cuello y Samuel rehusó la cercanía del rostro. Ella lo notó, no insistió. Le ofreció algo de beber y él le aceptó un té, lo cual también le pareció extraño a Isabel. Fue a la pequeña cocina y puso agua a hervir. Ya en el sillón de la sala, ella tomó la iniciativa, la pregunta de costumbre, cómo has estado, mucho trabajo, ya se fue el frío, pasó a quitarle y colgar la chamarra beige y empezó a desanudarle los zapatos. Urquiaga observaba detenidamente a la mujer, desatar los zapatos de alguien era en algún sentido humillante, a menos que fuera un enfermo o un anciano, que cada quien se anude y desanude sus zapatos, pensaba, pero no la interrumpió. Ese día le molestaron varias situaciones, Isabel siempre traía pintadas las uñas, tanto de las manos como de los pies, él siempre las ha preferido sin pintar, limpias, bien cortadas y nada más, pero ahora se las había pintado de morado y no de rojo carmesí, seguramente para hacer juego con el negligé, su aspecto era muy corriente, siempre lo era, pero ese día delataba una enorme falta de gusto. Urquiaga fue más allá en su imaginación, la vio sucia. No era real, Isabel siempre estaba bañada y fresca, pero Urquiaga tenía en mente la piel de Corina, más blanca y muy suave, virginal en las palabras de Reyes. El Buda lo miraba sin darle tregua. Isabel pasó a desabotonarle la camisa y a besarle el pecho, no sabía qué hacer con el silencio de un Urquiaga cuya mente navegaba en sus recuerdos y en uno muy particular: la PIEL. Los labios de la mujer iban y venían con una energía sobrada que no correspondía para nada con el estado de ánimo de Samuel. El narrador sabe que cierto asco invadió poco a poco a nuestro personaje. Estaba a punto de retirarla con sus brazos cuando lo salvó el silbido de la tetera. Ella se levantó con prisa y dijo ahora vengo, ¿hierbabuena te parece bien?, sí dijo él desde la sala. Urquiaga abotonó su camisa, sin prisa pero sin pausa, estaba en los zapatos cuando llegó Isabel, que se quedó asombrada. ¿Qué pasa Samuel?, nada dijo él, es que no estoy relajado, no le mintió. El problema no eres tú dijo, en parte decía la verdad, sólo en parte. Dio un par de sorbos al té, ella no pronunció palabra. Samuel fue por su chamarra y se encaminó a la puerta. Ella le tomó con suavidad la mano, no te preocupes dijo él, te hablo la semana que viene. Después del desencuentro, que resultó inexplicable para Isabel, el retorno fue imposible. Urquiaga habló en varias ocasiones con ella, pero le posponía las citas. Le hizo un depósito a su cuenta que liquidaba todas las reservaciones desaprovechadas. Isabel era una profesional y Samuel le agradeció su seriedad: nunca se encontró a nadie, ni a la entrada ni a la salida. La idea de tocar a Corina no desapareció del todo. El deseo de tocar a una mujer se multiplicó esa primavera. Los días soleados y secos sentaron sus reales. Las noches tibias de la ciudad, que duran muy poco, hay que gozarlas y no sufrirlas, pensaba Urquiaga que era un gozoso promotor de la primavera. Incluso en ocasiones se ponía unas elegantes camisolas o guayaberas y así iba a clase. Tenía una de lino para ocasiones especiales. Se percató de que no se la había puesto desde la muerte de Marisol y pensó que eso era una prueba de su naufragio. Habría que solucionarlo. Quería la piel de Corina pero también muchas otras, eso lo reanimó. Sonriente, caminaba con pantalón beige y camisa blanca por los pasillos de la Facultad y observaba a las mujeres encontrándoles cualidades a todas, los movimientos de las colas de caballo que le recordaban un cierto trote, los faldones largos que estaban de moda y que propiciaban una figura larga, las blusas sin mangas, los cuellos abiertos, los brazos, las sandalias. Las altas por altas, las pequeñas por pequeñas, las de cuello largo, las morenas, las blancas, las de cabello lacio o rizado como el de Corina, fue ella la que despertó un mundo sensible que estaba atrofiado. Desde años atrás en los encuentros con amigos

Samuel elogiaba a las colegas y a las esposas ante los ojos asombrados de ellos y el agradecimiento de ellas. Lo hacía para ser sincero, había observado el collar de una o las pulseras de otra, elogiaba sus vestidos cuando los había, casi siempre encontraba un motivo real de halago. Lo comentó con Lauro quien con toda seriedad en su extraño humor le dijo, amigo creo que ha llegado el momento de quitarle la pastilla, no sea que se nos pase de vivo, y se rió. A Samuel el hecho de dejar poco a poco el antidepresivo que llevaba años tomando, lo animó. En la consulta pensó que era una broma extraña de Lauro, pero no, la receta era clarísima, un mes la mitad de la dosis y después día sí otro no, dos días no, uno sí. ¡Adiós a la píldora que a diario le recordaba su mal! Por las noches llegaba al departamento y rompía su soledad con un saludo, buenas noches Herr Piano, cómo está usted, y ponía música mientras cenaba cualquier cosa. Un día, al llegar de una cena y sin ánimo de deprimirse o sentirse solo, saludó a Herr Piano con una reverencia y puso las sonatas de Beethoven, abrió el teclado del instrumento, ya lo había hecho con la tapa. Ese día quitó una vasija y un camino artesanal indígena que llevaba años sin moverse, sólo Marisol lo hacía. Clara, la discreta ayuda doméstica que iba dos horas por la mañana, limpiaba todo pero, por respeto a Marisol, dejó allí las piezas. Al día siguiente de que Samuel destapara el piano por primera vez, Clara lo cerró y puso los objetos de nuevo en su lugar. Samuel tendría que aclararle que lo quería abierto, mover objetos es bueno, decía la propia Marisol acatando un dictado del *I Ching* (el libro de los cambios o las mutaciones), que leía de vez en vez. ¿Sería Marisol, muy en el fondo, creyente? Su respeto por la vida, su admiración rozaba la religiosidad. Ella estaría de acuerdo en mover los objetos y buscarles un nuevo sitio en ese hogar herido. Quizá eso espantaría la mala suerte. Ya con Herr Piano en todo su esplendor Urquiaga apretó el botón del control remoto y comenzaron las sonatas. Urquiaga quiso imaginar, y lo logró, que salían del instrumento, la imagen de Marisol sólo apareció al principio, pero desde la primera sesión el piano pareció cobrar vida. Fue entonces que decidió terminar con sus deudas, durante años sus amigos lo habían invitado a sus casas y él nunca había correspondido. La partida de Marisol había cerrado las puertas de su casa. Elaboró una lista de deudas, haría cenas los jueves para que la mayoría no tuviera clase al día siguiente. Tendría que organizar algo muy práctico y rutinario, de lo cual ningún invitado se daría cuenta. Se coordinaría con Clara, una pasta con aceitunas negras, siempre la misma que le quedaba muy buena, una ensalada, un postre del establecimiento de la esquina y algo de quesos que él compraría. Al final de la primera noche con las sonatas, Urquiaga lanzó en voz alta, ¿Herr Piano quiere usted permanecer abierto o cerrado?, de acuerdo, abierto y no sólo Beethoven, también Debussy y por supuesto Chopin y hay piezas bellísimas de Granados, de Ponce y muchos otros. No se hable más. A trabajar, Herr Piano. El piano se convirtió en un festejo a la vida.

5

San Agustín, Santo Tomás, la próxima clase Urquiaga preparó una provocación mayor. Temprano por la mañana sacó un viejo manual de dilemas filosóficos, nunca había sido traducido del inglés, más o menos recordaba el anaquel en el que se encontraba el texto, lo encontró con rapidez *50 philosophy ideas you really need to know*, lo que no recordaba era el nombre del autor, Ben Dupré. Una avalancha de recuerdos se le vino a la mente. Por qué había tenido que buscar ese texto y no otro, de todos los autores de la biblioteca tuvo que ir a dar con uno de apellido Dupré, parecía como que los recuerdos se volvían inoportunos. Estuvo a punto de tirarlo al piso, la garganta se le cerró, fue a la cocina a rellenar su tarro de café, le puso más leche por aquello de la acidez que con frecuencia le atacaba cuando bebía el estimulante. Regresó al escritorio y se dijo a sí mismo, debo poder superarlo, debo ir más allá. Escuchó la voz de Lauro, cómo anda el ánimo amigo, se lo dijo a sí mismo en voz alta imitando la seriedad de Lauro. Buscó en el índice y lo encontró, *Is the idea of God incoherent?* Lo llevaría a clase, para él era una prueba de su recuperación, de una fortaleza que lentamente regresaba, de que la memoria no podía aplastarlo, de que sería capaz de pronunciar su nombre sin quebrarse. Levantó sus notas y se encaminó a la Universidad.

Al llegar al salón llevaba el ceño fruncido, muy raro en él. Mostró el libro, leyó su título y en una prueba que sólo él entendió dijo muy lentamente, autor, Ben Dupré. Búsquenlo en la biblioteca, quizá lo encuentren, pasó el trago amargo, salió adelante y de inmediato se fue al argumento, para muchos de ustedes en el origen del origen está Dios. Pero allí apenas comienza el reto, debemos ser capaces de concebir a ese... ¿ser?

¿Es acaso un ser o la noción de ser no sirve para designarlo? Pero cuidado dijo, porque si no somos capaces siquiera de imaginarlo, todo el andamiaje de la creencia se desmorona. Omnisciente, omnipotente, omnipresente, omnibenevolente, de verdad podemos por lo menos imaginarlo, no digo alguien así, pues alguien se refiere a una persona, algo refiere a cosa, los alumnos lo miraban intrigados, eso que sólo encuentra designación en Dios. Urquiaga se dio cuenta de que los tenía atrapados, habló cada vez más despacio, omnisciente y dejó varios segundos de silencio, omnipotente y de nuevo silencio, omnipresente, omnibenevolente... El grupo estaba en silencio y vino el remate a la provocación y entonces por qué el cristianismo toma la imagen de un humano, Jesús, el hijo de Dios y Dios padre ¿cómo es? El grupo explotó en comentarios, Urquiaga gozó la moderación, se dio cuenta de su GOZO, el ceño fruncido desapareció, en esas estaba, en el GOZO cuando escuchó, en boca de Manjarrez, usted ¿cómo se lo imagina? Había cierta sorna que sólo a él le permitía el profesor Urquiaga, después de pensarlo un instante mirando al inmenso prado con esos islotes de árboles a los cuales acudían los enamorados a refugiarse y también los vendedores de droga, Urquiaga respondió a la pregunta que nunca se había formulado, no Manjarrez yo no me lo imagino, soy incapaz, por lo tanto, no puedo ser un creyente coherente, valga la cacofonía. Porque además recuerden que todas las categorías deben ser absolutas, no puede ser medio omnipotente u omnisciente a medias.

De regreso a su auto, Urquiaga prendió el aire acondicionado apagó el 94.5, la estación de música orquestal que siempre escuchaba, y se quedó un minuto quieto, pensando no puedo ser creyente. Había aprendido mucho esa mañana, había gozado el GOZO de saberse gozoso y recordó a Flaubert. No volvió a acordarse de Ben Dupré.

GENTILEZA. "Gallardía, buen aire y disposición de cuerpo". Hombre, que los de la Academia tienen expresiones raras: ¿"buen aire"? y ¿"disposición de cuerpo"? (en la decimonovena).

Disposición a qué. Disposición de cuerpo la de Isabel y el Buda. ¡Vaya disposición del cuerpo! Sobre lo del aire no se me ocurre mucho, pero estoy dispuesto al "buen aire". "Desembarazo y garbo en la ejecución de alguna cosa". Desembarazo total, la palabra me genera conflicto y garbo, bueno lo que se dice garbo, el que puedo. "Ostentación, bizarría y gala" me suena excesivo y bizarría me llevó a "gallardía y valor". "Generosidad, lucimiento y esplendor". Mejor la última de gentileza, "Urbanidad y cortesía". Con todo respeto de mis colegas de la RAE, pero algo se les perdió en el camino. Ese lema de que "Limpia, fija y da esplendor" suena más bien a un buen detergente. El de Autoridades da algunas otras pistas, pocas, extrañas y sorpresivas. Mucho mejor Antonio Machado en voz de Serrat: "yo amo los mundos sutiles, ingrávidos y gentiles". Puede haber un mundo gentil, desbordante de gentileza. Ese quiero yo. Me quedo con una, la raza de perros, el Labrador retriever, originario de Canadá, la más popular en el mundo, considerados buenos compañeros de las personas de todas las edades, así como fiables, esa raza es considerada gentil y confiable. Inclúyeme en la raza. Te diré cómo la interpreto después de estos años de vida. Para mí la GENTILEZA tiene que ver con suavidad, con formas, con cautela, con la autocontención, por lo menos en el amor. Gentil es el que no fuerza, el que admite con buena cara la adversidad, así sea ligera. Traté de ser gentil contigo cuando no era tu momento para el cariño, no digamos más, no insistí y me detuve. Busqué no perder esas suaves expresiones de CARIÑO, véase la C, cuando supimos lo nuestro, cuando te informaron del fulminante cáncer de tu tardía feliz madre. Qué pocos años de sol tuvo ella. Ser gentil cuando estabas enferma de cualquier tontería era un té caliente con miel, una tina preparada con sales, una vela de compañera en una cena triste, tomarte la mano cuando tenías algún problema burocrático en la Universidad. Sí, suavidad y GENTILEZA me visitan juntas. Cuando te rompiste la mano por andar en la oscuridad mientras pintaban el apartamento, te pusiste furiosa y arrasaste con todos, el pobre pintor para empezar. Tu furia tenía una explicación: el informe que debías entregar y que me tuviste que dictar sin que yo entendiera una palabra. Además no podrías trabajar en el laboratorio. Protocolos, decías. Vaya protocolos, entonces entendí tus malos humores cada vez que veías llegar el tiempo de los informes. También estaban los malos humores mensuales, en tu aliento detectaba la tormenta. Qué mejor que ser gentil. Caballeroso me suena a abrirte la puerta con prontitud, gentil va más allá. La GENTILEZA en ocasiones es silencio ante palabras que no vienen al caso, es ver más allá del enojo momentáneo, de la furia, es tratar de reinstalar la calma para el razonamiento. Nunca me dijiste gentilhombre, intenté serlo.

6

Todo era previsible, el auditorio medio vacío. El libro de Montaigne era espléndido. Para no variar, al profesor Urquiaga le había llegado con tres días de antelación. Ni hablar, lectura rápida, por no decir lectura a medias, por no decir que el profesor Urquiaga leyó unas cuantas páginas. El eje era muy claro, una pregunta: ¿Cómo vivir? Seguida de veinte respuestas basadas en Montaigne. El día de la presentación Urquiaga se concentró, es un decir, en dos respuestas: el "Flujo de la conciencia" y "Abandona el control". Llegó temprano, siguiendo su máxima de *"No man in a hurry is quiet civiliced"*. Él estaba en control total. Tomó su lugar a la derecha de la autora, que a su vez estaba a la derecha del director. Las sillas vacías hablaban de su gran experiencia, de su colmillo: llegar antes es dar el primer toque en la esgrima académica. A su derecha no había nadie más. Minutos antes de las cinco de la tarde entró el embajador inglés, eso interpretó Urquiaga, serio, de traje entero, lo cual no se acostumbra en su facultad, elegante. Venía acompañado de un miembro de la facultad. Él lo observó con discreción. Regresó la mirada a sus apuntes. Veía sus notas, bastante desordenadas, donde por supuesto brincaba de Montaigne a Pascal, de Montaigne a la dicotomía de ciencia o creencia, sería sencillo pensó. En esas estaba cuando de pronto su silla se movió con cierta brusquedad. Volteó a su derecha pero no había nadie. Una mano se apoyó sobre su espalda con firmeza y entonces escuchó *perdón*. Volvió el rostro hacia allá y miró a una mujer alta, con el pelo oscuro y cortado en gajos juguetones. Vestía un pantalón claro y un saco naranja muy llamativo. Trataba de pasar detrás de su silla cuando tropezó con ella. Urquiaga se paró como resorte para facilitar el paso. De entrada era una dama. Con elegancia lo saludó y repitió la disculpa, soy Mercedes Arrigunaga. Le estrechó la mano con insistencia y una sonrisa en la boca, algunas arrugas la acompañaron. Mucho gusto, dijo Samuel Urquiaga con cierto tono burocrático. Sí, lo sé dijo ella, lo cual llenó su vanidad. He asistido a varias conferencias suyas, muy interesantes, le dijo. Urquiaga se sintió apenado, había una disparidad o una honradez explícita, lo cual es atípico entre las vanidades de los académicos. Tenía una chispa en sus ojos oscuros y llevaba los labios pintados en un carmín muy suave. Urquiaga observó la elegancia de sus movimientos y su sonrisa contenida pero auténtica. Caminó a su lugar. Minutos después llegó el director con la autora, la doctora Bakewell. Con lentes modernos, medio pelirroja, saludó a Urquiaga, quien acentuó un tono inglés que su histrionismo natural le permitía. Hora y media después se levantaron, el aplauso fue frío. La doctora Bakewell había hecho una sólida exposición llena de humor inglés, mismo que los alumnos no captaron por su desconocimiento del idioma y porque la traducción era imposible. La sesión fue fallida, como lo esperaba nuestro profesor. Pero hubo algo más, la maestra Arrigunaga había hecho una espléndida exposición de todas y cada una de las respuestas, con humor y ligereza. Ella sí tuvo tiempo de leer el libro. Era evidente que lo había gozado. De vez en vez se ponía unos gruesos anteojos de pasta roja para leer sus notas. Después se los quitaba para mirar al público manteniendo los anteojos entre sus dedos con gran naturalidad. A la mitad de su intervención se había quitado el saco, alegando calor que era real. Debajo llevaba una delgada blusa de tela blanca, como seda, con un cuello abierto con olanes delgados. Urquiaga llevaba su avejentado saco de pana, totalmente impropio para la temporada. Al quitarse ese saco la doctora Arrigunaga mostró unos hombros dignos, fuertes y unas manos largas que gesticulaban con agilidad. Las inclinaba de un lado al otro y las mantenía en una posición abierta muy convincente. Urquiaga observó su cabello revuelto y su largo collar de algún tipo de conchas. Arrigunaga hizo una presentación muy superior a la de nuestro maestro que, gracias a la experiencia y sus ardides, introdujo como era previsible a

Pascal tantas veces como pudo y salió airoso. El narrador sabe que Urquiaga se sintió incómodo desde el inicio de su exposición. La doctora Bakewell le agradeció con amabilidad y después dedicó varios minutos a la maestra Arrigunaga. El director le dijo, como siempre muy bien Samuel. Pero Urquiaga sabía que no era cierto, la expresión fue una formalidad. Al salir, el embajador les recordó del coctel en la sede de la embajada y Samuel confirmó su asistencia. Durante el trayecto a casa y al entrar al departamento Urquiaga se sintió avejentado y se reclamó la falta de energía. Debió haber terminado el libro, debió dejar su obsesión por Pascal, debió haber sido más arbitrario. Se confió y ahora su vanidad estaba herida.

IMAGINACIÓN. No puede haber amor sin IMAGINACIÓN. Uno comienza por imaginar que está con alguien y después busca a ese alguien. Uno imagina que ese alguien es especial, es único e irrepetible. Tú lo fuiste, hasta ahora irrepetible. Nunca he visto otra sonrisa como la tuya, esos dientes grandes y alegres, esas cejas pobladas, tus orejas pequeñas y perfectas. Te imaginé extraordinaria desde el momento en que te vi correr detrás de una pelota de tenis, te imaginé limpia, te imaginé dulce sin conocerte, te imaginé muy femenina, con tu falda coqueta y tu piel que anunciaba salud, te imaginé conmigo. Una parte era real y estaba frente a mis ojos pero otra sólo estaba en mi cabeza. ¿Por qué me imaginé tantas cosas a tu alrededor sin haber cruzado palabra? Quería que fuera así. El amor es un inacabable manantial que nutre a la IMAGINACIÓN. Dicen que el amor ciega pero quizá intoxica con todo lo que uno imagina. Dante vio a su Beatrice pero también la imaginó, allí estaban las dos, la real ante los ojos del poeta y la que sólo él podía ver. Pero acaso podemos decir que esa mujer que sólo estaba en su IMAGINACIÓN no poseía un contenido de realidad, no, ¿verdad? Esas imágenes que se quedan en la mente son el contenido esencial de la IMAGINACIÓN. Y qué crees, ¡sorpresa!, mis amigos de Madrid dicen que es una "facultad del alma". Otra vez el alma. "Una facultad que representa las imágenes de las cosas reales o ideales". Pero siempre contraponemos lo real con lo ideal, sabemos muy bien la fuerza de lo ideal, por eso el idealismo no muere. Don Quijote se imaginó a sí mismo y fue Don Quijote hasta que el Caballero de los Espejos llegó a destruir ese mundo que su IMAGINACIÓN había construido, un mundo en el cual él vivía, un mundo al cual llevó a Sancho, o sea que ese mundo en algún sentido existió. Si los ideales mueven al alma, si la IMAGINACIÓN anima, pues entonces la fuerza de las imágenes es parte central de la vida. La IMAGINACIÓN es precisamente ese territorio donde podemos correr en libertad creando y recreándonos con imágenes. No digo FANTASÍAS (ver la F), y tú y yo sabemos de la fuerza de las FANTASÍAS. De las FANTASÍAS sabemos que no cobrarán realidad. Pero si lo que imaginamos de alguien, del ser amado, se entreteje con la realidad es entonces cuando se convierte en algo apasionante. Víctor Hugo lo hacía en su literatura, mezclaba realidad y ficción, lo que él imaginaba. Por eso las muchas páginas dedicadas a la batalla de Waterloo, las citas puntuales a hechos históricos, a la construcción de un puente en París. Cruzamos de un mundo a otro sin darnos cuenta y el resultado es una nueva realidad con vida propia. La IMAGINACIÓN nutre al arte y allí le aplaudimos, qué IMAGINACIÓN la de Dalí o la de Matisse. Pero también un general necesita una dosis de IMAGINACIÓN. El Día D fue concebido pero esa concepción también visita el territorio de la IMAGINACIÓN. Un general está obligado a imaginar las adversidades si no sería un ingenuo. Pero en el amor la IMAGINACIÓN alimenta a diario lo que vemos o queremos ver, lo que sentimos o queremos sentir, lo que vivimos o lo que queremos vivir. Tú y yo nos imaginamos viviendo juntos, en algún sentido solos, lo hicimos. Nuestra vida la fuimos imaginando y construyendo. ¿Qué fue primero? La IMAGINACIÓN. Después quisimos que alguien nos acompañara en la vida, nuestra IMAGINACIÓN llegó hasta el sitio donde él o ella dormiría en el estudio, pero no lo conseguimos. Nunca pudimos olvidar lo que habíamos imaginado. También la IMAGINACIÓN puede provocar dolor. Cuando alguien está enamorado habla de un ser que nadie más ve y sin embargo existe, existe para el amante y en ocasiones el amado cree ser lo que nace en la IMAGINACIÓN del amante. Pero ahora tengo un problema, Marisol, tú ya no puedes estar en mi Imaginación, nunca más te miraré a los ojos. Esto me duele muy adentro. Tú eres recuerdo, sólo eres recuerdo. Me voy de aquí, me voy a gemir, me voy a llorar.

Se metió a la ducha. Tenía escasos cuarenta minutos. A la embajada inglesa hay que llegar en punto, *sharp*. Su saco había quedado mojado de las axilas. No podía llegar vestido como *scholar* a una recepción formal. Así que a uniformarse, tenía tres camisas blancas en perfectas condiciones que utilizaba para sus conferencias, dos corbatas de moda y un traje azul impecable, no demasiado fino, pero pasaba. Los zapatos negros tenían polvo, así que los limpió con una de esas pequeñas esponjas que regalan en los hoteles. Tuvo que repetir en tres ocasiones el nudo de la corbata porque o le quedaba demasiado delgado, lo cual no está de moda, o asomaba el cinturón, lo cual es contrario a la elegancia, hace que se vea el abdomen, etc. Se sentía un poco cansado y quería estar alerta, así fue a la cocina sacó una Coca-Cola de dieta, le puso hielos y empezó a beberla como si fuera medicina. El narrador sabe que Urquiaga estaba nervioso, cansado pero nervioso, por fortuna sólo había dos alumnos suyos en la conferencia, ellos ya se sabían las disquisiciones de Pascal, qué pena, pensó. Pero el resto del auditorio no, se dijo ante el espejo, no seas tan exigente, todos se apoyan en sus propias muletillas académicas. Sí, pero la doctora Bakewell le había agradecido con frialdad sus palabras, explicación hay una: él había hablado de Pascal y no de Montaigne. Buen motivo para estar molesta. Ni siquiera eran contemporáneos, Pascal nacería tres décadas después y además el dilema de Pascal —ciencia o creencia— no era aplicable a Montaigne. Urquiaga se miraba al espejo con verdadera vergüenza, se había confiado, ni remotamente había dado lo mejor de sí mismo. Por flojo, se reclamaba, por comodín, a ver cómo te sacas la espina.

IMAGINACIÓN II. Hoy no quiero llorar, quiero reírme, reírme incluso del dolor, porque así es la vida, reírme en algún sentido de la tragedia. Fui a comer con mi editor. Solemos no hablar del trabajo, hacer un esfuerzo por hablar de nuestras vidas. Su padre padece demencia senil o algo similar, él lo visita con frecuencia o le llama. Vive solo con una cuidadora pues hay ocasiones en que no reconoce su propia casa o quiere salirse de ella. Un día la cuidadora llamó a mi editor para decirle que su padre quería hablar con él. Tomó el teléfono y su padre le dijo que tenía mucho frío, que ya no soportaba el frío. Qué raro, pensó mi editor, habrá alguna ventana abierta, le irá a dar una gripe. El padre continuó describiéndole puntualmente cómo la humedad de la nieve había penetrado por los zapatos, los guantes ya no servían para nada y en el bigote había escarcha. Alarmado mi editor pidió hablar con la cuidadora, lo noto muy mal le dijo, cúbralo mientras llego, ahora sí está desvariando. No, le contestó ella, es que está viendo Doctor Zhivago.

El poder de la IMAGINACIÓN. Te quiero.

8

Llegó a la residencia con cierta prisa, era la primera ocasión en que la visitaba y se había perdido. Los mapas del teléfono inteligente eran demasiado pequeños, la verdad es que Urquiaga tiene vista cansada y necesita gafas para ese tipo de ejercicios, terminó pidiéndole a un taxista que le guiara. *He was in a hurry* y por lo tanto, en ese momento, no era del todo civilizado. Entró a un salón grande, de piso de madera y estucados de yeso en las paredes. Al centro, colgado, un enorme candil. El embajador se acercó de inmediato para recibirlo, era una reunión pequeña, la doctora Bakewell platicaba con la maestra Arrigunaga que llevaba un vestido corto negro y unos tacones bajos que, sin embargo, destacaban su altura, se veía muy elegante, la espalda estaba parcialmente descubierta. A Samuel esas ocasiones le provocaban una duda infantil, llevará brasier o no, mientras caminaba hacia ellas buscó algún rastro de la prenda íntima pero no lo encontró. Ahora llevaba otro collar muy largo y fino de plata y estaba maquillada, sus ojos oscuros y pícaros destacaban y sus labios brillaban. *Good evening* dijo Urquiaga y de inmediato Mercedes Arrigunaga le dio un beso en la mejilla con gran naturalidad, Samuel se estremeció, pero sólo nosotros sabemos por qué, para el resto de los invitados no había habido nada extraordinario, tampoco para la maestra Arrigunaga, todo ocurría en la mente de Samuel y la B de su *Abecedario*. La doctora Bakewell hizo lo mismo pero más bien como acto reflejo y preguntó con cierta ironía si era uno o dos como en España, Samuel reaccionó con velocidad, la Coca-Cola de dieta había hecho su trabajo, los que usted quiera le respondió, lo cual generó un desconcierto muy simpático. Samuel pensó que hablarían de Montaigne, para lo cual venía preparado, pero no, hablaban de dónde comprar artesanías, se desconcertó. No había escapatoria, él quería permanecer allí no lo había razonado, era instintivo, no quería hablar de política con el embajador y los otros varones, quería estar con las mujeres, le parecía mucho más atractivo. Entonces hizo malabares para hablar de artesanías, pero claro, Mercedes Arrigunaga llevaba la mano en el tema, el origen, las distintas etnias, los materiales, Urquiaga se coló con el tema de los colores y afirmó, como dijo la maestra, las culturas del desierto, ella lo interrumpió, dime Mercedes por favor, de acuerdo, para ti Samuel dijo él y se estrecharon las manos y Samuel retuvo la de ella un imperceptible instante que para él fue la redención misma. Bakewell miró la extraña ceremonia con algo de asombro. Mejor no hablar de Montaigne porque no he leído el libro, las artesanías están muy bien, pensó Urquiaga. Mencionó el sorpresivo museo de arte popular construido en una vieja estación de bomberos, él había caído allí por casualidad, de hecho por necesidad, caminaba por el centro y tuvo que ir al baño. Entró y después paseó por allí, era relativamente nuevo, Mercedes no lo conocía. Bien, pensó nuestro maestro, algo tengo que decir, Mercedes estaba intrigada, el rígido profesor Urquiaga podía hablar de artesanía. De allí pasaron a los viajes que la doctora Bakewell debía hacer por el territorio nacional en su próxima visita. Fue en ese momento que Samuel se enteró de la vieja relación entre ambas, Mercedes Arrigunaga había estudiado su posgrado en Inglaterra con la doctora. Los meseros interrumpían con amabilidad para ofrecer vino y bocadillos, en varias ocasiones las interrupciones molestaron a Samuel, que estaba embobado observando a Mercedes, su cuello con algunas arrugas, sus brazos largos y el izquierdo con varias pulseras metálicas, las uñas limpias al final de sus largos dedos y la jovialidad irrefrenable, era una mujer gozosa. Pasaron los minutos, alguien se acercaba, el propio embajador, amigo de la filósofa inglesa, pero la conversación entre los tres fluía de tal manera que los visitantes se sentían incómodos y se retiraban. De pronto la doctora Bakewell, con gran seriedad, dijo, It's time to go. Tenía que tomar el avión al día siguiente. Eran las nueve en punto, hora y media y se acabó, así es el mundo diplomático, pero Samuel con una copa de vino quería seguir platicando, tenía que sacarse la espina, y con franqueza dijo, mi respeto a Mercedes que pudo leer el libro entero, yo lo recibí hace 72 horas y sólo pude leer un par de capítulos. Mercedes tomó su brazo, salió muy bien, le dijo, no te preocupes, Bakewell la apoyó, siempre es así, los editores piensan que leer es tostar un pan, a Samuel le llamó la atención el símil de la inglesa, tostar un pan. Pero vamos a organizar otra en mi universidad dijo Mercedes, ¿crees que podrías acompañarnos? Fue como música para los oídos del acongojado profesor, por supuesto. La doctora Bakewell ya no estará aquí pero igual podemos armar algo. De inmediato Samuel lanzó "Montaigne en el XXI", suena muy bien dijeron las dos. Fueron saliendo de la residencia, el embajador encaminó a la doctora a un automóvil negro con chofer. Samuel y Bakewell se despidieron con cordialidad, la doctora había reconocido el acto de honestidad del profesor Urquiaga. El abrazo que se dieron Mercedes y la inglesa mostró el enorme cariño que se tenían. Samuel estuvo tentado de preguntarle a Mercedes si no quería ir a cenar algo, pero no sabía nada de ella, probablemente era casada. Qué pena pensó, el profesor Urquiaga con lances juveniles, no mejor no. La acompañó a su coche que estaba en el mismo rumbo que el suyo. El asiento trasero estaba lleno de libros, yo te busco en el departamento, Samuel se confundió por un instante, se refería al departamento de filosofía no a su casa. No, le dijo Samuel, allí nunca estoy, mejor te doy mi celular. Márcame dijo ella y sacó el propio, los dos registraron sus coordenadas digitales. Samuel sintió alivio. Llegó el beso de despedida que Samuel venía esperando minutos antes, quería gozarlo plenamente y lo hizo, tocó su brazo pero el saco le impidió tocar su piel, miró su cabello con algunos mechones sobre la frente que Arrigunaga no tocó en toda la noche. Introducían movimiento, gracia en su rostro. Miró de nuevo su collar y los ojos alegres. Estaba feliz, decidió ir al restaurante de la esquina donde el mesero lo consideraba desde hace meses un borracho. Total, allí ya me aceptan hablando y gesticulando como medio loco, es un avance.

JUEGO. La versión sencilla es pensar que los juegos son asuntos de niños. Nada que ver con la realidad, casi todos los niños juegan, el que no lo hace es atípico, uno juega desde niño, pero una buena porción de los seres humanos nunca deja de jugar. Recuerdo haber leído hace años un libro fantástico y hoy clásico de un autor holandés, si mi memoria no falla, *Homo ludens*, el JUEGO es una realidad universal. Si algo venden caro las televisoras son las transmisiones dedicadas a los deportes. Cada vez se inventan nuevos juegos, las audiencias crecen y los adultos dedican cada vez más tiempo de ocio al JUEGO. Termino con la cápsula cultural. Herr Piano me mira muy serio, creo que no ve claro el rumbo de mis disquisiciones, el *Abecedario* puede estar en riesgo. Los juegos suponen concentración, tú lo sabes mejor que nadie, un instante de distracción y las bolas salían hacia el cielo. Te apenabas sobre todo con tu compañera, lo mismo que cuando errabas dos saques. En los juegos de mesa no es distinto. Mi padre jugaba dominó una vez por semana, los martes, era como su día de asueto. Se enojaba cuando perdía y festejaba con carcajadas sonoras cuando ganaba una partida con muchos puntos de ventaja. Los adultos se toman muy en serio los juegos, igual que los niños. Los juegos tienen reglas, áreas o territorios, con frecuencia el azar interviene, puede haber dolor físico o riesgo. Jugar es asunto serio. Tú sabes que yo no juego nada y creo que ya estoy mayorcito para comenzar. Pero sí conocí el JUEGO, lo conocí contigo. Tú y yo jugábamos, provocábamos ese sinsentido cuando nos hacíamos bromas, estoy en un congestionamiento espantoso, me llevará cuarenta minutos llegar y hacer la llamada desde el garage y a punto de tomar el ascensor. Torcer la manga de tu abrigo o tu saco en pleno restaurante para que no pudieras encontrar por dónde meter la mano y el brazo. Quedarme con el sándwich que tú te habías preparado con esmero. No avisarte de la compra de unos boletos para ir a un espectáculo. Nunca olvidaré el día que te hablé al laboratorio para decirte que a mi llegada al departamento había encontrado a Clara secando el piano porque se le había caído un florero lleno de agua. Saliste disparada hacia la casa, que era lo que yo quería. Te pusiste furiosa conmigo porque habías aventado no sé qué experimento que tendrías que repetir. Admito que mi humor era ligeramente más pesado que el tuyo. Te molestaba que te empujara a las albercas y yo no perdía la oportunidad de hacerlo. Sé de algunas parejas que también juegan, que se hacen bromas, pero me da la impresión que muchas pierden esa costumbre, jugar, los amantes pueden jugar, el sexo puede ser muy divertido (ver DIVERSIÓN). Hoy más que nunca extraño el JUEGO y el único que he conocido se fue contigo.

Llegó al restaurante, iba demasiado elegante, su traje azul estaba fuera de lugar. Con las prisas había olvidado echar la chamarra beige, perfecta para esas ocasiones. Se quitó la corbata y también el saco y entró en mangas de camisa. Quién demonios era Mercedes Arrigunaga, pidió vino. Había librado su tropiezo académico con el desplante de honestidad, pero eso debía ser sólo el comienzo. Le enviaría un libro suyo, sería un buen detalle. Con cuidado, se dijo, no vayas a ofender a alguien, con eso de que ya deseas a la mujer del prójimo como a Corina, una equivocación y quedarás como un rabo verde, el prestigiado profesor Urquiaga con sus deslices. Lo primero es averiguar algo de ella, ah, entonces te gustó, se preguntó a sí mismo, admítelo, dijo en voz alta, el mesero volvió a observarlo con su propia lectura, está borracho, pero no, Samuel Urquiaga había adquirido el hábito de hablar solo, de hablar con Herr Piano y de hablar con Dios, según Cercas. Eran las expresiones de un hombre solitario, no de un borracho, nunca lo había sido. Es una mujer madura, siempre te imaginaste que en caso de reiniciar una relación saldrías con una persona más joven que tú. Ya te estás imaginando cosas, debe ser casada, con hijos mayores y en una de esas hasta abuela. Me gustaría verla, se dijo a sí mismo, me atrajo su cuello, la chispa de sus ojos y su jovialidad, me hizo reír, todo era fácil. Debe tener un ingreso similar al mío, pero sobre todo podríamos ser amigos, eso se vale, ¿o no? Siempre pedía una sopa del día o una ensalada de arúgula y un pescado, no fue la excepción. Durante hora y media estuvo dándole vueltas al asunto, en ese mismo sitio, pero en otra mesa, José había sido muy claro, reconstruye tu vida, no sé cómo soportas tanta soledad. ¿Quieres su compañía, verdad?, inténtalo. Nada malo hay en ello, puedes incorporar al esposo. Sólo debes ser cauteloso, porque el problema es que te gustó, te gustó su elegancia, sus manos largas, sus brazos, su cuello, ¡qué bellas son las mujeres, casi sin excepción! Bromeó consigo mismo, doctor Urquiaga, el control de calidad no es lo tuyo, se reclamó a sí mismo. La soledad ha bajado los estándares. Se rió, el mesero lo miró de nuevo. Urquiaga se percató de la mirada. Cómo explicar lo que atravesaba por su cabeza, demasiado complejo, ¿por qué explicar?, no hay nada que explicar. Eso es lo maravilloso de las ciudades, el fantástico anonimato. *"Stadtluft macht frei"*. El aire de las ciudades te hace libre. Mi definición de felicidad, respondió el poeta, ser como todos, vivir como nadie. Vámonos de aquí. Urquiaga pidió la cuenta. Entró al departamento, se sirvió un poco de vino tinto y se sentó frente al piano. Puso música de Liszt. Era lo apropiado, no fomentaba la melancolía. No podía pensar en otra cosa, Mercedes Arrigunaga ocupaba todos sus pensamientos, quería estar con ella, pero apenas la conocía, pareces un adolescente dijo en voz alta. Y qué, se respondió a sí mismo, ojala tenga el brío de un adolescente, si mi enfermedad es estar muerto en vida. No estaba de humor para dialogar con el piano. Esa noche lo decidió, iría tan lejos como se pudiera, eso le ordenaba una fuerte pulsión interna. Le pareció que Herr Piano le decía, eso es estar vivo.

KAMASUTRA. Nunca lo intentamos Marisol, tenemos —tengo— ese pendiente. Pero sí recuerdo cómo nos reímos cuando nos regalaron una versión maya. ¡Todo ocurría en hamaca! Eso sí es equilibrio, control absoluto que llega a la acrobacia. Algunas locuras hice con Isabel, me divertí, fue una novedad en mi vida. La bióloga no era muy afecta a violentar lo que Natura dicta. Hicimos algunas maniobras para buscar el embarazo, pero la verdad, no estábamos de humor para la risa. No, el KAMASUTRA no nos dice nada de nuestras vidas.

LOCURA. Será acaso una LOCURA desear el amor de nuevo, esa aventura con disposición al naufragio. Sobre advertencia no hay engaño, debo estar dispuesto al naufragio, a un nuevo naufragio. En tu caso el naufragio implicó la muerte, la soledad sin fin, la oscuridad total. Sobre advertencia… Lo dice el náufrago que entre las turbulencias estuvo a punto de perderse. Para qué, me podría preguntar alguien, si tienes tu vida en orden. Posees un buen departamento, con todo y piano, tu salario es suficiente para darte lo necesario y poco más. Para qué complicarte. Pero la vida no es conquistar la simplicidad, no para mí, ahora lo entiendo, es complicación. Con Marisol mi vida era más complicada, para comenzar de verdad encontrarnos —no simplemente estar allí—, juntos. Encontrarnos suponía una búsqueda de la oportunidad. Darle algo en su cumpleaños, tu cumpleaños, que de verdad le significara, te significara, pues eras exigente, no querías un regalo por un regalo, cumplir con el compromiso. No, demandabas que yo hiciera un esfuerzo para conseguir algo que te llenara la vida, como usted, Herr Piano, usted es el mejor ejemplo de una complicación vital. Recuerdo cuando tuve que ir al centro, no había versión digital todavía, a conseguir no recuerdo qué partitura rara. Mi hundimiento definitivo merodeó en plena sencillez de mi vida cuando no había concebido la riqueza de la complejidad vital. Mi gran amigo Francisco, o como le dicen en su tierra François de La Rochefoucauld —sé que nunca te simpatizó por aristócrata, pero vieras que el tipo frasea bien— lo ha dicho con claridad: "Quien vive sin cometer una locura no es tan prudente como supone". Ni para qué acudir a los entrañables apoyos de Madrid, de seguro no me entenderían. Así que quizá eso es lo que ha faltado en mi vida reciente, algo de LOCURA. Qué curioso, hasta un enciclopedista —emblema de la racionalidad, Voltaire— me apoya: "Quien se cree prudente, ¡oh cielos! es un gran loco". Qué diría mi querido Lauro, ¿acaso enloquécete o enloquécete lo suficiente? Pero puede la LOCURA ser administrada, ¿no es acaso una contradicción de términos? Sí, probablemente, enloquécete, pero arriba el ánimo mi amigo, eso es lo que importa. Primero va el alma, en esas andaba cuando recordé a Reyes, la tenía en mi libreta de apuntes, "Loco de la razón, cuerdo de la sensibilidad". Genial. Por ahí he andado los últimos días. Llegué a una de las últimas clases, la lluvia se anunciaba, y se los lancé sin más, "¿Hablar dijo usted? Y dijo muy bien; hablando se entienden los conceptos; estos se forman en el entendimiento; quien no entiende no siente; quien no siente no vive; el que no vive es un muerto; un muerto échale en un huerto". Muy clara la disquisición, pues no es de un filósofo, sino de un tal Cervantes, me parece que el tío promete. Hoy estoy poco loco y mi ánimo está muy bien, Lauro. Parece que el sereno profesor Urquiaga está decidiendo ir a la búsqueda racional de cierta LOCURA que se llama Mercedes Arrigunaga, LOCURA que lo puede conducir a un naufragio, otro. Pero ya estoy dispuesto a ello. En mí, eso es un gran avance.

10

Esa misma noche decidió buscarla en Google, sentado frente a la pantalla encontró que había estudiado filosofía en la universidad de los jesuitas, era una muy buena formación, y después posgrado en la City University de Londres. Allí había conocido a Bakewell, esa fue su conjetura y era acertada. Tenía varios ensayos publicados sobre filósofos ingleses, dos sobre Locke y tres sobre Francis Bacon, un autor muy en desuso que creó la figura de los ídolos. Urquiaga lo había estudiado hacía años con un gran maestro chileno refugiado en su país, Armando Cassigoli. Mercedes Arrigunaga, Santa Cruz, de segundo apellido, era de seguro descendiente de españoles, pero Santa Cruz no aparecía en ninguno de sus textos. Firmaba con un solo apellido, Arrigunaga. Tenía tres libros publicados: una reunión de ensayos sobre epistemología, otro sobre Bacon y un tercero de difusión sobre nada menos que Karl Popper. Pero lo que más llamó la atención de Samuel Urquiaga era la edad, la maestra Arrigunaga era tres años mayor que él. Se sirvió media copa de vino de la pequeña botella y se quedó meditando. Los viudos y divorciados casi siempre reinician relaciones con mujeres más jóvenes. Será acaso porque en ellas la sexualidad cambia drásticamente, las hormonas, los estrógenos disminuyen o desaparecen, no lo sabía con exactitud. Pero en las cenas de pareja con sus amigos ellas se comunicaban en código al hablar de "La Meno". Marisol nunca había llegado a eso, para Samuel era un territorio desconocido. ¿Se les acababa el deseo, qué ocurría con su vida sexual? Para nuestro autor ese asunto era muy importante, se acordó de Benítez cuando le decía hermanito, hermanito, me casé con una mujer treinta años más joven que yo, pero le debería llevar cuarenta. Debe haber vida después de la menopausia, se decía a sí mismo. Samuel no tenía hermanas ni una amiga lo suficientemente cercana como para preguntarles sin ambages. Mercedes Arrigunaga le encantó pero era tres años mayor que él. Eso lo desconcertaba. De su vida personal la nota no decía absolutamente nada, aunque fuera una línea, como se acostumbra en los Estados Unidos, fulano de tal, gran autor, vive en Maryland con su esposa Christi y sus dos hijas Melani y Catherine, aquí no había nada, así que debía desplegar sus artes investigatorias. El único problema es que ella había quedado en llamar. En el celular de Samuel estaba su número, pero qué motivo tendría él para hablarle, ninguno. Samuel se fue a la cama con el libro de Montaigne y la conciencia confundida. Herr Piano guardó un silencio muy apropiado.

LÁGRIMA. Es quizá una de las expresiones más íntimas e incontrolables del ser humano. Se puede llorar por dolor físico, los niños lo hacen a diario, pero también lloran por coraje cuando se les prohíbe algo. Lo normal es eso, que sean incontrolables e íntimas. Hay de otro tipo. Existen personas —actores por ejemplo— capaces de provocarse el llanto. Ellos son profesionales de la pantalla, pero también hay quienes lloran para conmover, son profesionales de la extorsión. Yo desconfío de aquellos que dejan salir las LÁGRIMAS con gran facilidad, pero también de aquellos que carecen de LÁGRIMAS. Llorar es parte de la condición humana. Todos deberíamos tener una reserva de LÁGRIMAS, te confrontan, sacuden la conciencia para permitir que sea el alma la que hable. Traen alivio, es el lenguaje de ese mundo interior que negamos todos los días. Las LÁGRIMAS van de la mano con el llanto.

LLANTO. LÁGRIMAS con lamentos y sollozos, ese es el LLANTO. Pregúntale al piano en cuántas ocasiones ha visto la misma escena, mi LLANTO incontrolable con mi Marisol en la cabeza, apoyado en él, pensando que algo guarda de ti, esperando un regreso que sé imposible. Recordando la que hasta hoy ha sido la mejor etapa de mi vida, una etapa que se cerró en un instante. El LLANTO nos está prohibido socialmente a los varones, LLANTO que sólo puede darse en plena intimidad, LLANTO que desnuda la tristeza que ha invadido mi alma. Vaya que si he aprendido de las LÁGRIMAS y del LLANTO.

11

Clara tomó el asunto con toda seriedad, un día antes le pidió dinero al profesor y se fue a la compra. Al entrar por la tarde al departamento traía ya la bolsa de papel con las baguetes, las lechugas variadas para la ensalada y el paquete de pasta. Hasta allí no había sorpresa, pero en la otra mano cargaba un enorme ramo de flores. No le preguntó al profesor, lo hizo por sí misma como lo hacía Marisol, Samuel la saludó con cariño, flores le dijo, debe haber flores verdad, sí señor fue la respuesta. A Urquiaga se le cerró la garganta, Marisol apareció en su memoria arreglando las flores con esmero. Se fue al estudio pues temió que una LÁGRIMA apareciera. Se controló, al regresar el florero de vidrio que había estado desaparecido por años cobró vida. Samuel había comprado quesos variados, unas galletas especiales, el postre y un vino chileno que prometía y no era caro. Sería la primera, Samuel estaba nervioso y el piano lo observaba sin descanso, Samuel notó nerviosismo en el instrumento. Era real pero estuvo a la altura de la situación, guardó silencio para no agravar el momento y dejó que el brillo de su laca hiciera su trabajo. Era lógico después de tantos años de pasmo social. Samuel estaba nervioso. Volteó a mirar el instrumento y lo vio más brillante que de costumbre, era bello, muy bello pensó en sus adentros. Tres parejas y Márgara como compañía de nuestro viudo. Primero llegaron Javier y Cristina, él ingeniero y ella dedicada a la literatura romántica. Javier llevaba una botella de vino, le dio un efusivo abrazo, como diciendo estamos de regreso. Ella tenía unos chocolates entre las manos y le dio un beso apresurado o por lo menos así lo sintió él. Cristina lucía una blusa de colores llamativos que Samuel elogió. En eso se abrió de nuevo el elevador, eran Rosaura y Guillermo, otra botella de vino que el profesor Urquiaga agradeció de verdad, pensó, van dos. Elogió a Rosaura, una morena guapa muy bien plantada, antropóloga, casi siempre vestida con una prenda típica, no fue la excepción. Ese día llevaba un huipil corto con un cuello rectangular y mangas anchas. Por supuesto, Samuel no perdió la ocasión para elogiarlo. Los pasó a la sala y mientras les ofrecía algo de beber se percató que ellos observaban el lugar al cual no acudían hacía muchos años. No dijeron nada y pidieron vino, se sentaron y comieron unos cacahuates dispuestos para eso. Comenzaron a platicar entre ellos, Samuel elogió los regalos y abrió su botella de chileno. En esas estaban cuando llegó Márgara con un traje sastre que no casaba con la informalidad del encuentro, pero venía del trabajo y así lo expresó. Se repitió la ceremonia y por fortuna también pidió vino. Comenzaban la plática cuando volvió a sonar el timbre. Samuel abrió la puerta y allí estaban Antonio y Corina, había llegado el momento crucial. Samuel decidió —con conciencia culpable— saludar primero a Antonio, a quien hacía tiempo no veía y se preparó para inhalar el olor de Corina en plena cercanía, le dio un beso y tocó su pelo de rizos, su perfume era fresco. Samuel ya había pasado por la I de IMAGINACIÓN y había imaginado ese momento muchas veces. Su IMAGINACIÓN le ayudó a hacer de ese instante un universo cuya importancia nadie más podía tener en la mente. Iba con una falda corta y una blusa muy ligera, Samuel dijo qué guapa vienes y observó sus hombros. Gracias respondió ella muy agradecida, miró a Antonio. De Antonio, Samuel sabía una vaguedad, se dedicaba a los negocios, así sin especificar. Nunca hablaba de ellos. Eso era sospechoso, pero en fin, no era asunto de Urquiaga. Mientras saludaban a los otros amigos, Samuel la observó y cayó atrapado, su frescura era notable. No podía quitarle los ojos de encima, cuando se sentó en el sillón bajo, los ojos de Samuel se escaparon a sus piernas. Ella lo notó pero actuó con toda naturalidad. Él fingió demencia. Samuel estaba alterado, Corina se paró para servirse agua y de inmediato Samuel fue tras ella, la tenía en la cocina, no lo había preparado, hasta allá fue ella, saludó a Clara con amabilidad, a la salida observó y se asomó al estudio, es un departamento excelente, qué bueno que no lo vendiste y lo miró a los ojos fijamente. Samuel movió la boca bajando las comisuras, porque Corina sabía por el dilema que había atravesado. Corina pasó su mano por el brazo de él como recordando lo que los dos sabían. Marisol ya no estaba. Samuel pensó en la C, de CARIÑO. Hubo un instante de silencio. Regresaron al grupo.

La conversación fluyó, primero con algunos chismes de la Facultad, pero Samuel estaba preocupado por la pasta, y se paró dos veces, Márgara se ofreció a acompañarlo, no fue necesario, Clara hizo su trabajo a la perfección, Urquiaga llevó los platos de la ensalada y apareció la pasta. Cuando empezaron los elogios, Samuel respiró tranquilo pero él tenía dos temas, la menopausia el primero. Antonio, el esposo de Corina, le dio pie, dijo que el sexo en el matrimonio era como la Coca-Cola primero *Regular,* dicho en inglés, normal en español, después *Light* y finalmente *Zero.* Perfecto pensó Samuel, esta es mi oportunidad, ¿de verdad se acaba?, preguntó con ingenuidad, ¿qué tanto les pega la menopausia?, el Buda de Isabel atravesó por su cabeza, porque en mí la sexualidad no se ha acabado, pensó para sus adentros y recordó algunas maromas y acrobacias indescriptibles. La mesa explotó, todos cambiamos, ustedes también dijo Cristina mirando a los varones. Es la mejor etapa, dijo Rosaura, ya no te dan malos humores y no tienes que andar con toallitas para las sorpresas. Los varones quedaron a la defensiva. Márgara fue muy precavida, era divorciada y no quería hablar de su vida amorosa frente a Samuel. Pero Samuel lo intuía. El narrador sabe que Márgara tenía un amante desde hace años, un hombre casado y rico con el cual visitaba los mejores hoteles de la ciudad. Márgara, a pesar de su aspecto serio y recatado, sin coquetería alguna, gozaba muchísimo el sexo, nadie lo sospechaba pero cómo decirlo. Una divorciada sin pareja formal hablando de sexo era igual a una mujer de "cascos ligeros" y Márgara era tan seria que sabía manejar con discreción su consistente vida sexual, a la que Samuel había encontrado una solución. Ni Márgara ni él, su amante, querían otro estatus. Las otras tres mujeres podían hablar sin tapujos, formaron un frente de guerra común, el vino soltó sus gargantas, ellas estaban deseosas pero ellos ya no tenían el vigor, por supuesto era diferente, pero estaban vivas y enteras, Corina fue muy enfática. Para mantener viva la sensualidad se vale todo. ¿Todo? Peguntó Samuel levantando ostentosamente las cejas. Los demás rieron. Todo, dijo Corina, O.K. dijo Samuel. Pensó en la I de IMAGINACIÓN, en la F de FANTASÍAS y en el Buda, todo se vale pensó y lo dijo, todo se vale. La mesa se convirtió en un huracán de palabras hasta que Rosaura, con toda calma, reinstaló el orden y explicó a los varones que la vida sexual como tal nunca acaba, cobra otras dimensiones, las caricias juegan un papel tan importante como el orgasmo, la conversación por momentos ruborizaba a los varones, Samuel incluido, quien mejor se levantó a cerrar la puerta de la cocina, qué pensaría Clara de sus conversaciones, para entonces ella ya lavaba los platos, los quesos y las galletas estaban al centro y la tarta de pera venía en camino en las manos de Samuel, quien insistió provocadoramente en que no veía por qué cerrar el capítulo, por supuesto no podía contarles de Isabel, pero como al profesor Urquiaga no se le conocía mujer después de Marisol, algo no cuadraba. Lo que sí llamaba la atención de las damas eran los comentarios siempre elogiosos de Samuel, qué guapa vienes, algo te hiciste en el pelo, tu blusa está sensacional. Les hacía comentarios y observaciones que sus maridos no les lanzaban ni en Navidad. El gusto de Urquiaga por las mujeres se había descarado y la interpretación generalizada era que el pobre Samuel estaba tan solo que lo hacía porque no tenía a una mujer junto a él. El narrador sabe que algo hay de cierto, Samuel siempre fue galante con Marisol, pero la prolongada ausencia, el vacío total y el *Abecedario* lo habían llevado a un estadio superior de conciencia. Ahora apreciaba cada detalle, los vivía con intensidad y se notaba. El hecho es que la galantería de Samuel les encantaba y provocaba un poco a los maridos. Las pasiones se desbordaron, la edad no es la causa, es el aburrimiento, es la rutina, es el cansancio de la vida cotidiana, a ver dijo Rosaura y por qué en vacaciones sí lo hacemos, somos los mismos y las mismas, lo que pasa es que en el hogar perdemos la disposición —Samuel pensó en el CALOR HOGAREÑO en la C—, al amor hay que darle tiempo, ya no es tan fácil como cuando éramos estudiantes que con un besito hacía erupción el volcán. Samuel soltó una carcajada pero el mensaje le quedó muy claro. Había que trabajar más, PACIENCIA, al *Abecedario*. Se rieron mucho y a la salida, todo estaba perfectamente calculado, Samuel había dejado el libro de Montaigne en la mesa de la entrada junto al perchero, se los recomiendo, les dijo, se vacunó, no pude terminarlo para la presentación, pero es realmente bueno. La faena la salvó una maestra Arrigunaga, ¿alguien de ustedes la conoce?, preguntó con inocencia impuesta. Es una mujer muy seria, dijo Cristina. Sólo sé eso, no la conozco. El comentario dejó a Samuel desconsolado, eso ya lo sabía pero, ¿y su vida personal? Quedó en buscarme para hacer otra presentación del texto, es de primera, ratificó Cristina, de formación inglesa. Clara ya se había retirado, hubo besos y risas frente al elevador hasta que todos convinieron en bajar la voz para que los vecinos de Urquiaga no se alborotaran. Le agradecieron con sinceridad la cena. La casa cobraba vida y con ella Samuel y su filósofa y nueva musa. La vida sexual sigue pero en otras coordenadas de velocidad y calidad. CARICIAS ya está en la C. Muy seria, recuérdalo. Sin embargo, en la noche, solo, mientras levantaba la sala, la imagen de Corina lo asaltaba. Recordó sus piernas, su blusa, sus hombros que volvió a tocar y su olor del cual no quedaba nada en él. En un acto osado acercó sus narices a la tela sobre la cual había estado sentada y olió una y otra vez. Tomó el resto del vino y pensó que su soledad lo estaba trastornando, que era un pervertido. Vio a Herr Piano sonreír, pero pensó que el instrumento no diría nada, sería muy discreto, de eso estaba cierto. Era muy confiable. Se fue a la cama confundido.

LAMER y LENGUA. Mis amigos de Madrid no andan muy inspirados: "Pasar repetidas veces la LENGUA por una cosa", en la decimonovena. No puedo decir que la definición sea imprecisa, pero es limitada. Por supuesto que uno lame una paleta, una cosa. Pero también se lame uno los dedos después de una delicia, ummm. De niño tuve una perra que lamía gustosa las manos, la cara, el cuerpo, era su gran demostración de cariño. La LENGUA es una de las partes más sensibles del cuerpo, para comenzar las temperaturas, pero sobre todo los sabores que entran a uno por allí. LAMER y LENGUA son inseparables. Cómo imaginar un mundo sin sabores. O sea que a la LENGUA le debemos un papel central en una de las actividades más gozosas del ser humano, la comida. Aún así LAMER cosas es, con todo respeto a los catedráticos de Madrid, lo menos interesante. Acariciar con el pie a un perro puede pasar, pero son las manos y el rostro, los labios y la lengua, lo más preciado en el mundo sensible. El BESO DE AMANTES (ver la B) es inconcebible sin LAMER y sin la LENGUA. Es el contacto de las lenguas, cuando se lamen unas a otras, un acto de intimidad, de penetración inicial. Saber la LENGUA del otro es abrir un espacio a la IMAGINACIÓN, no la vemos, la sentimos y nos imaginamos un mundo íntimo del ser amado, muy íntimo, que se transmite por la LENGUA. Recuerdo los días en que tu aliento anunciaba una condición de tu cuerpo: estaba en su mejor momento para concebir, yo te besaba como anuncio de lo que debía ser sólo el inicio. Tú lamías mis tetillas una y otra vez y me volvías loco, no lo podías hacer con la mano, ni con ninguna otra parte del cuerpo, sólo con la LENGUA. Yo lamía tus orejas, en ocasiones también las mordía con suavidad y tú te contorsionabas, era también una puerta de entrada y la LENGUA era para nosotros la llave mágica del reino del amor. Pero la LENGUA es muy poderosa, yo pasaba mi LENGUA por tu seno, es decir entre los pechos, lentamente, sabiendo el sabor de tu sudor, y después me iba al vientre, al ombligo y con la LENGUA daba vueltas hasta que encogías las piernas y me invitabas a tu interior. Ahora que lo pienso, no valoramos el placer que sólo la LENGUA puede darnos. Fui a mi *Diccionario de Frases Célebres*, allí por donde desfilan Cicerón, Tácito, Shakespeare, Calderón, de todas las épocas y estilos, no encontré una sola mención a la LENGUA. Cómo explicarlo, creo que en sus noches de pasión debieron haber usado la LENGUA y sin embargo no le rinden tributo. Y mis amigos de Madrid hablan de LAMER las cosas, sin duda lo menos interesante. Exhibir la LENGUA es socialmente un acto grosero, ¿por qué?, pero en el amor es advertencia, la LENGUA puede ser el mensajero del DESEO, heraldo del inicio, de la AVENTURA siempre diferente del amor. Recuerdo cómo movías tu LENGUA lentamente sobre tus labios recordándome todo lo que de ella se podía desprender. Pensándolo bien, no se practica el buen uso de la LENGUA, me refiero a la parte del cuerpo y no al lenguaje, que también pocos cuidan, no cuidamos a esa invitada permanente del amor. A Isabel nunca le permití que me besara, me lamió mucho y con gran profesionalismo, era incansable, pero yo no quería compartir con ella algo tan íntimo y delicado como mi LENGUA, además me imaginaba que en su profesión esa LENGUA habría recorrido muchos territorios ajenos de los cuales yo no quería nada, ni imaginármelos. Te das cuenta, hace años que no beso ni soy besado. Ahora que lo pienso no veo que nuestros amigos se besen como amantes, acaso abandonan el uso de la LENGUA. No lo creo, sería un grave error. Se supone que con la edad uno adquiere un conocimiento refinado de la vida, eso que llamamos sabiduría, pero no tengo ningún registro de que los sabios aprecien la LENGUA. Allí queda un mínimo homenaje de mi parte. Hoy extraño LAMER, lamerte, LAMER a alguien con amor y pasión, pienso en besar tu espalda, tu vientre o el de otra, en conocer esa intimidad de la boca y pienso por supuesto en Corina, pero también en la doctora Arrigunaga, en Mercedes, por qué no un beso que vaya más allá de la mejilla que hoy me parece inocente frente al poder de la LENGUA, que sin duda ocupa su lugar central en la L junto con LAMER.

El día de la reunión en la embajada Samuel Urquiaga observó unas arrugas alrededor de las comisuras de la boca de Mercedes Arrigunaga. Eran muy delgadas pero Samuel nunca miró en Marisol algo similar. Cómo leer las arrugas, las llamadas líneas de la vida. Pero esas líneas no le provocaron ni rechazo ni molestia. Simplemente no sabía leerlas. Al llegar al departamento fue al espejo y se miró la cara con ojos críticos. Él también tenía arrugas en los parpados y al lado de los ojos. Pero no se sentía viejo ni nada cercano. Después miró sus manos, en las cuales había ya unos lunares de tonalidad muy suave y en las palmas las líneas se multiplicaban por decenas. Me estoy haciendo viejo, pensó, pero después llegó el razonamiento de su amigo Luis, el cardiólogo, te quedan muchos años para dar lata. Será que estoy viejo y no quiero reconocerlo, será que no sé cómo tomar este asunto de la edad. Me siento muy bien y supongo que ella igual. La envoltura se puede ir mellando, pero eso no necesariamente habla del ánimo. Recordó la emoción de haber tocado el hombro de Corina, por supuesto su piel era la de una mujer joven, pero, ¿era eso lo que lo había emocionado tanto o era simplemente la piel? La piel de los bebés es distinta a la de los niños y se podría decir que los adolescentes padecen su crisis vital a través de la piel o por lo menos así lo enseñan. Pero la emoción en el breve contacto de Corina no tenía que ver nada más con su juventud. Aquella sensación había sido muy fuerte, pero más que a la edad remitía a la intimidad, a la entrega de algo propio, al cariño, al alma. Eso se dijo a sí mismo con el peso de un enorme súper-ego. Pero el narrador sabe que le quedó una duda sobre el asunto de la juventud, es o no un factor. Que todo fuera igual contradecía el sentido mismo de las estaciones, de esa primavera, verano, otoño e invierno de la vida que tanto usamos como metáfora. La edad no era la única explicación, sería tanto como negar la propia condición de la piel. La piel es la piel siempre, se dijo, fue al correo de José; con una cerveza en la mano y un pan con dos rebanadas de jamón. Lo imprimió y lo leyó mil veces. "De entrada un misterio, estuche, tela vibrátil, imagen del misticismo militante que vive entre las tentaciones, virginidad renaciente, zona tempestuosa donde chocan las corrientes del yo y del no yo". Nada había de juventud o vejez, y vaya que don Alfonso conoció pieles. La simple posibilidad de tocar a Mercedes movía su entraña, el alma se movía. Estaba vivo. Era juventud lo que deseaba, o CARIÑO O DESEO, (ver C y D pensó) o quizá algo distinto. Le gustaría estar con Mercedes pero una prueba de fuego sería observar a Corina, observarla para saber si la juventud era su presa o Corina, la persona. Si la juventud estaba en la mira para qué distraerse y molestar otra vida, llámese Mercedes o como sea. El asunto era decisivo. Qué quería. Mercedes, había llegado a romper los cánones que él había imaginado para sí mismo.

MANO. Creo que el libro lo compramos juntos, lo encontré después de batallar bastante, estaba entre los de fotografía, algo necesito hacer con mi biblioteca que se ha convertido en un amenazante continente donde navego sin rumbo. De por sí ya soy náufrago vital, sólo falta que también me convierta en náufrago en las letras. Increíble, el autor no duda en hacer un catálogo de los diferentes tipos de mano, la práctica, la sensible, la intelectual y de allí se brinca a los dedos, el pulgar es de todos conocido, pero mi ignorancia sobre la mano es total, no sabía que los otros reciben el nombre de Júpiter, Saturno, Apolo y Mercurio. Qué tal el breviario cultural. Aparecen las líneas de la vida y todo ese asunto en el cual no creo demasiado. Admito, sin embargo, que en la mía hay una ruptura que alguien, una gitana, me predijo en un viaje juvenil a Europa. Esa línea jamás cruzó por mi cabeza cuando te fuiste. No recuerdo las palmas de tu mano pero sí tus uñas limpias, con el filo claro al final, sin que fueras obsesiva, sí eras muy cuidadosa, eso me gustaba. Pero vayamos a la MANO. A los niños se les tiende, se les entrega la MANO, sobre todo cuando empiezan a caminar, supongo que les da seguridad, lo he hecho en algunas ocasiones, me gusta, es una MANO protectora, los adultos nos damos la MANO para iniciar un encuentro y de ese saludo puedes desprender muchos rasgos, una MANO firme o flácida, la coordinación de los ojos para encontrar la mirada en el mismo instante. Nada más desagradable que alguien que saluda sin mirar. También los ancianos en ocasiones caminan tomados de la MANO, más bien apoyan el brazo, lo hacen quizá para caminar más seguros, es el regreso a la fragilidad. Pero, por qué los amantes se dan la MANO, no es por seguridad es por CARIÑO. Pero hay mucho más, frotar la mano de alguien, del ser amado, puede ser un acto de coqueteo sutil. Si lo haces con intensidad recuerdas que esas caricias podrían estar ocurriendo en otras partes del cuerpo. Son las manos las encargadas de la CARICIA, de los frotamientos que son parte del acto de amor. Recuerdo tus espaldas firmes pero femeninas, me encantaba frotarlas con cierta fuerza y después deslizarme a las axilas o a tus pechos. La MANO es la que explora los sitios donde otras partes o no pueden llegar o simplemente no tienen la sensibilidad para recoger esas fracciones del universo que están en el ser amado. El recorrido de un sólo dedo por los labios, por el vientre, por el cuello, por donde sea, puede ser una verdadera provocación erótica. Cómo olvidarlo, está el capítulo 7 de *Rayuela*, voy por él. Eureka, lo encontré a la primera, no estoy tan perdido:

"Toco tu boca, con un dedo toco el borde de tu boca, voy dibujándola como si saliera de mi mano, como si por primera vez tu boca se entreabriera, y me basta cerrar los ojos para deshacerlo todo y recomenzar, hago nacer cada vez la boca que deseo, la boca que mi mano elige y te dibuja en la cara, una boca elegida entre todas, con soberana libertad elegida por mí para dibujarla con mi mano en tu cara, y que por un azar que no busco comprender coincide exactamente con tu boca que sonríe por debajo de la que mi mano dibuja".

¿Te das cuenta, Marisol?, hay varias bocas, no puedo decir la real, la que él toca, porque él la imagina antes de dibujarla, es la Imaginación la que construye esa boca que por azar, dice Cortázar, coincide con la de ella. Pero cruzó por el DESEO de que fuera esa boca y no otra, la desea y la elige. Entonces la boca de ella estuvo antes en la mente de él, en su IMAGINACIÓN, fue un DESEO. La mano es un instrumento de la IMAGINACIÓN al servicio del amor. Yo recuerdo tu boca, pero ya no puedo imaginarla para hacerla mía. Qué gran poder el que surge de la IMAGINACIÓN, del DESEO y de la MANO.

Pero claro, el acariciado debe estar en la disposición de sentir más, no se necesita que sea toda la mano, lo que llamamos yema de un dedo puede ser el pequeño portador de un gran mensaje, es la intención la que viaja en la mano, la intención de sentir y hacer sentir. El ritmo del movimiento es el lenguaje de la MANO. He estrechado muchas manos desde que te fuiste, las manos de Isabel recorrieron todo mi cuerpo con el afán único de llevarme al clímax, pero aun así extraño esa otra intención coqueta que llevaban tus manos, tus dedos, la intención de recordarme el volcán que construíamos mutuamente, tú en mí y yo en ti, la intención de decirme estamos juntos. Con eso basta, dos manos unidas pueden ser el sólido eslabón de la vida. Me gustaría poder darle a alguien la mano y simplemente dejar que pasara el tiempo.

13

Sonó el celular, era ella. Samuel iba manejando, se había prometido, después de varios sustos, no contestar y hablar en movimiento. Pero esta sí era una excepción, Mercedes, dijo, torció a una calle secundaria y se detuvo. La calidad de la conversación era muy importante, Samuel se concentró, se puso nervioso, es muy seria, retumbaba en su cabeza. La editorial propone el martes 14 de abril por la mañana, tengo clase pensó Samuel, no importa, la repongo, no dijo nada, tengo dos semanas para preparar algo bien hecho. Habrá muchos estudiantes, te propongo un formato herético, seremos dos, tú y yo, que cada quién hable de aquello de Montaigne que en su vida de hoy le resulte más útil. Es tu propuesta: Montaigne en el XXI. En ese momento lo recordó, con un dejo de vanidad. Muy bien, dijo Samuel, así los enganchamos y dejamos atrás el formato de una presentación de un libro. Exacto, a qué hora preguntó, doce del día para encontrarlos sin clases fue la respuesta. Será en el plantel norte. Eso sí está lejos, pensó Urquiaga, que era sureño por hábito y casi por una convicción de supervivencia en la gran ciudad. Muy bien, dijo moviendo la cabeza solo en su coche. ¿Te doy por confirmado?, preguntó ella, sí claro fue la respuesta. Un beso, adiós. Un beso telefónico era una formalidad, pero un beso en su mejilla era todo un universo.

MIRADA. La MANO te acerca, la CARICIA te une, despierta algo que con frecuencia está dormido en nosotros. Pero la verdadera puerta del alma es la MIRADA. Recuerdo la primera ocasión en que comimos juntos, allá en el Club Francés, y con cierto asombro te pregunté por qué habías aceptado. Con toda calma, con gran seguridad me dijiste, fue tu MIRADA. Pude planear las coincidencias en las comidas para así poderte mirar y quizá algún día saludarte. Pero mi MIRADA, Marisol, esa sí escapó a cualquier intención. Los actores profesionales son capaces de gesticular enojo, valentía, sufrimiento, son segundos, instantes, pero controlar la MIRADA, engañar con ella, eso sí es un acto de perversión. Mirar es una acción, lo dicen los académicos, pero dicen que también es un modo de hacerlo. Se puede mirar interesado o aburrido. Pero con los años uno guarda algo que está más allá de esos instantes, esa es la MIRADA que está detrás de los ojos. Recuerdo la MIRADA de mi padre, cargada de astucia y cierta picardía. Recuerdo la tuya y una sonrisa se me viene a la cara. Era alegre, muy alegre, con una chispa que invitaba a la travesura irradiabas felicidad. Así que uno habla con los ojos y por los ojos. Nada me provoca más desconfianza que las personas que bajan la MIRADA, que se ocultan en sí mismos, que no se entregan a través de los ojos. Con los años la MIRADA de alguien, de la amada, de un amigo se convierte en un alimento del alma. Resuena Bécquer: "Por una mirada, un mundo". Qué daría por una MIRADA tuya.

Llegó la próxima cena, Clara estaba en la cocina, Samuel abrió la puerta y allí estaban los dos muy sonrientes, Teresa y Sergio. Ella llevaba una colección de DVDs, le dio un abrazo cerrado como diciéndole, me da mucho gusto estar aquí, Samuel pensó en la A, ABRAZO, lo había sentido en el alma no sólo en el cuerpo, psicóloga y de una vitalidad notable, sin más le dijo es la colección de la que te hablé de Simon Schama, *The Power of Art*, no tiene desperdicio desde Caravaggio hasta Rothko. Samuel notó que el paquete no era nuevo, los recibía en préstamo, sensacional, los veo y te los regreso. Sergio, un empresario lleno de inquietudes paralelas como las artes visuales, las canoas, los coches antiguos, llevaba una botella Magnum de excelente vino español. Samuel lo miró antes de abrazarlo y decirle, qué barbaridad. Qué guapa, le dijo a Teresa, lo cual era una verdad, atractiva, alegre, vital, así era. Esa noche primaveral —por cierto de principios de marzo— hacía calor y Samuel pensó que ello podía provocar vestimentas ligeras en ellas. Funcionó. Él repitió su indumentaria, pantalón beige y su camisola de lino muy bien planchada. De hecho Teresa le dijo, te ves muy bien, gracias respondió él bajando la cabeza un poco. El halago le alimentó el alma y así lo pensó. Intencionalmente no abrió el ventanal de la sala. Ella llevaba una falda recta sin medias y unos zapatos rojos como de ante. Les ofreció de beber y los tres fueron a ayudarle con los hielos para sendos whiskys y una copa de vino para Teresa. Saludaron a Clara con amabilidad. Samuel abrió el vino de regalo, muy superior al suyo, Sergio debía gozarlo. Después elogiaron la decoración del departamento y en la mente de Samuel apareció la imagen de Marisol, se los dijo con tranquilidad, lo decoramos juntos, esta pieza la trajimos del Ecuador, el tapete lo cargamos desde Marrakech, les tenía la confianza y el cariño suficiente como para poder hablar de Marisol con la tristeza inevitable, habían estado muchas veces en el departamento, pero el olvido involuntario rondaba. Fueron al estudio, donde permanecía la foto de Marisol en el laboratorio, Teresa se acercó a mirarla al detalle, qué chula era, le dijo, ya lo había olvidado. Ellos la habían tratado mucho y la curiosidad era natural. Marisol caminaba entre ellos por el departamento, regresaron a la sala y Samuel con humor habló de Herr Piano, era la primera ocasión que lo mencionaba a alguien, con él dialogo por las noches les dijo, los tres rieron, lo que no se imaginaban es que era real, que Samuel hablaba y le hacía preguntas a Herr Piano y él, en su estilo muy propio, le respondía cada vez más. Sergio se sentó frente al teclado y dio unos acordes, no recordaba que tocabas dijo Samuel, ya no, toqué un poco de niño. El piano afinado sonó potente, sacó lo mejor de sí mismo, había reaccionado a las *Sonatas a Granados*, a Samuel le pareció que estaba vivo y alegre de ser tocado por alguien, tocado en el teclado, como debe de ser y no nada más en el exterior, como cuando Samuel se dejaba ir sobre él con sus gemidos que terminaban en lágrimas. Por favor sigue, le dijo cuando Sergio se detuvo, tocaba fragmentos de música contemporánea, Samuel lo gozaba, Teresa se paró justo a su lado, los dos miraban la caja y escuchaban, Samuel observó el rostro de Teresa mientras le comentaba del origen alemán del instrumento, la vio con un detenimiento que por fortuna la naturalidad de Teresa no registró como atípico. A partir del *Abecedario* Samuel redescubría a sus amigos, pero sobre todo a sus amigas. Sus ojos eran color oscuro, su piel apiñonada, la boca grande con una sonrisa honesta y firme. Teresa no se percató de nada excepcional. Lo miró a los ojos fijamente, como buena psicóloga leía con cuidado la mirada de su amigo. El narrador sabe que Teresa tiene un sentimiento de lástima hacia Samuel, la viudez y la forma en que ésta llegó la impactaron mucho, ellos se habían casado recientemente cuando ocurrió el accidente. Pensaba mucho en el prolongado luto de Samuel y en alguna ocasión con gran delicadeza le había dicho que lo veía deprimido. En esas estaban cuando sonó el timbre, yo abro, dijo Urquiaga a Clara lamentando la interrupción, eran Rita y Alejandro, ella le entregó un pequeño regalo y lo besó con naturalidad, iba de chongo y llevaba unos aretes largos que por supuesto Urquiaga elogió, eran bellos, no mentía, Rita era una mujer muy distinguida, especialista en teatro infantil. Samuel observó unas pequeñas arrugas alrededor de sus ojos, unas ojeras ligeras, los labios con un rojo discreto y el pelo alborotado, corto, en control, con canas. Tenía dos líneas de vida al lado de la boca y una mirada firme y segura. Alejandro era un actuario muy divertido, lo cual podría parecer un contrasentido, se burlaba permanentemente de la forma de razonar de sus colegas. Cómo están les preguntó y Alejandro de inmediato reaccionó con una respuesta tan ingeniosa como preparada, en la media de la felicidad pero con ánimo de salir de ella, hacia arriba, aclaró. Saludaron a Sergio, que se había levantado del piano, y a Teresa. Todos rieron sobre otra guasa de Alejandro, la edad del piano rebasaba la esperanza de vida de dos de los asistentes, es el decano dijo. Finalmente llegó Josefina, una mujer divorciada de cerca de cincuenta años, médico cirujano, especialista en labio hendido. Samuel la apreciaba y respetaba su trabajo, pero Josefina era en ocasiones demasiado seria, difícil sacarle una sonrisa. Samuel tomó la delantera y puso tema con la entrega de los Oscares y las películas en cartelera, todos habían visto películas diferentes, salvo Josefina, que no había tenido tiempo de ir al cine, yo te invito le dijo Samuel como tendiendo un puente. De pronto Teresa dijo, hace calor, y se quitó el saco, Samuel saltó de su asiento, tomó la prenda y abrió el ventanal un poco. Había logrado su cometido. Samuel volvió a poner el tema, antes cerró la puerta de la cocina para que Clara no se percatara de sus obsesiones, la sexualidad de las mujeres de cierta edad. Se sintió brusco pero aprovechó la trama de una película para hacer su travesura. A nuestro profesor no le falta sentido de oportunidad en el diálogo. El actuario lanzó datos, la frecuencia de los actos sexuales disminuía, pero era curioso porque variaba de país en país, o sea que no es del todo un fenómeno biológico universal, dijo con firmeza, hay mucho de cultural. Algo afirmó de los católicos frente a los sintoístas y las tribus africanas. La discusión fue fantástica, Teresa aseveró seria que, con dos hijos adolescentes, lo que procedía es que Sergio se hiciera una vasectomía, para que ella pudiera dejar de ingerir anticonceptivos, o sea que no había llegado a la menopausia. Samuel sonrió con humor y dijo ¡auch!, Josefina habló con seriedad del envejecimiento de los óvulos y de los horrores que la falta de los estrógenos podían provocar en la salud de las mujeres. Samuel escuchaba atento. No sabía nada del tema y en realidad en esa cena quería llegar a dos conclusiones: el futuro de su vida sexual y la importancia de la juventud en una segunda relación. Esa noche sólo Herr Piano sabía de la repetición en el tema. Era su cómplice y estuvo a la altura: después de haber sido el centro de la fiesta por unos minutos, guardó un silencio total ante las investigaciones de su amigo. La ensalada generó comentarios de ellas y la pasta de todos, Clara está perfeccionando el producto estandarizado, pensó Samuel. Rita, quizá la mayor de todos, dijo que había muchos prejuicios. Que la venta de la juventud como mejor opción es para bobos y puso el caso de un amigo de ellos que se había casado con una mujer mucho menor que le habían exigido familia y que aquello había sido un infierno, Samuel la miraba con atención. En ese momento todos intuyeron que había caído en una provocación de Samuel, lo cual los animó a tomar el tema con más seriedad, sobre todo ellas. Teresa lo sorprendió de nuevo, primero fue la vasectomía, tema que nadie tocaba y ahora se lanzó con la edad como argumento a favor de las mujeres. Con la edad somos y seremos más interesantes. Hoy soy más conocedora de las artes amorosas que cuando me casé con Sergio, todos la miraron con cierta picardía. Sergio subió las cejas varias veces como diciendo soy el afortunado y preguntó con humor, ¿no se nota? Sé más, continuó Teresa, y lamento no haber sabido, hace quince años, lo que sé ahora, hoy soy más controlada y en parte es porque he sabido dejar de pensar en la edad como un obstáculo, hoy admiro a las mujeres como Rita y Josefina, que siguen estando allí en la defensa de lo que verdaderamente somos, mujeres, no muñecas. La honestidad de Teresa era innegable, pero en esa mesa había tres ejemplos claros —Rita, Josefina y la propia Teresa—, de otro tipo de belleza. Lo que no sabían era que la mayor beneficiada de la conversación era Clara, de 46 años, quien seguía los argumentos de manera entrecortada, atenta e interesada, sabía que en pocos años entraría en una etapa nueva y simplemente eso la ponía nerviosa. Su esposo, un chofer de un autobús de ruta, siempre le reclamaba la poca actividad sexual de la pareja. Ella llegaba agotada después de casi cuatro horas de transporte y una larga jornada de limpieza de apartamentos, lavado y planchado de ropa. En sus piernas las várices eran cada vez más evidentes. Tenía un gran temor de que él le fuera infiel y la abandonara con sus tres hijos. Además la pequeña casa estaba a nombre de él, ya se veía con sus pertenencias en la calle. Por Samuel sentía respeto y cariño, con Marisol, quien siempre la trató con amabilidad, había llevado una espléndida relación. El trabajo con Samuel era para ella el mejor de todos, sentía que ella lo cuidaba por Marisol. Lo entendía. Samuel no conocía el tema y no tenía por qué conocerlo. Ella sólo un poco más. Marisol se había ido mucho antes de estas discusiones y él canceló un jardín de sensibilidad mientras oraba por Marisol. Rita era señorial, con una línea azul arriba de sus ojos negros, digna portadora de sus años. La seriedad de Josefina desplazaba las conversaciones triviales con suavidad. La inteligencia de Teresa había eclipsado a su propia frescura. De pronto Samuel miraba a otra Teresa, más allá de su belleza natural había una mente sensible y estudiosa. El actuario propuso una travesura, preguntar a sus amigos por el promedio mensual de encuentros, dijo, entrecomillando la palabra con los dedos. Todo mundo se rió, sí cómo no, bueno y les mando por correo las curvas estadísticas por país y ustedes saquen sus conclusiones. Samuel quedó en silencio, no podía hablar de Isabel y sus piruetas. Teresa era otra, la del pensamiento y la palabra. A la salida Samuel les mostró el libro de Montaigne, nadie conocía a Mercedes, cero pistas. Cuando se despidió de Teresa le dijo, hoy aprendí mucho. Teresa era, además de inteligente, una mujer muy dulce. Minutos después, ya solo con Herr Piano, mientras terminaba el vino que había sobrado, se tranquilizó, la frescura y juventud de Teresa eran una realidad, pero había otro mundo sensible que él debía reconocer y explorar. Rita y Josefina estaban plenas, Alejandro seguía enamorado de Rita, era evidente en la calidez de su trato y Josefina no dejaba de ser un reto. Fue por la llave para abrir la gaveta del librero, sacó el álbum con los desnudos de Marisol y pensó que esa frescura había sido su realidad cotidiana por muchos años, abrazó el álbum con la amenaza de una LÁGRIMA y se quedó dormido con Marisol entre los brazos.

ILUSIÓN. En la I me faltó ILUSIÓN. Mis amigos de Madrid son severos: "Concepto, imagen o representación sin verdadera realidad, sugeridos por la imaginación o causados por engaño de los sentidos" (de la decimonovena). De esa primera acepción se desprende iluso, "Engañado, seducido, preocupado" o "Propenso a ilusionarse". Quizá soy un iluso pero quiero reconstruir mi vida. La segunda acepción tampoco es mejor "Esperanza acariciada sin fundamento racional". Rehacer mi vida es esperanza, sí. Es DESEO, sí. Pero en este momento pasa por la ILUSIÓN, tan sólo eso. Los ilusionistas son los que engañan, dice la Academia, "Un artista que produce efectos ilusorios…". Quizá no tengo fundamentos racionales, pero me gustaría poder despertarme una mañana con una mujer a la que ame, que duerma junto a mí, que esté allí con su cuerpo, con su alma, puede ser en una habitación, puede ser bajo otro techo, pero quiero saberla en mi vida y que ella esté cierta de mi existencia por y para ella. Suena iluso, pero yo ya lo viví y sé que puede ser real. Tengo entonces la ambición de reconstruir lo que ya estuvo en mi vida, quiero reencontrar y reencontrarme. Esa es hoy mi ILUSIÓN, la que sale de mi alma.

NALGAS. ¿Cuál es el verdadero atractivo, es natural o es construido? En la ganadería los cuartos traseros tienen un valor especial en el peso del ganado, en el tamaño de la caja —como se dice en el gremio— que garantiza que las vacas puedan parir bien. En los caballos, sobre todo en los cuarto de milla, las ancas resaltadas hablan de musculatura, de velocidad, de resistencia, pero en los humanos no me queda claro cuál es el atractivo. No que sea insensible a su belleza, por el contrario las encuentro fascinantes, pero no doy con el concepto. Los humanos no olfateamos, como los perros, los caballos, los vacunos y muchas otras especies, esas zonas en el cuerpo de los otros. De hecho habría buenos motivos para no querer saber nada de esos territorios. Pero no es así, con cierta frecuencia se publican estudios sobre cuál es la parte del cuerpo femenino que más atrae al varón, los ojos, la boca, la cara, los pechos, las piernas o las NALGAS. ¿Qué es lo usted mira primero?, así es la pregunta del inquisidor, responda con una x. Lo asombroso es la cantidad de varones que comienzan por allí. Cómo pueden las NALGAS competir con los ojos en su capacidad de decirnos quién está detrás de la piel. No lo entiendo, por supuesto que forma parte del código de las curvas exageradas, pero no pareciera haber una explicación evidente. En los pechos se encuentran dos zonas erógenas de la mayor potencia, los pezones, no que acariciar una NALGA no sea atractivo, pero es mucho menos explosivo para los sentidos. Una nalgada cariñosa, yo te las daba Marisol, indica el rumbo de la intención final, en un trance amoroso las NALGAS, esa parte del cuerpo, estará presente sin posibilidad de huida. Recuerdo las tuyas que, no me lo tomes a mal, no eran excepcionales, seguramente tantas horas en el laboratorio tuvieron su efecto, es broma, eran pequeñas pero bien torneadas. Recuerdo unas de una amiga tuya de las cuales no podía quitar los ojos, se puso un bikini y entre una y otra la prenda establecía un verdadero puente elevado, eran asombrosas por atípicas. Coqueteaba con ellas, las movía de un lado al otro con cierta exageración, con mucho de artificio, de artificial. No era natural, nunca lo vi en ti salvo cuando quebrabas la cadera en tono provocador. Por cierto ¿qué es coquetear? Me falta, no se puede andar por la vida sin saber qué es la coquetería. Creo que debo seguir reflexionando, quizá me esté perdiendo de algo muy importante en la vida. Sería un error cruzar por ella sin descubrir el verdadero potencial erótico de esa pieza del juego. Puede ser, todavía es momento de rectificar.

COQUETEAR y COQUETERÍA. No hay discusión con Madrid, mis amigos son profesionales, a veces: "Tratar de agradar por mera vanidad con medios estudiados". Las exageradas y bamboleantes de tu amiga eran una coquetería. Cómo odiabas a los coquetos y con toda razón. Sobre todo a los maduros que se te insinuaban, no los culpo, los entiendo, eras guapa. Pero esa artificialidad de los coquetos o coquetas es repugnante y en algún sentido ofensiva. Es creer que el otro, el que recibe los actos de COQUETERÍA, es igual de superficial. Pero entonces, qué palabra debemos usar para ese acercamiento que en algún sentido oficializa una intención. Flirteo, te acuerdas de aquel libro que leí, *On Flirtation*, no recuerdo al autor, se le puede googlear, ve tal el verbo, no creo que les agrade en Madrid, lo comentamos, que quizá era más sano el flirteo tal y como se daba en el siglo XVIII, pero también en las primeras décadas del XX, recuerda los escotes y las espaldas desnudas de la época de oro del Charleston y que no llevaban otra intención que mostrar la belleza, de no ocultar el cuerpo, fue una etapa de liberación de la posguerra. El flirteo hoy no existe, yo trato de recuperarlo cuando le digo a las esposas de mis amigos qué guapa te ves, qué bonito tu collar y tu cuello, eso lo pienso. Lo hago frente a los involucrados. Es flirteo, no coquetería. Tú sabes que nunca he sido coqueto, al contrario, más bien tímido. Pero, no creas he avanzado, he aprendido a no ocultar lo que siento. No les digo mentiras, les digo lo que cruza por mi mente (y por otras partes del cuerpo con las cuales también se piensa, Unamuno dixit y por qué no, lo que siento, lo que sale de mi alma. ¿No estamos en el siglo XXI? ¡Sólo eso me faltaba, no poderle decir a una mujer qué guapa! Debo saberlo, entenderlo. No quiero parecer coqueto. Odio la artificialidad. Cortejo sería quizá la palabra indicada. La usamos para otras especies, los pájaros se cortejan. Voy al "tumbaburros". Mucho mejor. CORTEJAR. *"Asistir, acompañar a uno, contribuyendo a lo que sea de su agrado"* (de la decimonovena). Asistir es un acto de auxilio, acompañar es brindar compañía. Así que a Mercedes la puedo CORTEJAR, jamás le coquetearé. La segunda acepción cojea, *"Galantear, requebrar, obsequiar a una mujer"*. Ojo, no dice nada de la misma acción hacia los varones. O sea que sólo nosotros galanteamos. El problema en ésta es el requebrar, equivale a lisonjear, las lisonjas, lisonjear es adular, aún peor, "dar motivo de envenenamiento". Jamás. GALANTERÍA, GENTILEZA, CORTEJAR, hasta allí. Ni coqueteo, ni lisonja, ni adulación. Las fronteras son claras. Tenerlas presentes todo el tiempo es el reto. Es muy seria, recuérdalo. Un error y todo se acabó. Esto del *Abecedario* no es juego.

15

Siempre le había parecido un gran personaje. Lo imaginaba allá trepado en su torre, solo, con un enorme escritorio
repleto de libros en pastas de cuero blanco. Aristócrata francés,
Michel Eyquem de Montaigne, Miguel de la Montaña, había
dividido su vida entre el servicio público y la meditación, que
plasmó en un nuevo estilo: el ensayo. Ni bosquejo ni esbozo, el
ensayo era un intento por dejar que las ideas fluyeran sin los
cartabones de la academia, ese fue el inicio. Mucho después
vendrían autores tan brillantes como John Locke, quien también
recurriría a la fórmula del ensayo para temas teóricos como la
tolerancia o el conocimiento humano. Pero lo fascinante de
Montaigne es que los ensayos eran sobre aspectos concretos de
la vida, se convirtió por ello en un verdadero humanista que
logró cristalizar muchos de los grandes dilemas del pensamiento y de la existencia. Urquiaga tenía su edición de los *Ensayos
completos*, no era nada extraordinaria, la más común, en dos
columnas y subrayada profusamente. Pero la verdad hacía años
que no visitaba a Montaigne. Urquiaga le tenía envidia, en
particular porque al joven aristócrata lo despertaban con música, Samuel imaginaba un conjunto muy pequeño, una dotación
suficiente: violín, viola, cello, arpa, música renacentista en vivo
para abrir el día, no está nada mal, de hecho cuando programa-
ba su radio, uno de sus lujos, se acordaba de Montaigne y se
decía, mi aparato tiene mejor calidad y además puedo escuchar
las *Danzas antiguas* de Respighi, que son frescas e inyectan energía al ánimo, ¿verdad Lauro? Pero se dice que a Montaigne, al
terminar la música y con ánimo de incorporarlo a la vida plena,
le decían, señor tiene usted muchas e importantes cosas que hacer.
Durante la larga noche de su depresión Samuel se lo decía a sí

mismo, hasta que pensó que era una burla inmerecida. Él no tenía a nadie que le dijera, señor… Montaigne nunca conoció a Respighi, jaja. De ascendencia judía en la que varios de sus antecesores fueron quemados por la Inquisición, Montaigne recibió de su padre una educación muy estricta. De niño se le envió a convivir con los campesinos de las propiedades y se le impuso un tutor alemán que no hablaba el francés para que se comunicaran en latín, esa parte no le parecía tan simpática a Samuel, que había tenido una niñez cálida y sin demasiadas presiones. Pero la gracia del libro de la doctora Bakewell era que dejaba atrás al mítico y solitario humanista para revivir sus tesis. "El siglo XXI está lleno de gente que está llena de sí misma" era el primer renglón. Samuel pensaba exactamente lo contrario, la gente está vacía. Pero Bakewell tenía otra visión, blogs, tweets, tubes, spaces, faces, webs y pods, etcétera, desnudan a enormes tribus de personas fascinadas consigo mismas y que gritan en busca de atención. Urquiaga no era afecto a las redes, de hecho le parecían de una superficialidad atroz. Aquí estoy comiendo un rico *steak*, hoy es día de mi cumpleaños, felicítenme. Les envío una imagen de cómo me estoy divirtiendo, que haya testimonio de lo bien que la estoy pasando. Para Samuel era un profundo acto de vanidad tecnificada que no podía entender. Pero la señora Bakewell, a pesar del tradicional traje sastre con el que Samuel la recordaba en la embajada, era una mujer mucho más abierta a estos nuevos fenómenos. Para ella esta nueva generación no carga con inhibiciones, son extrovertidos y, en su afán por comunicar lo que acontece en su vida, indagan en sus sentimientos. Se crea entonces un festival del "yo" compartido. El siglo XXI se puede convertir en el siglo en que podamos romper estereotipos nacionalistas, culturales, religiosos y por fin llegar a los individuos concretos. Bakewell ponía ejemplos, por qué una rusa culta trabaja como afanadora en Oxford, por qué la necesidad de perfección puede estar detrás de un peluquero. La experiencia humana en retratos personalísimos, un verdadero desfile de humanidad. Urquiaga nunca lo había visto así, pero claro, en esa búsqueda de sí mismos, detrás está un autor inevitable: Michel de Montaigne. Abogado y magistrado, viticultor, alcalde de Burdeos y sobreviviente de una feroz guerra religiosa que dividió a su país, Montaigne construyó un mundo propio a través de una introspección sistemática y profunda. No intentaba dar recetas a nadie, tampoco buscó elaborar una teoría omnicomprensiva, no había la elaboración de un deber sino la descripción de una existencia. Montaigne era menos pretencioso, contaba con llaneza su experiencia en la feria de la vida. De ahí quizá la sencillez de los capítulos o apartados de su obra, eso lo recordaba Urquiaga perfectamente, de la amistad, de la constancia, de la ociosidad, del miedo, del hablar pronto o tarde y así un sinfín de reflexiones. Samuel tenía en la mente haber leído un ensayo en particular, fue después de la partida de Marisol: Filosofar es aprender a morir. Eran retratos honestos, reflexiones nacidas de la razón y también de la condición de su alma, de nuevo el alma. Los dilemas morales le interesaban bastante menos, esa era la tesis de Bakewell, la ruta era buscar una vida buena. Al excavar en su propia vida Montaigne había iluminado la de otros, entre ellos a un fanático de su obra: Blaise Pascal. A las dos de la madrugada Urquiaga suspendió la lectura de Bakewell, fue al librero por sus *Ensayos completos*, quería navegar en esa fiesta de la vida. Comenzó su retorno a Montaigne: De la soledad "No basta alejarse de las gentes… hay que quitarse las condiciones vulgares que tenemos en nosotros, secuestrándonos, por decirlo así, a nosotros mismos para encontrarnos de nuevo". Cuáles eran las condiciones vulgares de Urquiaga, se preguntó el propio Samuel. "Por eso debemos recogernos en nuestra alma; que tal es la verdadera soledad…" y así empezó un nuevo viaje.

ÑADA. Ñada inspirador.

Samueeel, escuchó a lo lejos, mientras caminaba hacia su auto en el estacionamiento de la Facultad. Hacía calor y Urquiaga se había quitado su chamarra beige al salir de clase, por supuesto su camisa estaba húmeda por el sudor. Era plena primavera. Las jacarandas se encontraban en su esplendor, la hoja de los fresnos había dejado el verde tierno y las ramas de los eucaliptos se movían de un lado al otro. Corina venía trotando hacia él, el busto se le movía y Samuel inevitablemente miró el bamboleo durante un instante, ella se detuvo de inmediato y caminó apresurada. Llevaba unos zapatos bajos con los dedos al aire y una falda que se abría en un costado. Mientras se acercaba le lanzó, te fui a buscar al salón y me dijeron que acababas de salir, sí respondió él, es que hace mucho calor y pensó en su camisa húmeda, por fin llegó a él, estaba sofocada, se paró de puntas y le dio un beso en la mejilla tomándole la cabeza por detrás, Samuel se asombró del gesto, la pasamos muy bien la otra noche, dijo como introducción, Samuel estaba fuera de equilibrio, el cabello rizado, el olor lo alteraban. Sí, respondió sin más, temas complejos, dijo Urquiaga, seguro sintió mi camisa mojada pensó, sin quitarle la mirada, las mujeres somos complejas dijo ella y continuó, necesito que me ayudes. Para qué soy bueno respondió Urquiaga, soy sinodal en una tesis sobre Elias Canetti y la verdad es un autor que no conozco bien. Sé que es una de tus pasiones, sí dijo Samuel y miró rápidamente cómo los ligamentos de su cuello desembocaban en una hermosa hendidura triangular en el principio del pecho. Cómo se llama, se preguntó Samuel, no lo sé, pero de seguro los médicos dirían allí donde está la tiroides, ¡qué poco romántico! Ella atrapó la mirada, Samuel encontró una escapatoria, ella llevaba una fina cadena de plata de la cual colgaba una pequeña llave del mismo metal, qué linda dijo, nunca había visto una igual, están de moda dijo ella y levantó la cara como mirando al cielo e invitándolo a tomarla. Ella se sintió profundamente halagada, se la había regalado a sí misma hacía meses. Antonio ni siquiera la había notado. Él acercó la mano, la apoyó en su cuello y sintió de nuevo su piel, tomó la llavecita entre sus dedos y acercó su rostro para mirarla, olió un perfume fresco, como con cítricos, lo gozó e inhaló fuerte, preciosa le dijo y con suavidad la puso en su sitio sobre el cuello. Tuvo pretexto para mirar sin pena. La mano le tembló. Volvió la mirada a sus ojos miel que bajaban del cielo, qué hago. Tuve que aceptar ser sinodal pero no tengo tiempo de meterme en Canetti, de hecho ando a las carreras con un artículo sobre Derrida que debí entregar hace meses. Me gustaría llevarte el texto para que revisemos el índice y me des algunas pistas. Por supuesto, cuándo quieres que nos veamos, qué tarde tienes libre, preguntó ella, él pensó, todas. Te urge, preguntó, algo, fue la respuesta, cómo andas el jueves, preguntó él, bien, dijo ella. Dónde quieres que nos veamos, dijo él, yo voy a tu departamento, sólo faltaba que además tú te movieras, lanzó ella con firmeza. Perfecto dijo él, a las 5.30 p.m., ¿te parece? Allí llego. Qué envidia les tengo dijo Samuel y ella se desconcertó, mira qué ligeras pueden vestirse ustedes y miró oficialmente sus pies al aire, sus piernas y la blusa, en cambio nosotros, a sudar. Lo dijo para justificar la humedad de la camisa de la cual ella se había percatado ligeramente al tocarle el cuello. Ella sonrió y no le quitó la mirada de los ojos. Con la respiración en control se acercó de nuevo y le dio un beso de despedida, él inhaló de nuevo lo que pudo. Retomaron sus caminos, de pronto ella se volteó y le dijo, llamé a tu departamento pero me contestó una grabadora de la empresa telefónica, no tengo tu celular. Nunca escucho los recados, y nadie me llama pensó Samuel. Intercambiaron números, Samuel se tuvo que poner los anteojos, sin los cuales ya no podía leer nada. El jueves, el jueves, afirmaron los dos como despedida. El narrador sabe que por la mente de ambos cruzó la palabra atracción. Era evidente que ella le atraía, pero Samuel no sabe que es recíproco, eso sólo el narrador lo puede delatar. La nobleza de su mirada, que había convencido a Marisol, seguía allí, incrementada por un dejo de tristeza. La gentileza de sus modos anunciaba el alma buena de Samuel. Si a ello le sumamos los sensibles halagos que lanzaba y su inteligencia, el personaje era oro, oro golpeado por la vida pero oro al fin. Además, Samuel había ido enterrando su timidez, nadie que hubiera visto la escena o escuchado sus palabras pensaría que Urquiaga fue alguna vez muy tímido. El *Abecedario* estaba dando resultados.

OLVIDO. Las tres acepciones me dolieron, sé que mis amigos de Madrid no lo hacen con intención. "Cesación de la memoria que se tenía". Te soy honesto, me está ocurriendo contigo, te recuerdo, pero cada vez tu presencia es más borrosa, son sensaciones, imágenes, olores que al principio se imponían, no pedían permiso y entraban en mi vida. Hoy ya no. Todavía me ocurrió hace poco cuando toqué la piel de Corina, fue una avalancha de sensaciones. Pero tu imagen es cada vez más distante. Te lo puedo decir en el *Abecedario*, lo que no puedo olvidar es que el amor existe y que tú lo sigues representando. La segunda acepción me dolió aún más, porque la cesación de la memoria es entendible, el cerebro acumula nuevas sensaciones, imágenes, el archivo tiene que estar actualizado para poder sobrevivir, pero "Cesación del afecto que se tenía". ¿De verdad voy cediendo en mi amor hacia ti? Eso no lo quiero. El OLVIDO sana, me ha dicho Lauro con esa sabia frialdad que lo caracteriza, pero ¡y si uno no desea cesar, ceder el espacio que el afecto, el cariño, el amor ocupaban en tu vida? Yo no quiero cesar ni en los recuerdos, ni en el afecto, quizá por eso no sano. Por cierto, tienes un gran aliado en Herr Piano que con su imposición me ayuda a recordarte, a saberte en mi vida, a rechazar el OLVIDO. "Descuido de una cosa que se debiera tener presente". Esa es la tercera, Marisol, no te he descuidado, no quiero descuidarte pero quizá la vida misma, el torbellino de seguir vivo, provoca que descuidemos a los muertos. ¿Hace cuánto que no voy al panteón? Te quiero. Me voy para ahuyentar a esas LÁGRIMAS que me avasallan. Hoy no.

17

Samuel estaba nervioso y alegre en lo más profundo de su ser. Ese jueves después de clase y antes de comer, había sacado del desordenado librero los libros de Canetti, *Masa y poder*, los cuatro volúmenes de la autobiografía y había dedicado unos minutos a recordar la obra. Pensó que la simple idea de estar con Corina, de poderla mirar y gozar le llenaba el día, lo animaba, alimentaba su alma. Clara se percató de la importancia del encuentro. Por supuesto que Samuel recibía visitas de trabajo de vez en vez, pero en esta ocasión lo miraba nervioso y con energía desbordante, la intensión tardía de orden era totalmente atípica, por eso les preparó una canasta con galletas que compró esa mañana y una pequeña charola con dos tazas para té o café. La tetera hizo su trabajo y el agua caliente pasó a su termo. Urquiaga quería dejar claro que era una reunión de trabajo. Para él eso era y con eso bastaba para romper la rutina y espantar por un rato a la soledad. Miró a Herr Piano y le dijo en voz baja, estoy contento y no puedo ocultarlo, ya sé que parezco quinceañero, así que por favor no se burle. Se hablaban de usted, pero ya se tenían una enorme confianza, habían convivido a diario durante casi dos décadas. Se programó para ser profundamente respetuoso y no dejar asomar sus impulsos o debilidades, así lo miró él. Desde el propio martes intentó poner un poco de orden en el departamento, continuaba en él, para eso también sirven las visitas, la primera cena le había costado horas y horas de reacomodo de papeles, libros y ajustar cuentas con el pequeño desastre de su escritorio en el estudio. Desde ese día, y amenazado por las próximas cenas, el profesor Urquiaga sacaba regularmente el periódico viejo, notas, correspondencia, chatarra, etc. Cuando sonó el timbre revisaba una canasta junto al *bergère* repleta de revistas viejas, al escuchar el sonido pensó que el portero estaba advertido de la visita y que ella estaría allí detrás de la puerta. Se frotó las manos como para tomar fuerzas. Se miró rápidamente en el espejo de la entrada, te ves bien se dijo y Herr Piano estuvo de acuerdo. Abrió la puerta y allí estaba ella con el pelo rizado, sus ojos se veían más grandes, hola le dijo y cuando acercó el rostro para darle un beso se percató que iba maquillada, los labios le brillaban un poco y las cejas y pestañas eran oscuras, lo cual resaltaba el color miel de sus ojos, hacía calor y ella de nuevo llevaba un body verde claro y una falda corta, bastante corta. De los dedos de la mano derecha sobre el hombro colgaba un saco blanco muy ligero. En la izquierda iban la tesis y un libro. Hola, respondió ella con ligereza, aquí está el libro del que te hablé, se besaron, Samuel inhaló tratando de que no se notara. Leyó el título en voz alta *Diccionario enciclopédico de las ciencias del lenguaje*, jamás lo había visto, Ducrot y Todorov, vaya apellidos. Después pasó a la contraportada y verdaderamente se interesó. Recorrió el índice, Sincronía y Diacronía, Arbitrariedad, Patología del Lenguaje. Mil gracias, le dijo, por disminuir mi ignorancia sobre la lingüística. Ella lo miraba sonriendo. Fueron al comedor, no tenía otro sitio donde revisar el material, ella le aceptó un té. Urquiaga fue a la cocina por el termo y la charola, mientras ella escogía la infusión, el profesor Urquiaga, con toda seriedad, se sentó en la cabecera para esquinar las posiciones, se colocó los anteojos sobre la nariz y empezó por leer en voz alta el título, "Elias Canetti: una revisión hermenéutica de *Masa y poder*". Fue al índice y empezó a explicar con suavidad sin quitar los ojos del texto que Canetti se había llevado veinte años en escribir, que había abierto un nuevo sendero en las ciencias sociales y en la filosofía, pues no era psicología social sino una dimensión novedosa de la actuación del ser humano y empezó a dejar que sus palabras cobraran una pasión instantánea, pues se trataba de un autor al que Urquiaga admiraba profundamente, imagínate, le dijo, a la par escribió *La provincia del hombre*, que es un libro de aforismos sin desperdicio, aquí está. Cuando se quitó con rapidez los anteojos para poderla mirar sin deformación se encontró un rostro sonriente, con atención, todo iba como lo había planeado, sin descontrol en las miradas, sin embargo los brazos sobre la mesa le llamaron la atención, estaban cubiertos de un vello güero muy fino. Urquiaga siguió imponiendo seriedad a la conversación. Por supuesto que *Masa y poder* resiste un análisis hermenéutico riguroso, el concepto de MASA y el de MUTA están definidos con solidez. Ella preguntaba, le pidió papel para apuntar, él separó su silla un poco de la mesa para girarla hacia ella, Corina hizo lo propio y cruzó las piernas con naturalidad, él las miró, no pudo contenerse, ella se percató de la mirada pero no dijo nada. Urquiaga explicaba y respondía a sus preguntas. Así estuvieron alrededor de hora y media revisando el texto, leyendo algunos párrafos, de pronto el tema pareció estarse agotando, en ese mismo instante Corina le dijo, ahora entiendo, con cierto asombro por la expresión, Urquiaga se desprendió de los anteojos y le preguntó, qué entiendes. Tus alumnos dicen que eres un profesor excepcional, que les inyectas energía, que eres un gran provocador de debates, y lanzó un largo halago al profesor Urquiaga que bien lo necesitaba. Exageran, dijo, vamos a la sala, lanzó para romper la incómoda situación, estas sillas son duras, era la verdad. Él pensó que allí se acabaría la sesión, pero no, ella se levantó, acomodó la silla y se adelantó llevando la charola a la cocina, no permitió que Samuel se la quitara. Él se rió, fueron a la sala, hacía calor y Urquiaga abrió el ventanal por donde había entrado Herr Piano casi dos décadas atrás, se acordó en ese momento porque sabía que Corina le atraía y el piano le recordaba a Marisol. Eran aguas turbulentas. La noche era espléndida, ella le preguntó, te importa si subo los pies al sillón, lo desconcertó un poco pero respondió no. Ella se quitó sus zapatos bajos y aparecieron sus pies desnudos con las uñas limpias. Urquiaga sintió que algo venía, se sentó en el otro sillón, de nuevo esquinado. El té y las galletas habían cumplido su misión, pero ella parecía no tener ninguna prisa por irse, la noche se anunciaba. Cayó la bomba: cómo puede un hombre tan inteligente y agradable y, si me permites, tan apuesto como tú, seguir solo. Urquiaga se desconcertó. El narrador sabe qué inteligente y agradable se sabía, apuesto no, quizá cuando era joven, cuando conoció a Marisol, cuando lo enseñó a jugar tenis y su piel se volvió medio cobriza, pero ahora, con algunos kilos de más y veinte años después, la verdad no se sentía atractivo, peor aun, de pronto se sentía viejo, sobre todo por la vista cansada. Urquiaga sonrió apenado, no sabía qué decir. Herr Piano puso cara de interrogación, fue el primero en percatarse de algo atípico en el encuentro. Samuel escuchó los primeros acordes de la *Quinta sinfonía* de Beethoven pero en versión para piano solo. Miró a Herr Piano preguntándole, ¿qué hago? No aquí, no en la cama donde estuvo Marisol. No dijo nada. Se vio obligado a decirle como salida o como forma de terminar con esas palabras, ¿te ofrezco algo más?, ella replicó, ¿tienes vino?, lo desconcertó de nuevo, por supuesto, dijo con total naturalidad. El histrionismo lo llevaba en la genética. Urquiaga estaba preparado para su próxima cena, tenía vino, Corina no estaba invitada. Eran casi las ocho de la noche, Urquiaga muy serio y un poco fuera de control, sin mostrarlo fue a la cocina por hielos para un whisky y por el vino para ella, en la cocina se percató que estaba muy nervioso. Regresó con la copa y el vaso, Corina quería platicar, era evidente. ¿Eres creyente?, le preguntó, no, para nada respondió él, tú lo sabes. Corina lo miró intrigada, una alumna tuya me comentó hace poco que el tema religioso ha estado muy presente en tu curso. Por un momento Urquiaga se vio atrapado, era cierto, y lo de Pascal fue casi obsesivo. No soy creyente pero entiendo que la discusión es compleja y apasionante. Ella tomó la copa de vino y se reacomodó en el sillón, los ojos de Samuel no pudieron evitar mirar las piernas insinuantes de su colega. Ella lo pescó. Era otra Corina, no la mujer dulce que él tenía en la mente. De hecho parecía como si le estuviera coqueteando, no parecía, Herr Piano estaba en lo correcto. Ella atrapó sus ojos y aprovechó el instante, le sostuvo fijamente la mirada. Se hizo un silencio, Urquiaga estaba profundamente apenado. Perdóname le dijo, no pude evitarlo. Samuel, le dijo Corina con toda seriedad cambiando el rostro, tus miradas, tus halagos, tus respiraciones profundas me hacen feliz, y sonrió. Todo pareció idílico unos instantes.

Pero de pronto se le llenaron los ojos de lágrimas, la relación con Antonio está destrozada, dijo, sé que ha tenido amoríos por aquí y por allá, el llanto le ganó, yo finjo demencia, lo hago por los niños. Lo desconozco. A Samuel se le vino a la mente la expresión en alemán en la cual estaba a punto de incurrir: "*Wenn der Schwanz steht dann ist der Kopf im Arsch*". "Cuando lo de enfrente se levanta, el cerebro se va a la cola". Las lágrimas eran continuas y Corina necesitaba limpiarse la nariz. Urquiaga siempre lleva un pañuelo en el bolso trasero derecho de su pantalón. Lo sacó y se aproximó a ella. Se sentó en el mismo sillón, lo siento, dijo él, no sabía nada. Ella sollozaba pero no podía detenerse, se hizo un largo silencio y él se sintió obligado a abrazarla, era su amiga, le atraía y mucho, pero la respetaba y quería. Corina se dejó abrazar y lloró y lloró. Oíste lo de la Coca-Cola, le preguntó entre sollozos, en ese momento Urquiaga recordó la gracejada de Antonio, Regular, Light, Zero, pronunció ella acentuando Zero, ese es nuestro caso, hace alrededor de dos años que no tenemos relaciones. Él levantó las cejas y dijo sin pensarlo demasiado: ¿dos años? La miró de cerca, el maquillaje se le había corrido, qué tonto, dijo, eres una mujer excepcional, inteligente, prudente, alegre y además, perdóname, muy atractiva. Qué más quiere. No lo sé, no lo entiendo, respondió ella tratando de volver al control. La mano derecha de Urquiaga le frotaba con cariño la espalda como para darle consuelo, pero el contacto con su cuerpo también le movía la hormona. La conciencia lo estaba traicionando, los impulsos afloraban. Ella dio otro sorbo a la copa de vino y recargó su cabeza en el hombro de Samuel. Él pensaba que la ATRACCIÓN debía desaparecer, pero la verdad era otra. Quería darle CARIÑO pero a su vez era la primera ocasión en diez larguísimos años que tenía cerca, entre sus brazos, a una mujer que de verdad le gustaba, a la cual había imaginado desnuda, sobre todo después de escribir IMAGINACIÓN, para mí tus palabras y tus miradas han sido inyecciones de vida, me recuerdan que estoy viva. Quedaron en silencio unos minutos mientras él frotaba sistemáticamente la espalda. Ella se calmó, de pronto se incorporó, tomó otro sorbo de vino, se calzó los zapatos y se dirigió con su bolso al baño.

Samuel se quedó en silencio tratando de acomodar las piezas.
Ella regresó aliñada, y le dijo muy seria, gracias por todo. No
tienes nada que agradecer le dijo él. Me voy, ya te quité mucho
tiempo. No lo hagas por mí, fue la reacción de Samuel, te puedo invitar a cenar si quieres platicar, hoy no, respondió ella.
Pero te lo acepto pronto. Samuel trató de salir de la dinámica
matrimonial, de la tragedia de Corina y, con un poco de sorna
le preguntó, por qué querías saber si era yo religioso. Corina
bajó la mirada, pasaron unos segundos y preguntó, ¿te pesa el
"no desearás a la mujer de tu prójimo"?, sí dijo él. Pero, ¿has
deseado a la mujer de tu prójimo?, preguntó ella sin dejarle
salida, lo miró fijamente. Él respondió con la mirada, no debo
mentir, dijo, sí es la respuesta. Pensó en la D, DESEO, y le preguntó con seriedad, ¿cómo puedes impedir el DESEO?, además,
le dijo, desear es parte de la vida misma. Te fijas, lanzó Corina,
que nada dice la Biblia de que la mujer desee al hombre de otra,
además en tu caso no hay otra. Vine aquí porque quería estar
contigo, más allá de Canetti, me voy agradecida con el amigo.
Me llevo algo mucho mejor, y entonces le dio un abrazo fuerte
y un beso en la mejilla muy prolongado. A Samuel se le cerró la
garganta y apretó el cuerpo deseado de esa mujer contra el de él
en un acto con predominio de CARIÑO. Caminaron a la salida.

PIES. Tú lo sabes, Marisol, tengo gran curiosidad por los
PIES, será obsesión. Muchos los ven como una parte del cuerpo
sometida a la humedad, al polvo, al lodo, a pisar lo que no se
quiere, por ello deben ser ocultados. Pero si la vejez se anuncia
por los PIES, la vida también se expresa por allí, basta con ver a
los bailarines. Así que el descuido o maltrato de los PIES me
parece muy injusto, es negar un termómetro de la energía vital
que llevamos dentro. Además observa su nobleza, entre más los
uses, salvo exageraciones como las bailarinas, más leales son.
Unos PIES débiles hablan de alguien que no camina, no baila,
no pasea, no brinca. Por eso mismo hay que cuidarlos mucho,
consentirlos. Recuerdo a una mujer amiga tuya, allá en el pueblo, que siempre andaba de sandalias mostrando unos PIES su-

cios, de uñas encimadas, mal cortadas. ¿Dónde traía la cabeza? Los PIES son parte de la intimidad, una parte que ustedes exhiben, los varones mucho menos pero la regla es la misma. Por supuesto que hay unos más bellos que otros pero eso no me altera, los PIES son una vitrina de la pulcritud, y la pulcritud es un retrato del amor de una persona a sí misma. Por eso observaba cómo cuando te duchabas pasabas un cepillo por las uñas, con esmero, te enjabonabas y lavabas el cabello, después venían las cremas. Tus manos sobre tu propio cuerpo fueron el lenguaje y el ritmo que tú escogiste para cuidar a Marisol. Extraño tus PIES.

Cerró la puerta después de acompañarla hasta su coche. Estaba de nuevo solo, con un testigo mudo, Herr Piano, que a pesar de su negrura y su silencio ya era su amigo, ahora le recordaba los días luminosos en que Marisol deslizaba sus dedos por el teclado. Lo que Samuel no pensó es que en cada ocasión que la música de piano retumbaba en el departamento, las cuerdas de Herr Piano vibraban gozosas. Era cierto, esas vibraciones quedaban en alguna parte, también en el piano. La energía llegaba a las maderas y le avisaba al teclado que estaban vivas. Necesitaba cavilar, se sentó con su whisky a digerir lo que había vivido aquella tarde. Quería estar contigo, más allá de Canetti, cómo leerlo, no seas ingenuo, Samuel, quería hacer el amor contigo, de allí la COQUETERÍA del maquillaje, de la falda, la blusa y los pies en el sillón. Pero está casada y hacerlo es, además de todo, un delito. Pero sé realista, Antonio ha sido un amigo viejo pero lejano, qué tonto de descuidar a Corina, mujeres así no se dan en maceta. La consolaste y eso fue correcto, pero y si le hubieras hecho el amor quizá habría encontrado aun más CONSUELO. No lo sé, me lo pregunto, se dijo a sí mismo. Y empezó a caminar por el departamento hablando en voz alta, cualquiera, no sólo el mesero del restaurante, hubiera pensado que estaba borracho o loco. Pero no, simplemente era el hábito de un profesor peripatético acostumbrado a razonar en voz alta. Fue al refrigerador, no había nada atractivo para cenar, tenía flojera de trasladarse a cualquier sitio, estaba demasiado encarrilado en su diálogo-monólogo, pidió *sushi* por teléfono. Se sirvió otro whisky, pero te atrae y te gusta, se preguntó, que son asuntos diferentes, la respetas, te la imaginas como pareja. Dijiste qué tonto Antonio, cómo la descuida, ¿pero te imaginas sustituyendo a Antonio? Es una mujer quince años más joven que tú con dos hijos pequeños, de qué hablas. Pero sintió tus miradas y tus inhalaciones profundas, qué bárbaro, qué pena. Pero dijo que eran inyecciones de vida, no está mal, son las inyecciones más placenteras que he aplicado y se rió mientras ponía a Ponce para poder incorporar a Herr Piano a la plática. Y qué dices de las inyecciones que ella te aplicó, inteligente, agradable y además guapo, no dijo guapo, dijo, ¿cuál fue la palabra?, se le había ido, tardó en regresar, apuesto y movió la cabeza de un lado al otro con una sonrisita pedante, apuesto, se dijo a sí mismo, *n'est pas mal* para tus cincuenta y cinco. Entonces sí me estaba provocando, por supuesto no te equivoques, el primer beso en la Facultad cuando le tocaste el hombro ella estaba parada en tu pasillo, por el cual todo mundo sabe que habrás de transitar. Pero su salón está justo del otro lado, yo lo he visto, seguramente andaba allí por algún motivo. El motivo podrías ser tú, ingenuo. Y la vestimenta en la cena, es que así es, pero entonces, si su relación está quebrada cómo es posible que sonría tanto, que se vea tan fresca. Lo dijo, mantienen la formalidad por los hijos, o sea que sabe fingir y muy bien, tú no sospechaste nada ni siquiera con lo de la Coca-Cola. Y la carrera en el estacionamiento y las llamadas que tú nunca registraste, o sea que todavía le puedo gustar a una mujer y mucho más joven. Eres serio y la verdad hasta puedes ser divertido, sobre todo cuando hablo con usted Herr Piano, ¿o no?, preguntó en voz alta. Sonó el teléfono interno en la cocina, el *sushi* había llegado. Sí, déjelo subir. Sacó dinero de la cartera, tenía prisa por regresar a sus disquisiciones. Le pagó y le dio propina generosa pensando que esos motociclistas se matan por llegar a tiempo, y decidió que esa noche Ponce no venía al caso, eran demasiadas las emociones fuertes, mejor Keith Jarrett, el concierto de Colonia que lo acompañaba desde hacía mucho tiempo, sobre todo el primer movimiento. Puso un individual y cubiertos en la mesa, sacó los palitos y salsas de sus empaques y la comida la colocó en un platón, era tiempo de la ceremonia, de su ceremonia. La botella de vino estaba casi llena, ni modo, había que beberlo para que no se echara a perder. Pero el cariño fue real, la frescura de la piel también y sus reacciones innegables. Le había confesado desearla y sin ser creyente respetaba el principio de no interferir en las relaciones. Su moral era risible. Pero ella también le había confesado atracción, eso era más extraño, que un varón se sienta atraído por una mujer más joven es muy común, pero es frecuente también el caso inverso. Un momento, y Mercedes Arrigunaga, ¿dónde queda en todo este asunto? Herr Piano estaba encantado, un poco distraído de la disquisición de su amigo, sobre todo por el primer movimiento de Jarrett, que es enloquecedor y sin partitura enfrente, es increíble, eso es improvisar. Ella también te atrajo y te interesó, eso es distinto. De pronto se quedó en silencio, estaba vivo y repleto de emociones nuevas.

PLACER. Quizá sea de las palabras más manoseadas, más distorsionadas, vulgarizadas. Hay una cadena de hoteles donde todos los empleados tienen la obligación de contestar a cualquier petición o solicitud del cliente, con gran PLACER. Si uno pide una botella de agua mineral es atendido con gran PLACER, si hace falta papel sanitario, éste será llevado con gran PLACER. La pobre palabra se ha convertido en algo corriente. Una mujer que brinda PLACER es una prostituta o algo similar. De que el sexo brinda PLACER, creo, que no hay duda. "Agradar o dar gusto". Pero de nuevo los de Felipe IV, 4, 28014, Madrid, se quedan cortos. Su acepción no es incorrecta pero siempre remite a una persona: alguien es capaz de dar gusto a otro y eso provoca PLACER en quien lo recibe. Pero en defensa de la otra parte —sin llegar al papel sanitario— el PLACER no está reñido con el deber, de hecho podríamos decir que esa es la mayor ambición. A mí me place dar clase. Sin embargo hay una versión placentera del PLACER. El estereotipo remite al gozo sensual, el sexo comprado es leído como PLACER, uno compra unas vacaciones familiares —que por cierto nosotros nunca tuvimos, familiares no, fueron muy placenteras— vacaciones que traen GOZO o gozos. Pero PLACER es la imagen de una pareja en un jacuzzi con un trago exótico, de preferencia azul, morado o violeta, de esos que generan sospechas. El PLACER entra por los sentidos y eso últimamente es estar en el peldaño de lo superficial. Tú, Marisol, me trajiste muchos placeres, pero el amor está por arriba, esos eran consecuencia de y no la esencia de, una buena comida, un masaje en el cuello cuando llegaba cansado o nuestras aventuras dominicales y fotográficas, sin duda me trajeron PLACER, y mucho, pero siento que envilezco nuestra relación si digo que nuestra relación me trajo PLACER. Muchos tienen PLACER o placeres todos los días, no todos acceden a esa otra dimensión, la del amor. Pero claro que en el amor cabe el PLACER, te diría que es inexplicable sin él. No seamos ingenuos. Cómo describir el PLACER, un buen chef da placeres y seguro su trabajo le place, el PLACER de los otros le place, por allí no hay gran diferencia. Pero el amante da PLACER porque le place, lo goza, goza que el amante goce y además es un proyecto de placeres y gozos mutuos de largo plazo, no pide la cuenta y se retira del lugar, el amante quiere que su amado viva gozoso, indaga en sus placeres, los explora y los explota con el fin de establecer un CC, no de que el negocio fructifique. Pareciera una sutileza, pero no es lo mismo preparar la tina para la amante cansada que pagar en un SPA. Fue un PLACER hacerte GOZAR, estar gozosos como proyecto de vida. Flaubert nos hubiera felicitado.

19

Compraba la tarta de pera para la próxima cena. Miró la pantalla del teléfono, habían pasado casi dos semanas, era Corina. Se puso en alerta y los nervios se le fueron a la cabeza, pensó en no contestar, pero era absurdo. Tomó la llamada, hola le dijo con tono despreocupado, perdón por lo del otro día, fue su primera expresión, perdón de qué, replicó él. No debí de haberlo hecho, Samuel se quedó en silencio, y menos decírtelo. No entiendo dijo fingiendo, qué hiciste, Corina se quedó callada. Fingir no llevaba a nada, dijo él. Sí, pero además no ocurrió nada dijo él, no ocurrió porque tú eres un caballero o quizá en el fondo no te atraigo, iba dispuesta y te lo dije, le aventó sin muchas consideraciones. Samuel se dio cuenta de la delgada senda por la cual caminaba, Corina podía sentirse rechazada, justo en ese momento de crisis. Por favor, tú sabes lo mucho que me atraes, eres una mujer hermosa y fresca, pero pensé que no era la ocasión, en ese momento se percató de lo que acababa de decirle: sí lo haría contigo pero no ese día. De nuevo silencio, estoy sola, muy sola, necesito tu compañía. A Samuel le temblaban las manos, estar con Corina era algo que había atravesado por su mente muchas veces, la deseaba y ahora recordaba, la fuerza del DESEO en la vida: desear es vivir y Samuel venía de la oscuridad a pesar de las pastillas de Lauro, y buscaba la luz. No quiero herir a nadie, le dijo. Antonio y yo estamos prácticamente separados, en la antesala del divorcio, no hay retorno, además él ya tiene a otra mujer, en su celular hay decenas de llamadas, se llama Catherine, dijo la palabra con odio. Me debes una cena, iba rápido y no dejaba escapatoria, cuando quieras le dijo él. Antonio estará fuera toda esta semana. Él pensó en su cena del jueves, imposible cancelar. ¿Estás libre el viernes?, sí dijo ella qué te parece Le Bistró, no lo conozco, te mando las coordenadas por mensaje, ¿ocho de la noche?, dijo en tono de pregunta, no aceptan reservaciones. Perfecto, te mando un beso, le dijo ella. Nos vemos el viernes, hasta el viernes dijo él. Desde ese momento su mente cayó en un torbellino.

PASIÓN. Nada más alejado de mi lectura que la primera acepción de mis muy amables amigos de Madrid: "Acción de padecer y por antonomasia la de Nuestro Señor Jesucristo" (de la decimonovena). Las mayúsculas son suyas, el *Nuestro* incluido. En todo caso la PASIÓN de Jesús, punto. Pero siguen las discrepancias, "lo contrario de la acción" o "estado pasivo del sujeto". El asunto mejora un poco con "Cualquier perturbación o afecto desordenado del ánimo". Pero merodea algo de condena, perturbación, desorden. Es cierto que la PASIÓN puede perturbar, desordenar tu vida, pero ¡viva ese desorden! "Inclinación o preferencia muy vivas de una persona a otra". El amor es una inclinación, una preferencia, sin duda, pero es una forma pobre de decirlo. La mejor, antes de regresar a las implicaciones religiosas, es "Apetito o afición vehemente a una cosa". Apetito, sí; vehemencia, sí. Pero cosa, por lo visto para ellos la PASIÓN remite a las cosas y no al amor. En cambio, pasional: "Perteneciente o relativo a la PASIÓN, especialmente amorosa". Crimen pasional es la expresión que usamos cuando nos referimos a un desquiciado por el amor, la mató porque sospechaba de ella. Otro, treinta y cuatro puñaladas, al sorprenderlo con su amiga. Apasionada sin duda. Con todo respeto pero no se entiende, de Jesucristo al amor sin definición. Esta noche me despido de Madrid, gracias señores, nos vemos pronto pero hoy la realidad, el uso ya los dejó atrás. La PASIÓN puede ser enfermiza como los celos, pregúntese a Otelo, a Desdémona y ya que andamos en esas, al "pañuelo de la muerte". Digamos que Shakespeare no era flexible: "Dadme un hombre que no sea esclavo de sus pasiones y lo colocaré en el centro de mi corazón". O sea que queremos hombres sin pasiones. Yo no. Montaigne también me falló, "El tiempo... excelente médico de nuestras pasiones".

¿Son las pasiones enfermedades? "Los errores de los hombres tienen la misma fecha que sus pasiones", anónimo. La condena no acaba. ¡Qué mala fama tienen las pasiones! Pero yo, la que he vivido, mejor dicho la que extraño es la otra, aquella PASIÓN que hace amanecer y levantarte cargado de motivos para vivir, te inyecta energía, una poderosa vitamina que aleja el cansancio, al aburrimiento profundo, al desdén por la vida, te saca de la oscuridad de la cual vengo. Si algo hay contrario a la depresión es la PASIÓN. De nuevo, ¡viva la PASIÓN! Primero pensé que algo encontraría en los poetas, en los románticos en particular, pero no fue así. Me desilusioné de Unamuno, "La PASIÓN es como el dolor, y como el dolor crea su objeto". ¿¿?? Diderot me salvó la tarde de búsqueda: "Se habla sin cesar contra las pasiones; se las considera como fuente de todo mal humano y se olvida que también lo son de todo placer". Vamos, bastante más liberal el tío francés. El amor es una PASIÓN, cuando ésta desaparece la pareja languidece, se vuelve recuerdo y la relación trámite. Me declaro defensor de la PASIÓN, ando a la caza de pasiones que hagan mis días más cortos, mi vida más intensa, mis noches menos abismales. En el vacío de mi existencia me quedan mis clases y la esperanza de construir una nueva PASIÓN con Mercedes. ¿Se puede construir una PASIÓN? De nuevo la conciencia, mis nuevas pasiones también serán fruto de la voluntad. No son menos honestas, les ocurre lo mismo que a la juventud en palabras del irónico de Carlos, "Juventud, divino tesoro, lástima que estés en manos de los jóvenes". Hoy valoro más la pasión que cuando hacía erupción con energía incontenible. He decidido construir pasiones, pasiones que me dan risas y lágrimas, que me recuerdan que estoy vivo.

20

La noche de la llamada de Corina, el martes, con un whisky en la mano y un potencial y aburrido sándwich en la cocina, Urquiaga entró en crisis. Ver acercarse el fin del semestre siempre le generaba angustia. No por las lecturas y controles, sino por el desprendimiento. Después de varios meses de una relación intelectual intensa y por momentos íntima, tendría que despedirse. A la gran mayoría de ellos no los volvería a ver, sus rostros desaparecerían de su vida. A eso se sumaba el complejo expediente de Corina, que tocaba fibras delicadas. Deseas a la mujer de otro, pero tú no eres creyente, pero sí tienes una moral rígida, muy rígida. Corina formalmente está todavía unida con Antonio, pero por lo que ella misma te dice, hace tiempo que no hay nada entre ellos. Quiere estar contigo más allá de Canetti, te lo dijo, te lo ratificó. Y uno que piensa que los varones son los donjuanes, es otro mundo Samuel, son mujeres libres, no es una niña, no es infanticidio, no es tu alumna, es una mujer madura que necesita compañía, eso te dijo, compañía, y la compañía puede también suponer hacer el amor. Pero es un ave herida y la idea lo incomodó, está pasando por un mal momento, es aprovecharse de su situación, o es justo al revés, porque está pasando por un mal momento necesita amor, amor, oíste, y el amor también se expresa así, o ya se te olvidó. Herr Piano no se inclinó por ninguna de las posiciones, por lo visto estaba dubitativo. Él era el único testigo. No hay relación laboral con ella, comparten la misma fuente de trabajo y ya. Por qué armas tal lío si es lo más común del mundo. Ella debe pensar que has tenido otras mujeres, no me refiero a Isabel, mujeres como ella, casadas o no, para ella sería normal, por lo visto ese asunto la tiene sin cuidado. Tú crees que imagina los diez años

de soledad total que llevas, que no has besado, no has acariciado, no has olido abiertamente, a una sola mujer que de verdad
deseas. Eso sólo tú y el bicho negro y mudo lo saben. La palabra
bicho dolió a Herr Piano, pero fue tolerante con su amigo,
estaba viviendo momentos de gran confusión. Para eso son los
amigos. Qué te da miedo, que de allí se desprenda una relación,
podría ser, pero tampoco eches tu imaginación a volar, es estar
con alguien que deseas, no alguien a quien le pagas por procu-
rarte placer. Y miró al piano, pero no estaba de humor para
llamarle Herr Piano. Él quería música. Samuel Urquiaga estaba
muy preocupado, nunca lo había hecho, estar con alguien casada. El piano le trajo la imagen de Marisol pero en algún sentido ya no era tan nítida, sus olores habían desaparecido de la
memoria, su sonrisa sólo estaba en la fotografía de la sala y en
algunos de los desnudos del álbum. Pensó que era un error
mantener ese monumento negro en cualquier parte, mucho
peor justo allí a la mitad de la sala. Pero qué debía hacer, acaso
venderlo para desprenderse de Marisol, como si fuera un coche
que hay que reponer. O quizá pensaba que buscar la compañía
de Corina era serle infiel a Marisol, lo de Antonio lo tenía bastante más digerido, pero su naufragio, llamado viudez, lo había
llevado a una trampa, serle fiel a Marisol siendo que Marisol estaba muerta. Siempre evadía la palabra, pero ese día la utilizó en
el interior de su mente. La garganta comenzó a secársele pero se
impuso, no quería llorar, ya no más gemidos ni lágrimas. Corina
provocaba su IMAGINACIÓN y el DESEO era muy poderoso. Lo
haría, eso decidió, pero lo haría como nunca antes lo había hecho,
trataría de descubrir o redescubrir el amor paso a paso.

PSIQUE. Está muy de moda, el señor Freud se encargó
de darle impulso. Pero en realidad tiene una historia muy antigua, y dónde crees que termina, ¡en el alma! Resulta que Eros
—Dios del amor— tenía una esposa, PSIQUE. Eso es conocido,
no así que su nombre proviene del último suspiro, hálito con
que se apaga la vida. En ese instante la PSIQUE escapa del cuerpo, del cadáver. Te acuerdas que no me salían las cuentas de las

almas que deambulan por ahí. Ese último aliento tiene vida propia, es el alma o la energía, la fuerza vital que visita al cuerpo. Hay entonces almas fuertes y débiles, repletas de alegría como la tuya y lánguidas, como la mía desde que te fuiste. Cómo anda el ánimo amigo, no andaba yo mal, el curador de almas es psiquiatra. No erró de profesión.

21

El jueves después de clase pasó a comprar los quesos y aprovechó para conocer un hotel recién remozado en un viejo palacete afrancesado cerca del Le Bistró. Pidió ver la habitación y un bell boy lo acompañó. No quería imaginar a Corina en el sitio de Marisol, en su propia cama. Las habitaciones eran muy amplias y decoradas en estilo minimalista. Algo de impersonal se imponía. Pidió que tuviera vista al parque, por lo cual le cobraron algo extra y apartó la habitación para la noche del viernes. Dos personas dijo, y sacó su tarjeta de crédito. Ya conocía el escenario pero podía mejorarlo. Siguió atrapado por cierta angustia que no le daba un minuto de descanso. Al llegar a su departamento entró a revisar el baño de visitas y encontró que el jabón estaba seco, cuarteado, sucio. Fue a su baño y sacó uno nuevo de los que traía de los hoteles porque sólo usaba uno por la noche, para qué dos, uno en el lavabo y el mismo en la regadera. Tenía una pequeña canasta repleta de ellos. Vio uno muy fino, en una cajita verde de plástico, el olor era fascinante, lo sacó y pensó llevarlo para Corina. Por la noche recibió a sus invitados, tres parejas de nuevo, Marcela y Gregorio, el notario de abolengo y muy involucrado en asuntos filantrópicos y ella historiadora del derecho, sobre todo del siglo XIX. Ellos fueron los primeros en llegar, Samuel estaba serio y por más que trataba disimular se le notaba. Ana Laura y Rodolfo llegaron poco después, ella civilista dedicada a asuntos de familia y derechos de personas en la tercera edad y él un notable ensayista de origen catalán, un poco subversivo pero brillante. Cerca de las nueve de la noche y muy apenados aparecieron Cecilia y Ricardo, él sociólogo de la Universidad y ella curadora, justo en ese momento habló Márgara, Samuel atendía a sus invitados cuando Clara le pasó el teléfono, lo lamento Samuel pero no he acabado, no voy a estar tranquila, no te preocupes, te extrañaremos, pero entiendo. Todos llegaron con algún detalle que Samuel agradeció, la única sorpresa fue un espléndido ramo de rosas que Cecilia llevaba en la mano, ya sé que no se acostumbra regalar flores a un caballero, pero tú eres distinto, Samuel señaló el arreglo preparado por Clara, allí está la muestra. Las compramos en un alto, ojala y abran bien. Samuel ubicaba el lugar, a unas cuantas cuadras de su edificio, siempre había rosas muy frescas. Hacía años no compraba nada. Comenzó el ritual, pero Samuel ya no insistió demasiado con la sexualidad sino con la crisis de pareja, no podía sacarse a Corina de la cabeza. Había tres divorciados en la mesa, Ana Laura, Rodolfo y Ricardo. Sin condena moral alguna, Samuel dijo que antes era lo excepcional, ahora era lo más común, me casé muy joven dijo Ana Laura, a los veintidós años no sabes lo que quieres. Armando no era mala persona, simplemente era aburrido, en cambio desde que Rodolfo me dio clase descubrí que la vida podía ser mucho más divertida, Rodolfo, era evidentemente, bastante mayor que ella. Por lo que Samuel entendió él estaba casado cuando comenzó a salir con su alumna. Marcela y Gregorio permanecían en silencio mientras Ricardo hacía guasa en el sentido de que el incremento en la esperanza de vida conducía a las personas a estar unidas demasiado tiempo y eso era contranatural. Es una consecuencia lógica, de pronto Gregorio entró a la plática, con tono bastante severo, nosotros llevamos casi treinta años casados y yo no tengo nada que buscar fuera de casa. Mi mundo es Marcela, dijo y ella sonrió con enorme sentimiento. Entiendo lo que dicen pero también creo que hemos facilitado demasiado las cosas, por supuesto que hay momentos difíciles pero hay que superarlos, nada es fácil, ni siquiera construir una nueva relación, lo dijo sin pensar en Samuel, quien con señal de cavilación dijo, dímelo a mí, se hizo un silencio que el propio Samuel rompió, ustedes son muy afortunados porque, sea como sea, tienen a su compañero de vida, Samuel tenía la autoridad para decirlo. Gregorio retomó su línea, conozco muchas personas que rompen una relación y otra y otra y terminan totalmente solos. Por la mente de Samuel pasaron las intenciones de Corina, no las sabía, Marcela y yo tenemos casos cercanos, Marcela enumeró nombres que nada le decían a la mesa, era simplemente para ejemplificar. Ana Laura habló del grave problema de la soledad de los adultos mayores, y en esta mesa ya habemos varios candidatos a sacar nuestra credencial. Hubo risas. Dio datos estadísticos de países europeos en que el síndrome de la soledad de los mayores era aterrador. Por primera ocasión en la vida de Samuel cruzó la idea de no querer ese escenario, de necesitar reconstruir su vida como se lo había sugerido José, no el Dios cristiano sino su amigo, en aquella cena que terminaría con la Piel de Reyes. No hubo carcajadas, la noche fue apacible, Samuel observó a las mujeres de la mesa, a quienes por supuesto algo elogió, las miraba vivas e interesantes, pero sin duda conocedoras del valor del tiempo. La cadencia anunció el fin del encuentro. Vieron salir a Clara y ellas la felicitaron por la cena, Clara se sintió halagada y miró a Urquiaga, gran autor y cómplice de la repetición. Los quesos tuvieron poco éxito. Hubo despidos cordiales y los regalos, dos botellas de vino, quedaron en la mesa de la entrada. Las rosas lucían su esplendor potencial. Urquiaga se sentó en la sala, en silencio, sin guasas con el piano, miró las rosas que Clara había puesto en otro florero que le costó trabajo encontrar. Esas rosas ya tenían una destinataria.

TACTO. Hoy quiero hablar del TACTO. Tengo una prueba por enfrente. "Sentido corporal con el que perciben sensaciones de contacto, (¡ah qué mis amigos, TACTO se define por contacto!), presión y temperatura". Lo evidente. El ABRAZO, los BESOS, las CARICIAS, las COSQUILLAS, la LENGUA que lame, la PIEL que uno toca, mi *Abecedario* está invadido de actos táctiles, qué frío se escucha. Pero tocar una mejilla, acariciar es una acción que supone al TACTO, pero que va más allá. En el cómo está la complejidad. Besar estimula el TACTO, más aún si las lenguas se encuentran, lamer un vientre o un pecho o una tetilla, los llamados sitios erógenos, estimula el TACTO, por supuesto, pero quizá lo que me interesa es el uso análogo que damos a la palabra. Cuando decimos que alguien tiene TACTO, nos referimos a una sutileza en el manejo de tiempos y sensaciones, a una sensibilidad que va más allá de las yemas de los dedos. Un barbaján también besa, pero lo hace sin TACTO, tú lo viviste Marisol y fue tan horrenda la experiencia que rechazaste a los varones. Pienso en la mamá de Susana, la masajista, la busqué por una contracción y tuve que regresar con la buena de Marta, extrañé las manos jóvenes que me despertaron un mundo en un momento terrible de mi vida. Fue Marta quien me contó la historia. La madre de Susana fue violada por un compadre de su papá, un humilde pescador anciano que hace unos meses se enteró del hecho después de que el compadre —en una borrachera— lo gritara a los cuatro vientos frente a él. El abuelo de Susana fue por un machete, regresó, mató al violador de un tajo y desapareció. Esa es la última noticia que llegó a la ciudad. Susana tuvo que regresar a su pueblo a ayudarle a su madre con la fonda, perdió su oficio, su ingreso y volvió al sótano. Sentir puede ser algo muy desagradable. Depende del cómo, una CARICIA es una prueba de fuego a ese otro TACTO, al que está más allá de las yemas. Con Corina habré de ser muy cuidadoso en el TACTO, todo lo haré con suavidad, está herida. Por cierto, TIENTO abre un poco las puertas: "Ejercicio del sentido del tacto". Sentido, gran avance. Se los comunicaré a mis amigos de Madrid. Mañana, cuidaré cada detalle, los tiempos, lo haré con sindéresis, esa es la palabra "Discreción, capacidad natural para juzgar rectamente". Vista, oído, olfato, gusto, TACTO y para mí el sexto sentido, sindéresis.

22

Llegó al hotel con suficiente tiempo, *no man in...* En la puerta tomaron el coche. Se registró con toda parsimonia. Llevaba su maleta pequeña, la azul que utilizaba para sus conferencias, que él denominaba giras artísticas, así le decía a Clara, tengo que salir de gira artística. La mujer se desconcertó las primeras ocasiones hasta que comprendió que Urquiaga se burlaba de sí mismo. Llevaba una pijama, la mejor que encontró que ya mostraba los años de uso, su neceser con el equipo para lavarse los dientes y todo lo imprescindible para sobrevivir, por supuesto sus pastillas para dormir y las otras, las de Lauro. A punto de pasar a mejor vida. Dentro de la maleta había envuelto cuidadosamente dos copas alargadas y una botella de Champaña, no era de gran marca, pero era Champaña. Llevaba una muda para la mañana siguiente y una camisa fresca. Vestía un pantalón beige de casimir, de los mejores que tenía que no eran más de tres y una camisa azul de rayas que le había regalado Márgara, nadie sabe para quién trabaja. En el brazo derecho llevaba las rosas, su ausencia despertaría el lunes curiosidad en Clara. Pidió al bell boy una hielera y un florero, lo segundo desconcertó al empleado, veré si lo consigo. Tenía que ser una auténtica ceremonia, delicada, elegante, nada que ver con las escenas observadas por el Buda. Tocaron en la puerta y allí estaba el joven varón enfundado en su cursi uniforme negro con dos hieleras. Sólo encontré esto, Urquiaga sonrió y le dio una propina, gracias. Sacó las copas, las limpió con una toalla y pensó que no podía romper una, lo hizo con mucho cuidado. Después puso la botella en la hielera con cierta dificultad porque el hielo estaba hecho una piedra. La otra la llenó con agua y colocó las flores en una mesa redonda bastante pretenciosa en su diseño de aluminio. Tomó una rosa y roció los pétalos sobre la cama. Todo estaba listo, probablemente el hielo se derretiría, pero la bebida estaría fresca. Una sola vez con Marisol había entrado a un hotel de paso, lo hicieron por la AVENTURA y ante el DESEO que los gobernaba. Nunca había estado con otra mujer en esa situación, tenía el absurdo temor de que el hombre de la recepción dijera algo, pero el aspecto de Corina distaba mucho de cualquier sospecha. Bajó al pequeño bar del hotel y pidió un whisky. DESEO, IMAGINACIÓN, CARICIA, BESO, LENGUA, PIEL, todo se arrojaba en su cerebro.

TERNURA. "Cualidad de tierno". Vaya salida, no trabajan en exceso. Tierno, "que se deforma fácilmente por la presión y es fácil de romper o partir". Mejor "propenso al llanto". El llanto se lleva con el cariño no con el sexo. Eso me sucedió, sentí, TERNURA.

Caminó al restaurante muy pensativo. Algunas gotas cayeron sobre sus hombros, eran muy leves, las lluvias estaban lejos todavía. Llegó antes de la hora pactada y pudo escoger una mesa pequeña y arrinconada. Pidió un vino de mejor calidad que el de costumbre. Justo cuando se sentaba por su mente cruzó la idea de que alguien conocido podría encontrarlos, era viernes. Podía invocar a Canetti, pero entonces no podría tocarle con suavidad las manos como había planeado o acariciar su brazo, tendrían que esperar a salir del restaurante y eso quebraba el ritual tal y como lo había imaginado Samuel, los prolegómenos eran tan importantes o más que el final de la historia. La casualidad de las rosas fue la más importante. En esas estaba su cabeza frente a la copa de vino cuando de pronto la vio entrar, llevaba un vestido blanco muy ligero y sencillo abotonado al frente, con los hombros descubiertos, lo cual era motivo de regocijo visual para Samuel. Los zapatos eran bajos, qué bueno pensó Samuel porque el Le Bistrò no es para gente elegante. En la mano izquierda cargaba un rebozo turquesa muy llamativo. Él agitó su mano y ella encaminó sus pasos. Samuel se paró, la vio fijamente, encontró una mirada de desasosiego, deslizó su mano debajo del cabello y acercó su mejilla, le dijo al oído, estás bellísima, lo pensaba. Samuel volvió a inspeccionar el pequeño lugar, no había nadie conocido, acomodó la silla de Corina y pudo hacer pública su admiración, sabes que eres muy guapa, por favor Samuel me siento incómoda, perdóname le dijo él, pero te voy a incomodar, ¿quieres vino?, sí gracias. Tu cabello es fenomenal y tus ojos me capturan. Se arrojó, ella sonrió y se mordió la lengua, Samuel trató de observarla, LENGUA, pensó, pero fue sólo un instante. Después Corina estiró el brazo y frotó el de Samuel, que sintió aquello como la visita de un ángel, gracias le dijo, eres muy amable Samuel. No digo nada que no sienta. No conocía este lugar dijo ella para cambiar el curso de la conversación, Samuel comprendió y le contó la historia y cómo los dueños atendían las mesas. Después le preguntó por Canetti para que no se sintiera acosada. Ella platicó sin gran pasión del examen, después de tu explicación parecía que la experta en Canetti era yo, dudo que mis colegas hayan leído bien el trabajo. Samuel pensó en Montaigne y en Mercedes Arrigunaga, en la fallida presentación, no dijo una palabra. Samuel sugirió la ensalada y el pescado. Justo cuando comenzaban con la entrada se hizo un silencio, Urquiaga se sintió obligado a preguntarle cómo vas. Es un horror Samuel, tuvimos que decírselo a los niños y terminamos peleándonos frente a ellos. Lloraron toda la noche, Antonio azotó la puerta y se largó. Hablé con mis padres, son creyentes y toda la vida han estado juntos, para ellos es una verdadera tragedia. Les expliqué que era mejor así, sobre todo para los niños, pero sé que en el fondo no lo entienden. Mejor hablemos de otra cosa, dijo Corina para terminar el capítulo, como tú quieras, replicó Samuel, de nuevo silencio, los ojos de Corina se llenaron de lágrimas. Urquiaga sacó su pañuelo, fue el principio.

La despidió con un abrazo cargado de CARIÑO y algo de pena. Ella subió al taxi y sus ojos miel se desaparecieron en la oscuridad visitados por una tristeza profunda. Esa noche Samuel Urquiaga durmió solo entre pétalos de rosa y bebió Champaña tibia casi por obligación, extrañó a Herr Piano, quien, seguramente, hubiera participado en sus dubitaciones con gran interés y le hubiera dado consuelo, pero no había sido requerido y además no cabía en el taxi. Corina sangraba por la herida y el amor no se lleva con la sangre.

IV. Reencuentro

1

Había llegado la fecha, 14 de abril. Por la mañana entró un mensaje a su teléfono ¿te quedas a comer? En las prisas Samuel envió un, sí, claro, pero lo envió a otro teléfono. Horas después recibiría una respuesta lacónica de Eduardo, ¿sí claro, qué? No la vería sino hasta la tarde. Tomó el volante y comenzó lo que para él era un periplo terrible: ir al norte de la gran ciudad. Estaba tranquilo al inicio de la jornada, había advertido a sus alumnos del compromiso y de la reposición de la clase. Manejó cerca de una hora, eso lo puso tenso, no le gustaba esa tensión, sí la de exponer, esa lo excitaba intelectualmente. Pasó la entrada y tuvo que dar una enorme vuelta. Llegó sobre la hora. *He was almost in a hurry.* Le indicaron dónde estacionar su auto y el guardia dio aviso de su llegada por radio, algo inimaginable en su universidad, estaba en esa maniobra cuando la vio venir. Era muy distinguida, llevaba unos pantalones que caían con elegancia y una blusa color fiusha. Lo saludó a lo lejos, ¿no te perdiste?, fue la pregunta en forma de introducción, un poco dijo él, nada grave. No la recordaba bien, se acercó y lo saludó con un beso burocrático pero amable. El salón ya está lleno, vamos dijo ella apresurando el paso, te sigo dijo él mientras la observaba de nueva cuenta pero ahora hasta el detalle, tenía el pelo casi negro con algunos destellos medio rojos muy elegantes, sus ojos eran grandes y negros, era alta, quizá por eso llevaba un tacón bajo. Durante la caminata Samuel se estiró para dar una competencia digna. ¿Te quedas a comer?, sí, creo que te respondí, Mercedes sacó su teléfono, no me llegó, para no variar dijo ella, Samuel pensó que una vez más se había equivocado, te invito al comedor de maestros. Perfecto, dijo él, no tengo compromiso, expresión que no venía al caso, Samuel la lanzaba con frecuencia para disfrazar su soledad. La presentación fue todo un éxito, el diálogo entre Arrigunaga y él fluyó, el moderador se desvaneció ante el remolino de ideas de ambos, Montaigne en el siglo XXI era la recuperación del individuo, Urquiaga llevaba unas notas bien estructuradas y preguntó a los alumnos por el uso de las redes sociales, de la exposición de su vida a los desconocidos, y se fue por la idea del francés de no hacer gran teoría, Mercedes Arrigunaga miraba a Samuel intrigada, su capacidad histriónica y pedagógica eran admirables, movía las manos de un lado al otro, modulaba la voz, hacía preguntas y se respondía a sí mismo, lanzaba interjecciones, citaba a otros autores pero nunca a Pascal, provocaba silencios emocionantes, la Coca-Cola en el coche provocó sus efectos, Samuel quería sacarse la espina. Exageró el derroche de energía, estaba muy estimulado, eso era lo suyo. Una hora después el moderador levantó la mesa, pidió un aplauso, fue nutrido, las personas de la editorial agradecieron a los presentadores y les regalaron sendos paquetes de libros, así es la paga pensó nuestro profesor, si algo me sobran son libros pero en realidad nunca sobran del todo. El narrador sabe que Urquiaga se percató de que había estado espléndido, su ego se recuperó, se reconcilió con Montaigne y, mucho más importante, con su imagen frente a Mercedes Arrigunaga. A la salida los alumnos lo esperaban y como él era la novedad le prestaron más atención que a la doctora Arrigunaga, a quien veían con frecuencia. Había sudado profusamente, pero su chamarra beige lo sacó del aprieto.

Caminaron al comedor con un poco de prisa que Samuel, acostumbrado a sus tiempos largos, no entendía, qué bueno que puedes quedarte. Clara se retiraba a la una de la tarde dejándole todo preparado y él comía muy bien acompañado de Herr Piano. Te tengo una sorpresa, Samuel se desconcertó, ella no dijo más, durante el breve trayecto la doctora Arrigunaga fue interceptada en dos ocasiones, primero por un alumno y después por un colega, a ambos respondió con amabilidad pero sin permitir que rompieran su ritmo. Cómo han crecido los árboles, comentó Samuel, hacía años que no venía, mira esos alamillos qué bellos están, ella se entusiasmó con el tema, sí respondió, la hoja por debajo es plateada y el verde es muy fresco. Mi cubículo ve a otro patio y la verdad gozo poder descansar la mirada, además cuidan los jardines muy bien, las instalaciones eran modernas y estaban en perfectas condiciones. Mercedes le señaló a lo lejos una nueva biblioteca que llevaba el nombre del empresario que fundó la institución. Subieron por una escalera, te sigo dijo Samuel y se propuso ser muy cuidadoso en las formas. Ella saludó a los meseros que portaban filipina blanca, después la maestra abrió una puerta con gran seguridad. Allí estaba él, Patricio, su viejo amigo, aquí está la sorpresa dijo Mercedes. Patricio, dijo Samuel con verdadera alegría. Se dieron un abrazo muy efusivo y de inmediato vino el ajuste de cuentas, qué bien te ves dijo Samuel, lo mismo digo, club de elogios mutuos afirmó la contraparte, años sin vernos, Arrigunaga sonrió con gusto, leí que vendrías y busqué a Mercedes, quería saludarte, no pude ir a la presentación pues tenía un examen profesional a la misma hora, pero me imagino que con ustedes dos el asunto debe haber estado de primera. La comida fluyó sin problema, el narrador sabe que fue un gran acierto de Mercedes invitarlo, de verdad habían sido muy buenos amigos y la ciudad los separó. Patricio había pasado de la economía a la ciencia política y de allí al psicoanálisis, algo que el ortodoxo de Samuel simplemente no entendía, pero la inteligencia de Patricio y su elocuencia eran admirables, gran maestro. Les sirvieron un poco de vino y hablaron de sus universidades, de las coincidencias y diferencias que eran muchas, el triángulo fue perfecto. Samuel estuvo ocurrente, simpático, ligero, el histrión imitó a un par de amigos comunes y provocó risas, les sirvieron un poco más de vino, Mercedes observaba a Samuel, la vieja relación de Patricio y Samuel estaba repleta de anécdotas. Ambos profesores hicieron un sutil esfuerzo por incorporarla, Mercedes los acompañó gustosa en los laberintos de sus recuerdos. Le llamó la atención la ligereza de sangre de Samuel Urquiaga. A las tres cuarenta y cinco, ya en el café, Mercedes se levantó y dijo perdónenme pero tengo clase a las cuatro. Samuel se desconcertó un poco, quería prolongar la conversación, es muy seria, se le vino a la mente. Te dejo en muy buenas manos le dijo a Samuel, por qué no lo llevas a conocer la biblioteca y miró a Patricio. Por supuesto dijo su colega, es nuestro nuevo orgullo. Samuel se paró para despedirse ella lo miró fijamente a los ojos y le dijo, ahora entiendo por qué tus alumnos te quieren tanto, estuviste espléndido, algo que no le pudo decir en la primera presentación, me tenía que sacar la espina dijo con honestidad, lo que llamó la atención de Mercedes, ella dijo, de verdad te agradezco que hayas venido, no tienes nada que agradecer, fue un honor estar contigo, Mercedes no se esperaba esa respuesta. Le escribiré un correo a Sarah. Sonrió tocada y le dio un beso en la mejilla. No dijo nada más que adiós.

Samuel y Patricio se quedaron una hora solos, Patricio pidió un poco más de vino, Samuel no desperdició la oportunidad, allí se despejó la incógnita de quién era Mercedes Arrigunaga.

La T se atravesó en su vida, TACTO y TERNURA. Pero no regresó al orden.

PACIENCIA. Nosotros, Marisol, fuimos impacientes, nos urgía estar juntos, yo siempre contigo. Los jóvenes son impacientes, tú y yo no fuimos la excepción. Qué bueno que fue así, no tendríamos mucho tiempo para gozarnos. Ve qué absurdo, ahora que soy consciente de lo limitado de mi tiempo, no puedo ni quiero caminar con impaciencia. Si me equivoco con Mercedes habré dilapidado una segunda luz que la vida puso frente a mí. Tengo que ser paciente, tengo que armarme de PACIENCIA, "Virtud que consiste en sufrir sin perturbación del ánimo los infortunios y trabajos". Sufrir no sé si sea la expresión adecuada en mi caso. Después de conocer la historia de Mercedes sé del sufrimiento que troqueló su vida, sé que debo ser paciente. Es curioso, quiero gozar paso a paso el trayecto hacia Mercedes. O será que viniendo del infierno, véase DEPRESIÓN en la D, los otros sufrimientos por los trabajos y penurias me parecen menores. Además busco una perturbación de mi ánimo, eso es el amor, estar perturbado en lo más profundo. La segunda acepción no me llenó, una virtud cristiana, como no soy cristiano no puedo ambicionar esa virtud. Además, igual que con la humildad, no me veo conjugándola en primera persona: soy paciente y humilde. La tercera me encantó, "Espera y sosiego en las cosas que se desean mucho". Salvo cosas, no tengo reparo y además la palabra sosiego me embruja. El gran Fernando Pessoa dedica todo un libro al desasosiego. El deseo del sosiego es la primera línea. El problema es para quien no conoce el sosiego, pudiera ser mi caso, no se sabe qué se busca. "Quietud, tranquilidad, serenidad". Sí, también lo deseo, pero entonces, cómo se compagina la PASIÓN con el sosiego. O será que no son antípodas, que se puede vivir apasionado y lograr el sosiego. Lo que me resulta novedoso es construir mi vida a partir de los conceptos, quiero la PASIÓN y el sosiego. De hecho podía decir que vivo en desasosiego desde que te fuiste. Así que, como se dice comúnmente, de nuevo armado de PACIENCIA —¿armado?— intento apasionarme y lograr el sosiego. Algo me queda claro ahora que lo veo en palabras, tú me diste sosiego y fuimos muy apasionados. En qué quedamos, la PACIENCIA como instrumento para la conquista o la PACIENCIA como finalidad. La duda me invade. A la larga el sosiego, cómo llegar allí, con PACIENCIA.

2

La cabeza le dio vueltas todo el trayecto, fueron casi dos horas de camino, era momento pico de la ciudad, no podía creer lo que había escuchado. Al llegar al departamento miró a Herr Piano diciéndole, no sabe usted lo que acabo de conocer. La noche estaba por entrar, fue a lavarse los dientes y le soltó al piano pausadamente su expresión: "una de las mejores costumbres del hombre blanco", que antes decía con frecuencia hasta que alguien le hizo ver que era políticamente incorrecta, eso también cruzó por su mente, quién habría inventado el cepillo y la pasta, los afroamericanos también se lavan los dientes. Le pareció una exageración pero no volvió a decirla en público, sí a pensarla. A Herr Piano le podía decir todo, era muy discreto y, además, presumía su color, pedía que lo pulieran para que su negrura brillara más. Samuel intuía que en el fondo despreciaba a los pianos blancos. Ya con la boca fresca se sentó en el sillón y miró a su amigo, los dos se mostraban muy serios. No era para menos. Samuel estaba perplejo y abrumado. Pasó media hora en silencio absoluto, algo del bullicio de la calle entraba por el ventanal abierto, a las ocho de la noche en punto se sirvió un whisky, nunca antes de las ocho y no más de dos era su regla. Allí comenzó a digerir el horror. Esa mujer tranquila y en absoluto control de sí misma había cruzado por el horror. Provenía de una familia de antigua presencia, muy conocida y también de patrimonio considerable. Patricio la conocía desde la adolescencia, habían cursado juntos la educación media superior, de hecho había salido con ella en algún momento de la juventud, esa que se guarda en los recuerdos como grandiosa, no en el caso de Mercedes. Era guapísima, le dijo a Samuel en la sobremesa, es, reaccionó Samuel y Patricio se quedó un poco desconcertado, es cierto, le respondió, pero para mí es difícil no hacer el corte de caja temporal. Mercedes se casó muy joven, antes de los veinte con un empresario o pretendido hombre de negocios, de esos que dicen prometer mucho y después resultan un engaño monumental. Guapo, galán y con ciertos recursos aparecía en las revistas de sociales una semana sí y la otra también. La boda fue todo un acontecimiento social también publicado en las revistas de sociales, él con cara de lo sé todo, ella con una mirada de es el mejor hombre del mundo. De nombre Álvaro Calleja, jugó la típica apuesta de casarse con una rica aparentando ser rico, pero el padre de Mercedes tenía prestigio, no dinero. Los Arrigunaga pensaban que Calleja lo tenía, así se ostentaba: restaurantes caros, vinos de cepa, trajes elegantes, toda la parafernalia. Poco después de la boda Mercedes quedó embarazada y todo parecía idílico, los dos jóvenes, los dos ricos, con una familia en el horizonte y Álvaro hablando de sus grandes proyectos con una seguridad que a todos dejaba callados. Durante el embarazo y una vez desilusionado de la poca fortuna de los Arrigunaga, el tal Álvaro empezó a salir con otra mujer divorciada y conocida en el medio social de la familia de su esposa. Pensó que las costumbres religiosas católicas y muy ortodoxas de los Arrigunaga serían un escudo, no aceptarían un escándalo, cuidarían fachada. Fue el papá de Mercedes el que tuvo que ratificarle a su hija lo que ella ya sospechaba sin saber el nombre, simplemente por intuición, por las ausencias que no eran explicables durante el embarazo y después del parto. De pronto el mundo de la muñeca reina se vino al piso, se había casado con un embustero, un individuo mentiroso y fanfarrón, estaba embarazada de alguien a quien ya no quería, no tenía estudios profesionales pues los había abandonado por casarse con él, y además el dinero no fluía y necesitaba de la ayuda de su padre, un hombre mayor y cansado que la adoraba pero que tampoco tenía demasiado patrimonio. Pocos meses después del nacimiento de su hijo, Mercedes desapareció por unos meses para asombro de los ricos que la rodeaban. Para terminar de arruinar el escenario familiar, la mamá de Mercedes cayó enferma de un cáncer lento pero incurable que hizo de sus últimos años un martirio, estuvo más de un año en cama con metástasis que se multiplicaban por todos lados. El final fue horrendo, la mujer tirada en su cama sin poder dar dos pasos, con enfermeros las veinticuatro horas, el papá de Mercedes se desmoronó, envejeció con rapidez exponencial, en meses se veía hecho un anciano. Los dos hermanos de Mercedes vivían en el exterior y por ello la carga de la enfermedad materna y el desplome paterno recayeron en Mercedes. Con un bebé, sin estudios, sin patrimonio, Mercedes sepultó su vida de niña guapa y frívola y se propuso hacer algo serio. Sin embargo, seguía formalmente casada con el embustero y ambos continuaron con la farsa matrimonial. Mercedes argumentaba la presencia del hijo como razón suficiente para justificar esa farsa. Se inscribió en la Universidad a pesar de ser mayor que los jóvenes que la rodeaban y se empeñó en ser una profesionista seria, la profesión no era fácil, filosofía, pero era lo que le atraía. La madre murió cuando el pequeño Miguel tenía sólo cuatro años y el padre de Mercedes, cuya gran compañera por más de cincuenta años había sido su mujer, se despidió lentamente de la vida, alejado de sus hijos varones, arropado por su hija y tratando de salvar el prestigio de su familia. Era sabido que Álvaro y Mercedes vivían vidas separadas, pero ella no quería darle a su padre otro motivo de dolor, su divorcio. En esa lucha estaba cuando al tal Álvaro le encontraron una serie de irregularidades fiscales, el cínico individuo tuvo a bien recurrir a su suegro quien no tenía recursos para sacarlo del hoyo. Mercedes volvió a desaparecer una temporada. Para entonces el pequeño Miguel tenía alrededor de diez años. Aficionado a la caza, Álvaro se largaba durante semanas enteras en lo que en realidad eran parrandas infinitas con mujeres a paga. Regresaba a poner sus armas en una vitrina que era lugar central de la casa, rifles de todo tipo, pistolas, un verdadero arsenal. Mercedes y él no se hablaban, y por supuesto Miguel se daba cuenta de la distancia. Los fines de semana Álvaro se llevaba a Miguel a entrenar tiro, a sabiendas de que el niño lo odiaba, para Mercedes era imposible detenerlo, en varias ocasiones Mercedes volvió a desaparecer por semanas sin que nadie supiera dónde estaba. Un día por la noche tocaron la puerta, Miguel cenaba en la cocina acompañado de Mercedes, las autoridades se identificaron y le mostraron la orden de aprehensión. Al día siguiente toda la prensa y los noticiarios cubrieron la nota de que Álvaro Calleja, esposo de... y yerno de... había sido detenido por fraude. Comenzó el prolongado proceso, las imágenes de Calleja detrás de las barras se convirtieron en un comentario obligado. El padre de Mercedes agonizaba y el asunto fue la estocada final. Mercedes tuvo que encargarse de toda la sucesión, pues el padre la nombró albacea y las riñas con los alejados hermanos no tardaron en surgir. Don Salvador Arrigunaga no había dejado lo que ellos esperaban, de hecho el patrimonio dividido entre tres no sacaba de apuros a nadie. El adolescente Miguel cayó en un silencio que lo acompañaba todo el día, iba a la escuela y no tenía mayores problemas escolares, pero no se juntaba con amigos, ni salía a fiestas. Nada de eso. Mercedes lo notó y trató de estar con él más tiempo pero su vida era demasiado complicada en ese momento. Una vez muerto el padre tramitó de inmediato su divorcio, mientras el caso de Calleja seguía saliendo en las pantallas. Mercedes notó cierto rechazo de los compañeros escolares hacía Miguel y lo atribuyó al escándalo de su padre, pero era demasiado introvertido, suave, tranquilo, muy sensible. Los domingos, Mercedes lo llevaba a museos y exposiciones y el adolescente hacía comentarios asombrosos que jamás hubieran cruzado por la mente de uno de sus compañeros. Mercedes lo adoraba, Miguel era su razón de ser. Sonó el teléfono celular en varias ocasiones, Mercedes se encontraba en una reunión de maestros en la Universidad, ya daba clases y quería hacerse su propio espacio, era el número de su casa, contestó, señora, señora venga, qué pasa, qué pasa, es el joven Miguel, qué pasa, se pegó un tiro. Mercedes se quedó paralizada. De diez y siete años, sacó un arma de la vitrina, sabía manipularla, se fue al escritorio del padre preso y se voló los sesos. La nota sobre el escritorio era devastadora, Mami, te adoro, pero ya no mereces más vergüenzas, hoy me gritaron puto en la escuela, no es la primera ocasión, tal vez sea cierto, me gustan los niños. Soy el motivo de burla permanente. Mi vida no vale la pena. Adiós. La historia del porqué no se hizo pública, pero era imposible ocultar el hecho. A Calleja se le acumularon causas y perdió todas, fue condenado a prisión por mucho tiempo. Nunca se volvieron a ver. Mercedes decidió irse a Inglaterra a seguir con sus estudios. Vendió la casa de la pareja. Allá permaneció cinco años con la doctora Sarah Bakewell hasta que obtuvo su doctorado. Eso dio tiempo para que su historia entrara en el olvido generalizado y sólo permaneciera en la memoria de algunos, entre ellos Patricio. ¿Y las desapariciones? preguntó Samuel a su amigo, en verdadero estado de shock, la golpeaba, la golpeaba frecuentemente y en varias ocasiones la mandó al hospital.

QUERER y QUERENCIA. Quiero QUERER. Pero hoy es diferente. A ti te quise con toda la fuerza de mi entraña. Primero quise mirarte, estar cerca de ti, con eso me bastaba como esperanza de que el camino estaba enfrente. Un día nos miramos a los ojos y supiste que quería estar contigo, tomar tu mano, acariciar tu mejilla. Después aprendí a amarte y la llama roja del erotismo, como dijera Paz, hizo que te quisiera cada día más y más y entonces la llama se volvió azul, de amor, siguiendo al poeta. Así entré en un mar de emociones. Desear a alguien no está reñido con el CARIÑO, a Corina la deseaba y mucho, pero terminó gobernándome el CARIÑO y la TERNURA que me provoca. "Desear y apetecer", así la quería, la deseaba y la apetecía, como un niño desea un juguete o apetece un dulce. Pero QUERER va más allá, "Amar, tener cariño, voluntad o inclinación a alguien o algo". No tengo reproche, la Academia cumple su trabajo, algo aprendí, la voluntad también está en el acto de QUERER. Mercedes me atrae, su elegancia, su distinción, su aplomo, la DESEO. Deseo tomar su mano, deseo tocar su piel, redescubrir la piel en mi vida. Pero quizá lo que hoy predomina en mí es la voluntad de quererla, de quererla por lo que es, lo que representa, por su capacidad para reconstruir su vida, por el valor de una mujer frente a la adversidad, por el dolor que está en su historia, en su pasado y seguramente en algunos recovecos de su presente que todavía no conozco pero que deseo conocer.

Todo lo quiero, quiero quererla. Es llama azul. Pero si en la palabra QUERER se esconde el DESEO, la que no deja duda es la QUERENCIA, "Acción de amar o querer bien". Soy honesto, debo decir que cuando decidí aceptar los lances de Corina sin duda algo malsano me visitó. No quería quererla bien, no me imaginé construyendo una vida con ella, respondí al impulso que me provoca su cuerpo, sus olores, su cabello, su frescura, deseaba gozarla. Llama roja. Nada más imaginarla desnuda me alteró. Pero, de nuevo, no la quería bien, como en la QUERENCIA. No que la atracción sea mala, por el contrario es fantástica, ya hablamos del DESEO, pero creo que mi jerarquía de valores ha cambiado después de este *Abecedario*, el DESEO está por debajo de la QUERENCIA. Deseo a muchas mujeres, tú me conociste, y pescabas mis miradas furtivas para poder observarlas, no se te va una, me decías y sonreías, algo de celos te visitaban, llegaste a comprender que me era imposible no registrar a las mujeres, fingir que tu presencia me había vuelto ciego. Imposible. Tú también me confesaste atracciones, nada pecaminoso había en eso, además no creíamos en los pecados, lo hablamos mil veces. Pero para todo hay sus tiempos, increíble que a estas alturas de mi vida empiece a tener un poco más de claridad sobre las complejidades del amor. A Mercedes quiero quererla bien y también la deseo.

3

Fue a clase sin preparar demasiado. Se acercaba el fin del semestre. Eso siempre lo angustiaba. El caso de Mercedes Arrigunaga le daba vueltas en la cabeza, imposible pensar del todo en algo distinto. ¿Qué es la maldad?, les preguntó. Hubo varias respuestas muy coherentes: la intención de dañar a otro, el acto intencional para herir física o emocionalmente. No hubo discusión mayor, el profesor Urquiaga miró las jacarandas en pleno esplendor, floreando a la triste espera de que la primera lluvia fuerte les tire ese azul violeta. Entonces comenzó a pedir ejemplos, guerras, torturas, pero nadie hablaba de casos personales. Urquiaga preguntó ¿y qué opinan de la pedofilia?, al fondo del salón alguien espetó, eso es una enfermedad, sí dijo Urquiaga como el sadismo o el masoquismo. Se inflige daño a otro o a uno mismo, hay daño de por medio y eso provoca gozo. Son enfermos pero inciden en la maldad o no. ¿Herir el propio cuerpo no deja de ser un acto contranatural? ¿Alguien ha sabido, acentuó el verbo, de un caso de pedofilia?, un alumno levantó la mano, el profesor Urquiaga no le preguntó más, era demasiado arriesgado. ¿Y qué les parecen los golpeadores de mujeres?, lanzó provocador. ¿Alguno de ustedes sabe de varones que golpeen a niños o mujeres?, al principio hubo silencio, los alumnos se miraban unos a los otros, empezaron a levantar las manos muy poco a poco, Urquiaga dio tiempo, casi la mitad del salón reportó tener conocimiento de golpeadores. En su interior nuestro maestro estaba azorado, el narrador sabe que pensó, soy un ingenuo, vivo en un mundo de fantasía. Manjarrez brincó, pero también a la inversa, hubo risas: mujeres que golpean a hombres, varones corrigió Urquiaga. De acuerdo dijo el maestro, también, pero aceptará usted que el desarrollo muscular de los varones les da una ventaja. Y siguió con el tema. ¿Es la maldad innata, es cultural, es un problema personal o social, cómo se explica? La discusión duró más de una hora. Las posiciones eran muy diversas. Samuel no podía sacar de su mente la imagen de Mercedes Arrigunaga golpeada imaginó una y otra vez su rostro con moretones, los ojos teñidos de sangre. El suicidio del hijo, que Patricio le había descrito, ya tenía escenario en su mente. A partir del relato de su amigo, Mercedes Arrigunaga ocupaba un lugar cada vez más importante en su vida. La encomienda al grupo fue leer el capítulo segundo de *El mal o el drama de la libertad* de Rüdiger Safranski. La idea se le ocurrió la noche anterior. Tardó un buen tiempo en localizar el libro, pero allí estaba. Urquiaga quería escarbar más en el tema. El profesor caminó meditabundo a su coche, Mercedes Arrigunaga invadía su cabeza. Tan segura, tan sonriente, tan aplomada, qué farsa o qué fortaleza. Quería salir de dudas.

ROMÁNTICO. Me remiten al romanticismo, sobre todo a la literatura, a los partidarios de esa corriente. Ya en la cuarta acepción el asunto mejora, "Sentimental, generoso y soñador". Es cierto, esa es la imagen de un ROMÁNTICO, ronda la idea de una separación de la realidad. El ROMÁNTICO sueña y el poder de sus sueños lo puede conducir a perder el sentido de la realidad. Don Quijote era un idealista y un ROMÁNTICO, pero crea a una Dulcinea memorable. Por qué ver en ello un problema, un ROMÁNTICO es capaz de construir su propia realidad y vivir en ella. Hay más dudas. Cuando decimos fue una velada romántica aludimos a un ambiente especial y deseable. Es muy comercial, pase su luna de miel o su aniversario en un ambiente ROMÁNTICO. Lo que quiero saber nada tiene que ver con Byron o Víctor Hugo, o Lamartine o Goethe. No se trata de reaccionar contra los ilustrados, se trata de ilustrar el término. ¿Quiero crear un ambiente ROMÁNTICO alrededor de la relación con Mercedes? ¿Deseo ser ROMÁNTICO con ella o es acaso una cursilería? Es curioso, en el inglés existe el verbo, *romanticise*, con ese y con zeta, *romanticize*. La interpretación es, sin embargo, la misma: releer la historia o ver la vida desde una visión idealista. La mejor pista, la encontré en ROMANCE, "Relación amorosa pasajera". Es justamente lo que no deseo con Mercedes, que sea pasajera. Lo de Corina pudo haber sido un ROMÁNTICO. Pero me queda claro que no estoy en ánimo para ROMANCES, sí para QUERENCIAS. Nuestro amor habrá de ser a plena luz, sin las engañosas velas.

4

Quería verla, quería saber más de ella. Lo primero que hizo fue conseguir sus libros pero ni la tapa ni el contenido daban mayor información, en ningún momento se topó con alguna pista personal, como debe ser en un trabajo académico. Los textos eran muy buenos, sólidos, serios, es muy seria, retumbó en su cabeza, pero ni Bacon, ni Locke eran la puerta de entrada a Mercedes Arrigunaga. Su vida estaba escondida en ella misma. Lo que Patricio sabía de ella lo podía saber cualquiera en una breve investigación periodística, todo fue un escándalo, la detención del marido, el suicidio del hijo. Pero después venía un silencio, ella se retiró a Inglaterra, para desaparecer de su país y reinventarse, así lo interpretó Samuel Urquiaga y no sólo tenía todo el derecho sino que le parecía una medida muy inteligente. En la comida había reído con suavidad de las gracejadas de Patricio y Samuel pero no había soltado una carcajada. Debe ser difícil reír después de esa tragedia, pensó Urquiaga, pero Samuel también tenía la suya. Sin embargo, lentamente, gracias a Lauro y a Herr Piano y a su *Abecedario* iba saliendo de ella. Tenía dos puentes para acercarse, uno era Patricio, el otro era Montaigne. Llamó a Patricio, habían cruzado celulares, bueno Samuel, oyó su amigo, te interrumpo, preguntó Urquiaga, no estoy en mi cubículo acomodando papeles y ya me iba a casa. Quería decirte que gocé mucho el encuentro, yo también dijo de inmediato Patricio, ese comentario era tardío, pero me dejaste impresionado con lo de Mercedes Arrigunaga. Sí, dijo Patricio, es una historia terrible. Te soy franco, me gustaría volverla a ver, Patricio guardó silencio unos instantes. ¿Tiene pareja?, preguntó Samuel, no que yo sepa, de hecho ahora que lo reflexiono después del patán ese no le he conocido a nadie.

A ti tampoco, después de la maravillosa Marisol nunca te he visto acompañado, y fue entonces que Patricio pareció comprender la dimensión del asunto, después de una pausa breve Patricio pronunció lentamente, me da muuucho gusto que quieras verla. Déjalo en mis manos, te parece una comida en fin de semana, no quiero incomodarte, Patricio, por favor Samuel tú eres mi amigo, te respeto y te quiero y tú lo sabes. Isabel siente lo mismo por ti, será muy grato verte en casa. Es muy reservada pero ha ido en varias ocasiones, de hecho hace tiempo no la invitamos. Ya está, en cuanto tenga un par de fechas te aviso. A Urquiaga el corazón le latía más rápido, te mando un mensaje, me diste tu correo pero por favor envíamelo de nuevo para hacerte llegar un plano de cómo llegar a casa. ¡Nos mudamos! Se mandaron abrazos. Había dado el primer paso.

SABER. Igual a SABIDURÍA, "Conocimiento profundo en ciencias, letras o artes". Pero SABIDURÍA remite a otras pistas, "Grado más alto de conocimiento". "Conducta prudente en la vida o en los negocios". La profundidad me interesa, los negocios no. El genio nace, el sabio se hace. Quiero tratar de ser sabio por lo menos en mi relación con Mercedes, cada paso será una filigrana, sólo así lograré conquistar esa alma. Es vanidoso querer ser sabio, puede ser, pero es peor no pretenderlo. La SABIDURÍA viene con el tiempo y ya es hora, después de tantas lecturas, después de tantas palabras en clase, ya es hora de que pretenda acercarme a la SABIDURÍA. Quizá no lo logre, pero por lo menos lo intentaré. Necesito SABIDURÍA y PRUDENCIA, con esa palabra se me viene a la mente Gracián. Mi viejo leía a Gracián. Debo ser paciente y prudente.

PRUDENCIA. Debo agregarla. "Una de las cuatro virtudes cardinales, que consiste en discernir y distinguir lo que es bueno o malo, para seguirlo o huir de ello". "Templanza, cautela, moderación". "Sensatez, buen juicio". Sí, ambiciono ser prudente y prometo releer a Baltasar Gracián. Por lo pronto va

Aristóteles "El ignorante afirma, el sabio duda y reflexiona". Otra perla, "Si quieres ser sabio, aprende a interrogar razonablemente, a escuchar con atención, a responder serenamente y a callar cuando no tengas nada que decir", Lavater. ¿Seré capaz de cumplir la consigna?

5

Llegó el sábado doce de mayo. Urquiaga llevaba casi un mes de dubitaciones, pisando un territorio de emociones que hacía mucho tiempo no visitaba. Primero fueron los encuentros con Corina, a quien no había vuelto a ver, después la sacudida de Mercedes Arrigunaga. Fue Lauro quien se lo hizo notar, le llamó para preguntarle cómo iba sin la pastilla. Cómo está el ánimo, retumbó en el teléfono, hubo un silencio, bien dijo Samuel y se asombró de sus propias palabras, bien Lauro, estoy bien. Cualquier cambio me hablas amigo, por supuesto le dijo Samuel, gracias por todo. Estoy bien de ánimo, se dijo a sí mismo de nuevo. Vaya, mi querido náufrago, parece que desde tu frágil balsa estás avistando tierra. Al conocer la fecha de la comida de inmediato pensó que debería prepararse con sus mejores herramientas, fue a nadar en varias ocasiones y se acostó al sol para quitarse el blanco papel que se había apoderado de su piel. Vio pasar tenistas y se las comió con la vista, para eso tenía sus Ray Ban de piloto, en forma de gota, para poder gozar sin ser delatado, lo curioso es que cada vez le gustaban más las maduritas; las chamacas, por guapas que estuvieran, lo dejaban sin alteración. Fue al peluquero para arreglar su cabello y afinar la barba casi completamente blanca. Decidió que su chamarra beige, con más de quince años de uso, delataba una crisis que ya no era del todo real. Fue y se compró otra, en la misma tienda inglesa, el mismo modelo clásico, pero ahora en verde hoja. La noche del viernes repasó su *Abecedario*, AVENTURA, sobre todo GENTILEZA, se grabaron en su mente. Boleó sus zapatos cafés informales con una de sus esponjitas, se puso sus pantalones beige, una camisa blanca y su nueva chamarra verde. De regalo llevaría unas flores que Clara había comprado asombrada, por encargo especial, las había dejado en una cubeta con agua y además una botella Magnum de vino chileno. La noche previa lo asaltó una duda, él sabía que había sido invitada, pero ¿sabría Mercedes que él asistiría? De ser así, seguramente Patricio se habría encargado de ponerla al día de su vida, viudo después de una tragedia, solitario, depresivo, raro. Qué otro atributo podría asignársele. A la una cuarenta y cinco tomó el mapa en sus manos y salió dispuesto a la AVENTURA. Miró a Herr Piano y escuchó, suerte viejo.

UNIÓN. Quiero QUERER a Mercedes y no quiero que sea un ROMANCE, algo pasajero. Pero entonces qué quiero. La quiero en mi vida, me quiero unir a ella. "Conformidad y concordia de los ánimos, voluntades o dictámenes". ¿Dictámenes? No quiero cambiarla, la quiero como es con todo el troquel de su vida encima. No quiero fundirme en ella, perder mi figura o que ella se funda en la mía. La UNIÓN que deseo es una versión estilo Rousseau, es una UNIÓN de voluntades. Pero la voluntad es conciencia, no coincidencia. Al *Abecedario* le falta VOLUNTAD.

6

Hacía muchos años que no visitaba a Patricio e Isabel en su casa. De hecho se habían cambiado a otra en el mismo rumbo, vieja, más grande, cerca del famoso kiosco. A las dos cuarenta tocaba el timbre frente a una puerta metálica bastante despintada, un cuida coches le había pedido su pago por adelantado, a Samuel le pareció una arbitrariedad, de hecho casi un chantaje, seguro no estaría allí a la salida, pero le dio unas monedas para no discutir. Escuchó la voz de Patricio, ¿quién es? Soy yo, lanzó al cielo Urquiaga y pensó en la tontería de su respuesta —soy yo— agregó, Samuel. Se abrió la puerta, se abrazaron efusivamente, había mucho cariño viejo detrás de ese ABRAZO. Gracias, le dijo de entrada Samuel, ya te dije que no tienes nada que agradecer, lo miró más viejo y le entregó el vino, pensó que él también se veía más viejo. Ya llegó Mercedes le dijo, ¿sabe que vengo?, preguntó Samuel con cierto nerviosismo, sí, por supuesto. Ah, qué rico vino, dijo Patricio con honestidad, fueron caminando, el anfitrión guiaba los pasos del invitado, Samuel elogió la casa, estaba avejentada pero bella, con los hijos necesitábamos más espacio, estamos remodelando cuarto por cuarto, parece que nunca acabaremos. Fueron al pequeño jardín, donde un potente hule daba sombra a una mesa muy sencilla, allí estaban las dos. Samuel se dirigió a Isabel, estaba mucho más gorda pero era muy agradable, tenía todavía esa generosa sonrisa que Samuel recordaba, le dio un ABRAZO y de nuevo pensó en la A, trató de transmitirle CARIÑO como lo había hecho minutos antes con Patricio. Le entregó las flores, que lucían muy bien, qué linda casa, Isabel sonrió, el jardín con el hule es sensacional, pensó en la palabra, sensacional, pudiste haber lanzado otro calificativo, realmente imponente dijo para hacer una corrección a sí mismo de la cual nadie se percató, Patricio se sintió muy bien por el comentario, le habían trabajado e invertido mucho a esa casa, Lorena era pediatra y ganaba bien pero debe haber sido un gran esfuerzo, pensó Samuel, Lorena tomó las flores, voy a ponerlas en un florero, Mercedes lo observaba, intentó ponerse de pie y con seriedad y firmeza Samuel le dijo, por favor no te pares, se inclinó y le dio un beso en la mejilla, llevaba una falda clara con una abertura lateral, y una blusa de un corte muy atractivo con ciertos acentos hindúes. Qué linda blusa le dijo, es de la India, dijo ella. El ego de Samuel sintió un halago. En ese momento vio en un viejo porche la mesa dispuesta para la comida y se percató que serían nada más ellos cuatro, se desconcertó, se había hecho a la idea de que irían más personas, pero no, tendría que hacer su mejor esfuerzo. El narrador tiene que admitir que desde el inicio de la conversación Samuel estuvo encantador, afable, con humor pero siempre planteando asuntos de fondo como el cambio de actitud de los estudiantes hacia los libros, provocado por la era digital, los pros y los contras de las nuevas tecnologías, Lorena habló del síndrome de deficiencia de atención, de los efectos de la televisión y en general de las pantallas en la vida cotidiana, de sus hijos universitarios, varones los dos, que se dormían con la laptop en la cama viendo alguna serie de la cual por supuesto no comentaban nada. Samuel pensó que se acercaban a un terreno delicado, los hijos y de inmediato regresó a temas generales, qué buen color traes, le dijo Patricio a Samuel, ya ves que voy a nadar, él había observado en el jardín los brazos de Mercedes, también bronceados y seguramente con crema, sus pies y sus uñas arregladas pero sin color. ¿Nadas?, preguntó Mercedes, sí dijo Samuel, hay que mover al animal, como dice mi gran amigo Miguel. Yo también, dijo ella, es muy sano pero muy aburrido, reaccionó él, a mí no me lo parece, respondió Mercedes Arrigunaga, pienso mucho mientras nado, él cedió, es un silencio y una soledad obligada, y cuánto nadas, le preguntó ella, Lorena y Patricio se levantaron, ella para llevar el primer curso a la mesa y él para destapar la botella que Samuel había llevado, se quedaron solos y Samuel se puso nervioso. La miraba a los ojos, ella casi no parpadeaba ni movía la mirada, MIRADA pensó Urquiaga, en la M, cómo pude olvidarla, es muy importante. Nado por tiempo, ya no cuento las vueltas porque siempre me confundía, mínimo media hora y máximo la hora completa. Y tú, le preguntó, dos kilómetros tres veces por semana, fue la respuesta de la maestra. Con razón te conservas tan delgada, no como yo que me sobran varios kilitos, siempre he sido delgada y sobre los kilitos, no exageres no es para tanto. Los dos sonrieron. Pasaron al porche, Samuel elogió una herrería de fierro colado y también la vajilla, que era evidentemente antigua, Lorena se sintió halagada, había puesto las flores en un florero y ella las elogió, la vajilla fue de mis papás, dijo Lorena. Sirvió una sopa fría de betabel con un leve toque de crema, *borsch* dijo Samuel y Mercedes lo corrigió, *borscht*, con t al final, gracias dijo Samuel, llevo toda mi existencia diciéndolo mal. Al finalizar, nuestro profesor tomó su plato y el de Mercedes y se levantó, los anfitriones a la par le dijeron no te pares por favor, pero Samuel no cedió y les dijo así conozco la cocina, y se encaminó hacia la puerta abatible, le temblaban las manos y los platos lo delataban, había tomado demasiado café. Caray, tengo pulso de maraquero, lanzó en voz alta. Mercedes observó la escena con cierto asombro, Samuel Urquiaga era un hombre sensible y muy educado. El narrador sabe que Samuel no fingía, que así lo habían formado en su casa y que él se había encargado de pulir su educación, Marisol siempre se lo reconoció, pero claro en soledad no había a quién demostrársela. Herr Piano sí lo sabía. En sus ceremonias en solitario siempre conservó los modales. Después llegó un pescado enorme, Samuel no lo reconoció, no era guachinango, Patricio lo había ido a comprar personalmente al viejo mercado de San Carlos, es un extraviado, explicó Patricio como yo, dijo Samuel en una expresión de broma que dejó pensado a los tres, Samuel se arrepintió, lo sirvieron en unos platos antiguos, cada uno con pez distinto dibujado al centro. Mercedes se le adelantó, qué bellos platos Lorena y Samuel de inmediato se montó, comentaron uno por uno. Poco a poco Mercedes se fue incorporando cada vez más a la conversación, tenía una voz un poco ronca, Samuel la escuchaba con atención, después entró el pastel que Mercedes había llevado y que por supuesto Samuel elogió con discreción para no parecer empalagoso. Estaban en el café cuando llegó uno de los hijos, muy alto, con zapatos tenis sucios y viejos, unos jeans rotos y una playera negra totalmente decolorada, Isabel puso cara de desastre, era muy alto, el pelo alborotado y la barba de varios días, saluda le dijo Patricio. El muchacho se acercó, hola Mercedes le dijo, te acuerdas de Samuel, la verdad no, dijo Joaquín con toda naturalidad, no tienes por qué acordarte si hace años que no veo a tus papás, Samuel pensó que podría ser su alumno y le dio unas palmadas cariñosas en el hombro. Cuando el muchacho subió las escaleras, Patricio dijo, en ellos se da uno cuenta que ya estamos viejos, llegando a los últimos capítulos de esta novela. No exageres, dijo Samuel, yo ya pasé los sesenta dijo su amigo con cierta gravedad, yo también voy para allá, tengo 58, asentó Mercedes con toda franqueza, yo ya no tardo dijo Samuel, 55, pero vean qué bien están, estamos dijo Lorena. Samuel tomó al toro por los cuernos, a mí me tranquilizó mucho, me ayudó, un libro de Philippe Ariès, *Morir en Occidente*, sí dijo Patricio, es bellísimo y a la vez muy duro, no lo conozco dijo Mercedes, Lorena se quedó callada, no tenía por qué conocerlo, su materia era otra, Samuel aprovechó la oportunidad, yo te lo consigo le dijo a Mercedes, no te preocupes dijo ella, lo saco de la biblioteca, permíteme obsequiártelo dijo con una firmeza que no le dejó espacio a Mercedes, Lorena y Patricio observaron en total silencio. Samuel iba decidido a tender puentes hacia Mercedes Arrigunaga. Los amigos platicaron del libro con brevedad, pues no era del conocimiento de todos y después se habló un momento del tema la muerte con total seriedad. Mercedes participó con naturalidad, se hizo claro que Patricio había cruzado la información sobre el pasado del profesor Urquiaga, eso creyó Samuel. La conversación tomó otro tono, Samuel habló de Marisol, el silencio se apoderó de la mesa, él mismo se encargó de romperlo, pero la vida sigue dijo. Cuando la noche se anunció Mercedes Arrigunaga dijo es hora de irme, sí dijo Samuel de inmediato, me invitaron al concierto y es a las ocho, no era cierto, él había comprado su boleto, era parte de su proyecto de recuperación, de reencuentro, regresar a los conciertos a los que iba con Marisol y que tanto gozaba. Ha sido una tarde espléndida, dijo el profesor Urquiaga, gracias Lorena, todo estuvo delicioso, te ayudamos en algo, nada, dijo Patricio cerrando de tajo esa posibilidad. Se despidió con cariño de la pareja, y ya encaminados hacía la puerta se adelantó y dijo frente a todos, Mercedes, me ha dado mucho gusto poder platicar contigo y la miró a los ojos con seriedad. Gracias Patricio, gracias de nuevo, Lorena. Samuel desenmascaró la trama. El encuentro había sido solicitado por él. El narrador sabe que en ese instante Mercedes Arrigunaga aceptó el hecho, Samuel Urquiaga la había buscado y seguramente seguiría en el empeño. Fue la primera ocasión desde su huida a Inglaterra en que con seriedad pensó que le gustaría conocer más a otro hombre, a ese hombre que parecía ser todo un caballero. Se quedó en silencio y luego dijo con cierta frialdad, yo también lo gocé. Mercedes sacó un tema del trabajo y se quedó hablando con Patricio. Samuel se subió a su automóvil, que estaba sucio por una leve llovizna, típica del final de la primavera. Arrancó el motor dio vuelta a la esquina y gritó, ¡bien matador, excelente faena! Cómo anda el ánimo, se preguntó a sí mismo, en el cielo se respondió. Y sonrió con emoción, quería contarlo a alguien, para esas ocasiones estaba Herr Piano que siempre es muy atento.

VOLUNTAD. "Facultad de decidir y ordenar la propia conducta". Gracias, Madrid. Sin comentarios, quiero ejercer mi VOLUNTAD, mi VOLUNTAD de QUERER a quien yo quiero QUERER, VOLUNTAD de hacerlo con PACIENCIA, con PRUDENCIA, con VOLUNTAD que pasa por la conciencia.

La orquesta tocaba el ciclo Mahler. Samuel había comprado el abono, pues se tocarían las diez sinfonías, nunca había hecho el recorrido completo, era algo excepcional. Por desgracia se enteró después del primer concierto. Mahler era una garantía, así que ese sábado estaba dispuesto a lo que fuera. Llegó a la sala con tiempo, sacó de la guantera del coche un pequeño cepillo de dientes con pasta integrada y fue al baño a asearse la boca. Saludó a varios conocidos pero no quiso establecer plática y se fue a sentar con toda parsimonia. Al abrir el programa de mano, ya sentado en su butaca, empezó a reírse solo, unos distantes vecinos de hilera se voltearon a verlo con cierto asombro, ya estaba acostumbrado a ser catalogado de borracho y seguramente cosas peores como de loco, y eso que no lo veían hablando con Herr Piano, eso ni Lauro lo sabía, no podía explicar a nadie el motivo de su risa, ese día se tocaba la segunda sinfonía, "Resurrección". Ese fue el motivo de su risa. Los coros estuvieron magníficos y la soprano y la mezzosoprano arrasaron con el público, que les pidió ene *encores*, eso ya era típico en la sala. Pero él tenía hambre, mucha hambre. La sopa, el pescado y el pequeñísimo trozo de pastel habían pasado a la historia hacía horas, así que decidió irse al Piantao a comer una buena carne, se la merecía, pensó. Mario no estaba pero el personal como siempre fue muy amable, pidió un whisky en las rocas, media ensalada griega pues siempre eran muy generosas, y por simbología no pidió vacío sino un bife de chorizo, por hoy el colesterol se puede ir muy lejos, se dijo a sí mismo. Allí, sentado en silencio, comenzó a trazar el plan estratégico de conquista de Mercedes Arrigunaga. Cómo cortejar a una mujer de cincuenta y ocho años, se preguntó. Después de escuchar a sus amigas en las cenas exploratorias, lo primero era convencerla de que había mucha vida por enfrente, a diferencia de una joven, la hormona se mueve de manera más lenta, no desesperaría, esa área de la vida, la sensorial, la sexual, era diferente, pero ahí estaba para quien supiera redescubrirla. La llama roja sería conquista, no puerta de entrada. PACIENCIA, esa era la llave, Mercedes estaba, en muchos sentidos, llena de vida, pero había cancelado, y con justificadas razones, las aguas turbulentas del amor. De seguro su IMAGINACIÓN cerraba de inmediato ese expediente. Él deseaba que lo quisiera, lo otro sería en todo caso consecuencia. También la deseaba, eso sin duda, Mercedes le atraía. En este caso los capítulos previos eran tan importantes o más que la culminación amorosa. Así lo había escuchado y así estaba ya plasmado en su *Abecedario*. GENTILEZA y PRUDENCIA como anuncio y garantía de otras virtudes, esa era la recomendación de Comte-Sponsville, GENTILEZA en las palabras, en las formas y, quizá lo más importante, GENTILEZA en el pensamiento. Después podría aplicarse la fuerza y profundidad del ABRAZO, la próxima ocasión, la abrazaría, eso no podría negárselo. El CONSUELO desempeñaba un papel central en el caso particular de Mercedes, ser golpeada por un enfermo y perder a un hijo que se vuela los sesos son heridas de una profundidad tal que exigen CONSUELO, mucho CONSUELO, PACIENCIA en el CONSUELO. Se propuso que toda su inteligencia estaría abocada a lograr ese fin, CONSUELO. Sin CONSUELO no podría haber amor entre ellos, en ese momento lo recapacitó, el amor también se construye, él quería quererla. Quería su compañía, la CARICIA era imprescindible, suave, ligera, elegante, pero esa sería un arma suya. Allí estuvo dos horas pensando en silencio, pidió la cuenta pero no se levantó, el mesero lo vio tan ensimismado que le ofreció una copa de vino de cortesía de parte de su amigo Mario. La aceptó. Llegó a su departamento y quiso compartir todo con Herr Piano, se sentó frente al teclado y corrió una escala completa. Fue una pequeña inyección de vida para su fiel amigo. Le surgió la idea, qué tonto has sido, la mejor manera de comunicarte con tu amigo alemán es tocándolo, tomaría clases de piano, eso decidió, nunca es tarde para reencontrase, Marisol

estaría fascinada. Se sonrió, estaba feliz y eso le cerró la garganta. Hacía muchos años que no lloraba de felicidad, se dejó ir. A
Herr Piano, en silencio, le sucedía lo mismo.

VORÁGINE. "Remolino impetuoso que hacen en algunos
parajes las aguas del mar, de los ríos o de los lagos". "Pasión des-
enfrenada o mezcla de sentimientos muy intensos". Sí, deseo algo
de VORÁGINE, de turbulencia que agite mis días y les dé sentido.
La vida es riesgo y lo quiero para mí, para lo que me resta, que
espero sea mucho. De mi búsqueda de Mercedes espero esa agi-
tación, esa mezcla de sentimientos, porque en ella me atraen
sentimientos encontrados, como las aguas, es fuerte, es seria, es
dura, es una coraza con explicación, es cabeza, es tristeza acumu-
lada, es alegría en potencia, es trabajo, es, es, es muchas emociones concentradas en esas aguas turbulentas. La PASIÓN la habre-
mos de construir, pasará por la PIEL, por los LABIOS (me faltan los
LABIOS), por el TACTO, por la PACIENCIA, por un saber lo que
quiero. Llegar a la vejez con PASIÓN, eso es lo que deseo. VEJEZ la
escribiré en su momento, todavía no, la escribiré pero sin con-
sultar a Madrid puedo decirte y decirme, la VEJEZ que me pre-
ocupa es la del alma y esa ya la viví. La simple idea de VORÁGINE
me rejuvenece. Me arrojo a ella. ¿Y en la W?

8

Sonó su celular, él llegaba de dar clase, le quedaban un par de sesiones y cierta tristeza ya merodeaba, habían pasado un par de semanas desde la comida. Era Patricio, hola cómo estás, cómo está Isabel, bien todos y tú, agradecido contigo, Cupido sigue su trabajo dijo, con cierto humor, por eso te hablo, qué pasa inquirió Samuel preocupado. Van dos veces que me pregunta si te he visto, para la frialdad de Mercedes es algo excepcional, no dejes que se apague, las dos veces me hizo comentarios, los mismos, qué hombre tan educado y agradable, y otros que ya no te digo porque te vas a inflar como pavo real, Samuel sonrió. Ese sería mi consejo. Es que no he conseguido el libro, está agotado y una fotocopia me parece corriente. En qué mundo vives, le preguntó Patricio con sorna, clónalo, qué, preguntó Samuel, hacen una copia de gran calidad que en ocasiones queda mejor que el original. Samuel quedó en silencio, primera vez que escuchaba del asunto: clonación de libros. Abócate al amor, esa es tu prioridad, no abundan las Mercedes. Yo te mando las coordenadas del técnico, ve sacando tu libro y Cupido te sugiere dar otro paso ¡ya! Mensaje recibido. Abrazoote sonó como última palabra. Fue al librero, sabía dónde estaba el libro, por lo menos la región del librero donde estaba la literatura que le había auxiliado a salir del pozo. Abrió su correo y allí ya estaba el teléfono y la dirección, llamó de inmediato, cuántas páginas son, se escuchó por la bocina, abrió el texto de Ariès, 280. Déme cinco días, martes por la mañana allí lo tiene, yo paso por él en un par de horas. Le dio el precio y no le pareció exorbitante, menos tratándose de Mercedes. Era un día emocionante, ahora tendría que decidir qué hacer, una cena tempranera, pero cómo comunicarse con ella, un correo electrónico era muy impersonal, pero llamarle podía ser demasiado osado. Se sirvió una copa de vino blanco, y miró a Herr Piano, ese día tenían una cita con el pianista que le había recomendado comprar el piano, su tarjeta estaba allí en la caja del instrumento, empolvada, y su teléfono milagrosamente seguía siendo el mismo. Le llamó para preguntarle si sabía de alguien que diera clases y la respuesta fue yo doy clases, debía ser ya un hombre mayor. ¡Qué locura aprender piano a los cincuenta y cinco! Siguió con su disquisición y recordó AVENTURA, hacerse a la mar con disposición al naufragio. Decidió llamarla.

9

La llamó por el celular, así el identificador le diría quién era, si no contestaba sería una señal, no definitiva pero señal al fin. Tenía que estar preparado para el posible diálogo. Lo pensó con detenimiento. Apretó la pantalla, ella contestó, Mercedes, dijo él de inmediato en tono de interrogación, sí Samuel, qué gusto escucharte, vamos bien pensó él, no te había llamado porque el libro está agotado, no te preocupes, yo lo busco en la biblioteca, lo están clonando, no era necesario respondió ella, Mercedes sí sabía de la clonación pensó Urquiaga reprochándose, dio el próximo paso, me gustaría dártelo personalmente, claro lanzó Mercedes, entonces se dijo a sí mismo, el tono es clave, te puedo invitar a cenar, cerró los ojos y puso cara de angustia, era real, el narrador sabe que después de darse cuenta de la intención de la comida, de las claras expresiones de interés por parte de Urquiaga, fue ella la que lanzó anzuelos a Cupido, por ende esperaba la llamada, de hecho estaba un poco desconcertada. Por qué no, fue su respuesta. Cómo te queda el miércoles de la semana que viene, si no te importa prefiero el jueves porque el miércoles tengo un seminario y salgo cansada. Él también tenía seminario. Perfecto. Qué restaurante te queda cerca, preguntó él, hay uno muy pequeño y además no aceptan reservaciones, pero se come muy bien, dijo ella, está a dos cuadras de mi casa, se llama Le Bistrò, cuando Samuel escuchó el nombre movió la cabeza de un lado al otro en silencio, no puede ser pensó él, lo conoces preguntó ella, sí dijo él, me encanta. Ocho de la noche, preguntó ella, muy bien, allí nos vemos. Cariño, Consuelo cruzaron por su mente, te mando un beso, dijo Samuel y volvió a poner cara de niño travieso y sólo escuchó, yo también, en un tono pausado y sincero. Cuando terminó la conversación notó que tenía las manos sudadas. No puede ser, parece usted un adolescente, lanzó en voz alta. Vamos bien Herr Piano, usted qué opina, y empezó a caminar por el departamento. Tranquilo, debes estar en control, tú debes llevar las cosas, eso es imposible, es un mujerón, cuando pronunció la palabra se dio cuenta de que jamás lo había aplicado a Marisol. Eran dos mundos. La sonrisa desapareció de inmediato, se quedó pensativo. En eso sonó el teléfono interno, era el portero, el pianista y profesor había llegado. A partir de ese día, y a pesar del dolor por el maltrato, la felicidad de Herr Piano se incrementó exponencialmente. Samuel lo notó.

WAGON LITS. La ilusión que siempre he tenido de tomar uno de esos trenes magníficos y encaminarme a Oriente, ahora con Mercedes. Tener una cabina amplia, cenar con elegancia y brindar por nosotros y ver paisajes que nunca se acaban y gozar el tiempo lento que guardaremos en la M de MEMORIA por el resto de la vida.

10

El libro llegó puntual el martes por la mañana. Samuel daría su clase sobre el "Dilema del Prisionero", después de discutir a fondo a Safranski, ese ejercicio era una aproximación diferente a cierto egoísmo suicida. Era la penúltima sesión y el profesor Urquiaga, enfundado en su chamarra beige y montado en sus zapatos de goma, quería cerrar el curso con tensión, con intensidad, pero hacía tiempo que su cabeza se había alejado del *Silabus*, del plan semestral de lecturas, que había entregado al Departamento de Filosofía. Imposible que la vida no interfiera con el trabajo, su pasión y su energía estaban atrapados por el caso de Mercedes Arrigunaga, por la maldad humana, no la podía sacar de su cabeza. Miró las jacarandas vestidas todavía de flor. Aventó su portafolio al escritorio y puso las coordenadas en el pizarrón, A y B, los presos, opciones: cooperar o confesar; consecuencias: salir libre, seis meses, seis años o diez años de cárcel. La mejor opción para ambos prisioneros se encontraba en el cuadrante superior izquierdo, cooperar con el otro preso, no confesar y pasar seis meses en la cárcel. Pero por ambicionar todo, la libertad inmediata, si uno confiesa y el otro coopera en espera de reciprocidad, el colaborador pasará diez años en la cárcel mientras que el egoísta sale libre. Si los dos confiesan en contra del otro, los dos pasarán seis años en la cárcel. Provocador, Urquiaga miró a Manjarrez, le aventó el gis con gracia y le dijo severo, usted de seguro conoce el dilema, por favor explíquelo. El alumno, sorprendido pero orgulloso, lo tomó como un reconocimiento público a su esfuerzo. Mientras Manjarrez hablaba el profesor miró con calma los rostros de todos y cada uno de sus alumnos. En su interior se despedía de ellos sin decir una palabra. Su mística era profunda, enseñar es entregar todo lo que se tiene, no guardar nada, conservar el afán de ser superado. Hablaron de la maldad contra la racionalidad, alguien lanzó la expresión "condición humana" y en su ánimo de entrega total, Urquiaga les platicó de André Malraux, del aventurero, del político, del ensayista, del novelista. Preguntó quién lo ubicaba o lo había leído, nadie levantó la mano, eran muy jóvenes, Malraux no era de sus tiempos, pero debían por lo menos saber de él, Urquiaga pensó en sus cincuenta y cinco años, en que lo había leído de adolescente por sugerencia de su padre. Gozó recordar al autodidacta, al aventurero que se enriquecería y perdería todo en la bolsa, de allí fue al hurto de relieves en Indochina que le ganarían una pésima fama internacional, comunista, le tocó sin embargo enfrentarse como reportero al régimen chino, de allí Urquiaga brincó a su apoyo a la causa republicana española, a la resistencia francesa contra el nazismo en la que participó muy activamente y arriesgando su vida, a las contradicciones de ese brillante novelista que fuera ministro de cultura de De Gaulle, Urquiaga hacía el relato con toda naturalidad y todos sabían que el profesor no había preparado nada de Malraux, por eso tenía boquiabiertos a los alumnos que admiraban todo lo que brotaba de su asombrosa memoria provocada por una expresión. Urquiaga se centró en *La condición humana*. Les narró la trama con rapidez, la purga de los comunistas, los cientos de muertos. El narrador admite, debe hacerlo, que Urquiaga estaba brillante, de lo cual se dio cuenta el propio profesor y entonces sacó aún más energía. El sudor caía de sus axilas, sólo él se percataba. Terminó la sesión con un apasionado debate sobre la maldad. Urquiaga caminó al auto satisfecho, ese era su oficio y se sentía muy orgulloso de él. Al llegar a su edificio fue directamente a buscar al portero. Allí estaba el libro. Pasta de cuero, elegante, y la reproducción completa, incluida la portada original en el interior. Samuel estaba asombrado y agradecido con Patricio, pero de pronto pensó que llevar un libro sobre la muerte a un primer encuentro no era lo más indicado, qué grave error, fue su consideración. Tengo que buscar una salida, qué otro libro puedo llevarle, había dicho que le gustaba la música orquestal, perfecto y de inmediato consultó si en Mahatma había existencias de *El ruido eterno*, una fantástica historia del siglo XX a través de su música y sus músicos, conocían al profesor Urquiaga, sí, hay dos ejemplares, guárdeme uno por favor, voy para allá. Le dieron el ejemplar y empezó a curiosear por los pasillos, asunto peligroso porque después salía más caro ese ejercicio que la compra principal. En esas estaba, leyendo la cuarta de forros de un libro de una autora que desconocía, Helen Fisher, con el provocador titulo de *Por qué amamos*, cuando escuchó una voz suave, Samuel. Levantó la vista, era Corina que llevaba una bolsa de tela cargada de libros, sin decir palabra Samuel pensó en ABRAZO, se acercó y la apretó contra su cuerpo cerró los ojos y se concentró en transferirle CARIÑO, así la retuvo un instante más de lo normal y la fuerza también fue un poco mayor que lo normal, Corina se dejó ir. Cuando la soltó los ojos de Corina estaban llorosos, Samuel se quedó desconcertado, cómo vas, le preguntó. Ya se salió de la casa, los chicos están deshechos, yo también. Llevaba un rictus de tristeza, CARICIA pensó nuestro profesor y con la parte externa de la mano tocó su mejilla en varias ocasiones, Corina lo miró fijamente y Urquiaga pensó MIRADA, habría que incluirla rápido, hizo un esfuerzo, pero le faltaba el concepto y no estaba en su *Abecedario*, Jorge Guillermo Federico Hegel se le vino a la mente, "el esfuerzo del concepto" como única posibilidad de aprehender la realidad. Pero no permitió que Hegel se interpusiera, se fue por TERNURA. Te quiero Samuel, vas a salir de ésta le dijo él y de todas las que te vengan, cuentas conmigo Corina, ella se paró de puntillas y ahora fue Corina la que le dio un ABRAZO muy efusivo, a él se le llenaron los ojos de lágrimas, la miró de nuevo a los ojos y le dio un BESO prolongado en la mejilla. Te busco, dijo ella, cuando quieras respondió él, y se fue caminando emocionada y agradecida. Urquiaga no pudo seguir leyendo el índice, pero de todas formas compró el libro de Fisher.

X. En el lenguaje de mis alumnos, anodino. Cómo estuvo la reunión, EQUIS, y la película EQUIS. Para mi relación con

Mercedes no quiero nada X. Lo que me quede de vida lo habré de vivir con intensidad, intensidad deseada, imaginada, construida con VOLUNTAD.

11

Llegó el jueves, la última sesión de clase. Para Urquiaga siempre era un día difícil. Puso su portafolio abierto sobre un pupitre en la primera fila. Les entregó dos cuestionarios, el oficial del departamento y uno propio mucho más puntual y exigente, que el profesor Urquiaga preparaba para conocer sus opiniones, anónimas por supuesto, sobre la bibliografía, la exposición, su puntualidad, su forma de exponer, todo. Se sentó en el escritorio moviendo la pierna derecha, parecía nerviosismo, pero en realidad era muestra de cierta impaciencia pues ese día no se hablaba, ni él ni nadie. Habiendo tantos temas que discutir, el salón estaría en silencio y los alumnos enviarían por correo electrónico al departamento las respuestas a la evaluación oficial y la evaluación por escrito, la depositarían intercaladas en el portafolio del profesor Urquiaga, lo cual era para ellos una sensación extraña pues sus manos entraban en ese espacio convertido en emblema de conocimiento y sorpresa. Nunca volverían a ver ese objeto ni sabrían de su contenido. Los reportes de lectura habían sido hechos en computadora, de tal manera que Urquiaga no conocía la letra de cada uno. Los miraba en silencio, pensaba en su futuro, qué sería de ellos, cuántos de verdad ejercerían ese extraño oficio de ser filósofo, cuántos serían maestros como él, destino lógico, qué sería de sus vidas. Sabía que de la gran mayoría no volvería a saber nada más, que en la enseñanza había algo de arte efímero. Uno a uno fueron pasando al frente mientras Urquiaga estaba atrapado en sus reflexiones mirando los árboles, cuando se acercaban Urquiaga ejercía su mística a fondo, los miraba a los ojos con firmeza, les tendía la mano, para muchos sería la primera y la última vez que la estrecharían. Les respondía tres versiones preparadas, no tiene usted nada que agradecer —siempre les hablaba de usted— para aquellos que le decían gracias. Siga adelante, con una palmada cariñosa en el hombro para aquellos que necesitaban cariño y apoyo. Yo también aprendí mucho, para los que le hacían algún comentario más extenso. La intención era una: que las emociones no lo avasallaran, que la dolorosa despedida no lo doblegara. El salón se fue vaciando, la última fue una muchacha, muy tímida y muy acuciosa, pasó primero al portafolio e introdujo su evaluación, después fue directo a despedirse de Urquiaga. Ella hubiera esperado un beso, pero nuestro profesor es en eso severo. Sin embargo, Urquiaga la había observado durante cuatro largos meses, la había escuchado y leído, la conocía, la miró con cariño, le frotó el hombro y le dijo algo especial, ya no había testigos, suéltese, es usted muy inteligente. Esas cinco palabras serían el detonador en la confianza de una de las filósofas más consistentes de las próximas décadas. Suéltese, es usted muy inteligente, Urquiaga le dirigiría su tesis, aprendería alemán y después se iría a Heidelberg a sacar su doctorado.

Samuel Urquiaga tomó su portafolio. Caminó por los pasillos semi-vacíos, ya sin el bullicio y las prisas de los días normales. Su próxima emoción era encontrarse con Mercedes Arrigunaga. En eso debía poner su cabeza. Inconscientemente bajó la mirada, quería ir a casa, servirse una copa de vino blanco, no pensar más en los alumnos que ya no veía y mejor maltratar a un agradecido Herr Piano con algunos ejercicios, tan repetitivos como su nueva vida cotidiana hasta el inicio del próximo curso. Adiós, a Dios los encomiendo, pensó, ya se fueron y la garganta se le cerró.

Tenía resuelta una buena parte, ABRAZO, AVENTURA, CONSUELO, CARIÑO, CARICIA y sobre todo GENTILEZA, pero faltaba algo de humor, de JUEGO. Quizá no era el momento, lo meditó mucho. Antes de salir decidió no llevar el libro de Ariès, el tema del primer encuentro no podía ser la muerte, ese era un gran error. Prefirió arriesgar en la música y sólo llevó el de Ross. Trataría de que esa fuera la plática predominante. Pero el asunto del JUEGO le daba vueltas en la cabeza, lo decidió. Le mandó un mensaje preguntándole si deseaba que pasara por ella, la respuesta fue clara, no gracias. Nos vemos allí. Cuidado es muy independiente, se dijo a sí mismo. Llegó al Le Bistrò con media hora de antelación, habló algo con la dueña que ajetreada iba de un lado al otro, por fortuna no le asignaron al mesero que lo consideraba un borracho por el simple hecho de hablar solo, gesticular solo, reírse solo, etc. Algo tan normal en su vida. En ese momento cayó en cuenta que su reacción negativa cuando ella nombró el restaurante tenía que ver con Corina, pero el ABRAZO del día anterior en Mahatma en algún sentido había solucionado el problema, no pensaba en Corina: mismo sitio, misma comida, por fortuna un mesero distinto, pero muy diferente condición. Se concentró en su actuación, educación, mesura, GENTILEZA de alma. De nuevo llevaba su chamarra verde, no había encontrado otra en el clóset que se viera bien. Pidió una botella de vino tinto en una hielera porque hacía calor, eso decidió él aunque no era tanto. Pasaron unos minutos, después de las ocho, de pronto apareció Mercedes Arrigunaga, él se levantó y sacudió la mano para indicarle el rumbo. ABRAZO, sin exagerar le dio un abrazo en el que trató de transmitirle CARIÑO, ella lo miró un poco asombrada, un beso breve en la

mejilla y un cómo estás de entrada. Ocupada, ya sabes exámenes, fin de cursos, alumnos necesitados de psicoanálisis, de compañía, de sus padres más que de su maestra, pero bueno, lo uno
viene con lo otro. Ando en lo mismo, dijo el profesor Urquiaga.
Hoy fue la última clase del semestre, siento alivio y a la vez algo
de tristeza. Mercedes lo miró con un dejo de dulzura, me suce-
de lo mismo, es difícil de explicar pero uno deja algo de la vida
en las clases. Samuel reviró, pero también está el otro lado: la
energía que nos dan en sus preguntas, en sus dudas, en sus
comentarios. Es lo uno por lo otro. ¿Te ofrezco vino?, sí gracias,
dijo ella, pero no brindaron. Le dio el libro y se disculpó de
Ariès a quien había dejado sobre el escritorio. La explicación
sonó extraña. Le platicó de Ross tal y como era su propósito,
ella guardó silencio. De pronto Mercedes bajó las cartas, supongo que Patricio te platicó y que conoces mi historia. Samuel se
puso muy serio, un tercero nunca sabrá la verdadera historia, el
narrador coincide, uno mismo nunca termina de saber su propia historia. Supongo, le dijo que Cupido Patricio te platicó la
mía, ella sonrió por lo de Cupido y después corrigió, sí, lo bá-
sico. ¿Qué te dijo de lo mío?, preguntó ella, Samuel tragó saliva
y cerró el menú, de todas formas ya sabía lo que iba a pedir, la
historia de tu esposo, lo de tu hijo y guardó silencio. ¿Todo lo
de mi esposo, hospitales incluidos?, él asintió con la cabeza. Era
el momento, estiró la mano y con gran suavidad la posó sobre
la de ella y le dijo, yo no soy un patán, puedes estar segura. Ella
lo miró con severidad a los ojos, MIRADA, pensó Samuel la CA-
RICIA breve había sido muy pertinente, los ojos de Mercedes se
humedecieron pero se contuvo, era un expediente traumático
para ella, el psicoanálisis ayudó hasta cierto límite. Samuel pensó que era suficiente, habría tiempo para profundizar. Se hizo
un silencio, llamó al mesero y procedieron a ordenar, la conversación cobró un giro obligado. Y de mí ¿qué sabes?, preguntó
el profesor Urquiaga, lo de tu esposa, que horror, Samuel guardó silencio, que eres un gran maestro y que eres un hombre
educado y sensible, los mismos atributos que había usado con
Cupido Gómez para incitarlo a actuar. Antes de abrir la boca
pensó en HUMILDAD, en San Agustín, no sabía. Trato de ser buen

maestro, trato de ser educado y espero ser sensible. Ella lo miró con cierta intriga. Los expedientes estaban siendo ventilados sin más, era un primer encuentro y no había que exagerar. La conversación fluyó, el vino se acabó y Samuel pidió dos copas, ella protestó un poco pero después terminó bebiéndolo. Cerca de las diez de la noche él hizo una señal de firma en el aire, pidió la cuenta. Poco después apareció el mesero, maestro usted aquí no paga, pero somos dos dijo Urquiaga, siempre vengo solo, hoy somos dos. El mesero sonrió, son instrucciones, él sacó la cartera y dejó una generosa propina. Mercedes observó en silencio la escena, antes de salir el profesor Urquiaga fue a agradecerle a la dueña y le presentó a la maestra Mercedes Arrigunaga, se despidieron con mucha amabilidad. ¿Por lo menos me permites acompañarte a la puerta de tu casa?, sí sonrió ella, empezaron a caminar. ¿Te ocurre con frecuencia?, preguntó intrigada Mercedes Arrigunaga a Samuel, a qué te refieres, fue la respuesta de nuestro profesor, que no te acepten el pago. Me pasa con frecuencia aquí y en otros lugares, cuando están los dueños o los gerentes, ella se quedó cavilando, no sabía que fueras tan conocido. No sé, creo que es por ser cliente frecuente como en las líneas aéreas. Urquiaga pidió que caminara del lado interno de la acera, se me caen las casas encima le dijo, JUEGO estaba en su cabeza. Ella volvió a sonreír. Llegaron a una esquina y él aprovechó la ocasión, tomó su mano izquierda y sin preguntar la apoyó en su brazo derecho, me permite usted maestra, nuestras calles son una selva de concreto, están invadidas de trampas, ella aceptó el gesto y sonrió. Fue tan sorpresivo el acto que ella se quedó perpleja. No podía retirarla. No hablaron demasiado, gozaron los minutos de caminata, algunos relámpagos se veían a lo lejos. Ya vienen las lluvias, hacen mucha falta, los incendios forestales han estado terribles, devastadores dijo Urquiaga. Ella pensó que Samuel Urquiaga, el filósofo, también se fijaba en otras cosas más allá de las ideas y dilemas. Sigo sin entender por qué no te cobran, los maestros no somos famosos preguntó ella con desconcierto, no dijo Samuel fingiendo seriedad, pero la verdad es muy grato. Ella lo miraba con extrañeza, hasta que de pronto la risa invadió a Urquiaga. Ella se detuvo asombrada y no le quitó los ojos de encima hasta que Samuel Urquiaga logró balbucear, fue una broma le dijo, ella lo miró con azoro y riendo, y después lo empujó del hombro. El JUEGO había comenzado. Ahora regreso a pagar, malvado le dijo Mercedes y corrió unos pasos detrás de Urquiaga que había gozado su travesura. Mercedes descubrió a un Samuel Urquiaga que no sospechaba y Samuel incorporó el JUEGO en su relación. Me tenías en ascuas, a mí nunca me ha pasado, ni siquiera cuando me encuentro a un alumno ya grandecito. Samuel seguía riendo, los dos rieron, el lenguaje corporal de ella se soltó. Llegaron a su casa, era una casa grande, él la miró a los ojos, ella le dijo, escuché que vas a los conciertos de la Universidad, sí dijo Samuel, quieres ir, este sábado es la Quinta de Mahler. ¿No estaremos yendo demasiado aprisa?, preguntó Mercedes, con todo respeto le contestó él, a nuestra edad más vale apurarse, si no funciona más vale saberlo antes, y si funciona, ¡hay que aprovechar el tiempo! y pensó en la T del *Abecedario*, falta TIEMPO, ese que es nuestro único recurso no renovable maestra. Ella volvió a reír. Tienes razón, vamos a la Quinta. Se dieron un BESO y se despidieron con ceremonia. La reunión convocada por la muerte se convirtió en un festejo a la vida. Mercedes cerró la puerta, saludó a su labrador que le llenaba sus días. Juguetearon un momento y de pronto se dio cuenta de que hacía mucho que no estaba tan gozosa. Pensó, puede ocurrir lo de siempre, que al poco tiempo te decepciones, pero mientras dure la ilusión de que es distinto, gózalo. También en esto, sé pragmática. Urquiaga regresó a pagar la cuenta y a recoger su tarjeta de crédito, tarareó algo indescifrable en el camino que según él eran los famosos acordes finales de la Quinta de Mahler, algunas gotas comenzaron a caer y entonces se sintió Gene Kelly y cambió de tonada, le salió bastante mejor que Mahler, caminó brincando —imitando al actor— al compás de *Singing in the Rain*. El narrador admite que los pies de Samuel no recordaban en nada a Gene Kelly.

GALANTERÍA. Mi intuición fue correcta, ser galante es muy riesgoso. La frontera entre la urbanidad y algo muy diferente es muy delgada, muy fina, desde Madrid me lo advierten: "Acción o expresión obsequiosa, cortesana o de urbanidad". Cuidado con las galanterías porque pueden resbalar en cortesanías. Pero, tú Marisol, lo sabes muy bien, hay algo que me molesta de la nueva república de la igualdad de géneros. En el afán por obtener leyes equitativas y no discriminatorias, en contra de las cuales nadie puede estar, se ha perdido la sana lectura de diferencias evidentes. Fui educado en otra escuela. Hace unos años tomé el Metro rumbo al centro, iba sentado pues había abordado en la estación de la Universidad, el convoy se fue llenando y de pronto abordó una señora mayor con una pesada bolsa entre los brazos. Me levanté como resorte y le ofrecí mi espacio, su respuesta fue, no me ofenda. Aprendí mi lección. Lo hice por urbanidad, ella entendió algo muy diferente. Mejor alejarse de las galanterías, ¿no crees?

13

La lluvia amenazaba al valle. Temeroso de que las localidades se agotaran compró los boletos la mañana del viernes, qué bueno porque poco después se agotaron. Hubiera sido una terrible pifia para Mercedes. Por la tarde se convenció de que su guardarropa estaba en crisis: dos trajes para conferencias, tres sacos, el negro de pana, pieza de arqueología, y dos azules tipo blazer, la chamarra beige y ahora la verde que ya no podía repetir. Se puso un saco azul y se sintió excesivamente elegante, estaba incómodo. Llegó temprano a la Sala, estacionó su vehículo. Por la tarde lo había puesto en orden, pues era una biblioteca y un archivo ambulantes. Pañuelos faciales, muchos libros y revistas, regados en el piso, botellas de agua vacías, un verdadero desorden, como le ganó el tiempo lo que hizo fue aventar todo a la cajuela. Se llevó un paraguas de los que se compran en la calle y sólo sirven para una temporada; definición de paraguas: "objeto siempre seco que se olvida en todas partes", se dijo a sí mismo. Ella llegaría en taxi. Estaba bien preparado para el encuentro, lo había hecho como si se tratara de una clase, con el mismo rigor. Por la tarde había sacado su enciclopedia de música y buscado en su iPad un par de versiones que tenía de la Quinta. La trompeta inicial, la marcha fúnebre, nada de misticismo, emociones terrenales, estreno en 1904 dirigida por el propio Mahler. De ahí brincó a su relación con Richard Strauss, el otro gran revolucionario, por allí andaban sus pensamientos cuando la vio venir apresurada, llevaba una gabardina negra y botas, venía preparada para la lluvia. Samuel consultó la hora, faltaban escasos diez minutos, perdón dijo ella es que el taxista no conocía los vericuetos de la Universidad, no te preocupes pero vamos a correr porque si no nos va a costar trabajo encontrar buenos asientos, los tacones de las botas eran un poco altos, caminó despacio y con cuidado. Tomó el riesgo, dame la mano, ella lo miró y aceptó el apoyo, él sin darse cuenta, con sus zapatos de goma la jaló demasiado rápido, me vas a matar, perdón dijo él y los dos se rieron. Me adelanto para buscar asientos y te hago señas, O.K. dijo ella y se soltaron. El concierto fue espectacular, pero lo más importante fue el instante en que sintió cómo ella posaba su mano sobre su brazo. Volvió la cara para verla pero ella mantuvo la vista al frente, Urquiaga entendió, no lo hagas evidente, tonto, se dijo a sí mismo. Ella había correspondido. En los intermedios y a la salida Samuel se encontró con varios amigos melómanos, de los que todos los sábados estaban allí, los miraban intrigados, Samuel iba siempre solo. Sonriente y casi ufano la presentaba, Mercedes Arrigunaga, filósofa. Al principio ella lo sintió exagerado y en una de esas lo miró como diciendo no es necesario, él le respondió, eso eres o no. La lluvia no se soltó y Urquiaga estuvo a punto de dejar el paraguas debajo de los asientos, fue ella quien se lo recordó. Cierto bochorno se había apoderado del ambiente. Cuando se acercaron al coche ella se quitó la gabardina, por favor déjame guardarla en tu cajuela porque ya van dos que me roban en los estacionamientos. A Samuel se le vino —en sentido figurado— el cielo encima, por favor no te espantes. Giró la llave y la miró haciendo un gesto de travesura, ella se rió al mirar aquel caos, yo ando igual, le dijo. La encaminó a la puerta derecha, ella dijo no hace falta, por favor Samuel. Él pensó en GALANTERÍA, en esa delgada frontera entre la urbanidad y la cortesanía, en su independencia. Estoy de este lado, después de la explicación corrió el riesgo. Había hecho reservación pensando en la lluvia, el lugar era agradable, un poco oscuro, de ladrillo aparente. Allí platicaron, ya sin la presión del primer encuentro, en dos ocasiones Urquiaga tuvo que pedirle al capitán que le bajara al volumen de la música, la segunda y ante la terquedad de no sabemos quién ordenó subirlo de nuevo, Urquiaga, molesto y con firmeza, le dijo al capitán, si hubiéramos querido ir a una discoteca, no hubiéramos venido a un restaurante a platicar. El capitán reaccionó, Mercedes lo miró atenta, podía ser muy severo. Él se abrió más rápido, era más fácil, fue una tragedia, una mala jugada de la vida. No habló demasiado de Marisol, le pareció de mal gusto. De ahí transitó a la soledad y a la DEPRE-SIÓN. Ella de inmediato le dijo, nunca lo hubiera pensado, te ves tan entero y vital. Es el infierno, pero ya me estoy acostumbrando a las temperaturas, los dos rieron. Mi hijo, llevaba meses deprimido y no me di cuenta. Bajó la mirada, y la dejó fija sobre la pasta que no volvió a tocar. Pasado un instante, Samuel estiró su brazo y con la parte externa de su mano le hizo cuatro caricias en el cachete, pensó que eran suficientes, que debía ir despacio, PRUDENCIA, el narrador sabe que ella hubiera deseado más. Su necesidad de CARIÑO era enorme. Necesitaba limpiarse la nariz, Samuel le pasó su pañuelo, siempre listo en la bolsa derecha del pantalón. Después te lo devuelvo. No te preocupes. Del ex esposo se habló muy poco y hubo palabras secas. Mercedes no quiso abrir el tema. A la salida ya llovía, mientras iban por el coche, ella le tomó el brazo, gracias por la conversación, por escucharme. Nada que agradecer dijo él y agregó, esa vida que está detrás te ha hecho lo que eres. Primero fue tu elegancia, tu aplomo, y lo pensó dos veces y se atrevió, tu belleza y también tu historia. Esa mujer fue la que me atrajo. Ella lo miró todavía con los ojos húmedos. No huía de los dramas, los aceptaba, ¿los buscaba? Voy por la gabardina, déjala dijo Mercedes, le ofrecieron paraguas, hizo la maniobra. Gracias dijo ella, acentuando la suavidad de la palabra, pronunciándola lentamente. Él sonrió. Todo iba bien, pero venía la tormenta.

YERRO. "Equivocación por descuido o inadvertencia, aunque sea inculpable" (de la decimonovena). El descuido o la inadvertencia no tienen lugar en una amistad. Ese es precisamente el reto, que no haya yerros. ¿Seré capaz de no repetir?

14

Samuel se encaminó a la casa de Mercedes seguro de que había otro avance importante. De repente ella le preguntó con amabilidad, oye Samuel y el libro sobre "La Muerte en Occidente", no estará en tu cajuela. Él le contestó con toda sinceridad y sereno, está en mi departamento, pensé que no era el mejor tema para nuestro primer encuentro, es poco ROMÁN-TICO, la palabra sonó como una bomba en su mente, habías decidido no ser ROMÁNTICO. Ella guardó silencio un instante, pero si ese era el motivo o fue pretexto. ¿Quién habló de algo romántico? Samuel se dio cuenta de la emergencia, además, dijo ella, este es el segundo encuentro. O tú opinas que todavía no estoy en condiciones de leerlo, que es demasiado duro. Un silencio pesado invadió el coche. Mañana lo tienes. Por lo que me dijiste en la cena, eso fue en parte lo que te atrajo, mi drama. Samuel no supo qué responder, fue una estupidez, es la única respuesta que atravesó por su mente. El final de la noche fue frío. Lo siento dijo él, ni perdón ni disculpa. Ella respondió mientras su perro ladraba atrapado por el encanto de olerla y escucharla. No te preocupes, pero no tomes decisiones por mí. Fue una noche muy grata. Samuel se lanzó directo a ver a Herr Piano y con una copa de vino en la mano le contó la historia y se insultó veinte veces. Incongruente, ya sabías lo de ROMÁNTI-CO y zas, lo sueltas. No tenías razones, no seguiste el manual mínimo de tu *Abecedario*. Entre los conceptos y la realidad hay un abismo. Su amigo permaneció, en silencio, lo cual no es raro en él, pero no le dio salida. Es muy seria, no lo comprendes es muuuy seria retumbaba en el cuarto.

MIRADA II. A diario miramos, y como dicen los académicos de Madrid, mirar es ese acto en el cual "Fijamos la vista en un objeto, aplicando juntamente la atención" (de la decimonovena). Uno es el acto de los ojos, otro el de la atención. Entonces también podemos pasar los ojos por las cosas pero sin atención. No hay grandes diferencias, ni en el inglés ni en el alemán. Cómo denominarlo, no me queda claro. Quien observa va más allá, "examina atentamente". Pero se habla de un objeto, de mirar objetos, siendo ello parte muy importante de la vida, mirar alrededor y asir los objetos y sobre todo los seres vivos, las plantas, las flores, los árboles, los animales. Perros, caballos, gatos tienen MIRADA. Pero sin duda lo más apasionante e intrigante está en la MIRADA de las personas a otras personas. Los ojos de nuestros congéneres no son un objeto, son mucho más, a través de ellos se penetra hasta el alma. Mirar a los ojos es en algún sentido desnudarse. En MIRADA la Academia abre una rendija "Acción y efecto de mirar", "Modo de mirar". La MIRADA tiene un efecto, mirar es un acto humano que se ejerce de modos muy variados. Ya hablamos de esto Marisol, los actores pueden fingir la MIRADA, los perversos también. "Por una mirada un mundo", Bécquer, ¿te acuerdas? Tú me lo repetiste muchas veces, fue tu MIRADA lo que me llamó, lo que me dio confianza. En ese momento fue inconsciente, pero ahora con Mercedes, sin fingir, quiero mirarla con nobleza para así doblegar sus miedos, quiero transmitirle CONSUELO y CONFIANZA. Quiero aprender a mirar, saber qué tanto tiempo debo reposar los ojos sobre los suyos, evitar que los párpados interrumpan mi intención, saber mirar para hablar con los ojos que, con frecuencia, dicen más que las palabras. Hoy sé del peso de la MIRADA, de ese modo, de ese efecto. Quiero ejercer mi modo y quiero sentir el efecto de la MIRADA. Llegó tarde, pero llegó.

La reparación de daños era urgente, pero no sabía por dónde comenzar, no estaba en la estrategia de CONSUELO, CARIÑO, etcétera. ESTUPIDEZ no venía en el *Abecedario*, por eso fue a YERRO. No había quedado ningún puente, salvo *Morir en Occidente*. A la mañana siguiente fue a dejar el libro a su casa, estaba cierto de que no estaría allí, no quería verla hasta tener claro el próximo paso. Se abrió el portón de fierro con reminiscencias francesas. Vio por primera ocasión al labrador chocolate que movía la cola sin cesar entre ladridos sin contenido de agresión alguna. Una mujer muy mayor, de baja estatura, abrió la puerta, ¿sí?, fue todo lo que dijo, es un libro para la maestra, de parte de quién, ella sabrá, de parte de quién, insistió, sacó un papelito y apoyada sobre el libro escribió Samuel Urquiaga, él le ayudó con el apellido. Al interior del libro una pequeña tarjeta decía lo siento, nada más y nada menos, no volverá a ocurrir. A esperar, se dijo a sí mismo.

HUMILDAD. Mi YERRO debo asumirlo con… ¿HUMILDAD? En esto sí no pude coincidir con mis amigos de Madrid, no que estén equivocados. Quién soy yo para enmendarles la plana, es que simplemente no es lo que busco. "Virtud cristiana que consiste en el conocimiento de nuestra bajeza y miseria" (de la decimonovena). Me equivoqué con Mercedes, lo admito. Pero no fue una bajeza, tampoco soy miserable. Para complicar el asunto, tú sabes que no soy cristiano ni nada que se le parezca. La segunda tampoco es salida: "Bajeza de nacimiento…" y la tercera también la rechazo "Sumisión, rendimiento". Lo mejor que he encontrado de humildad está en mi memoria ¡y es de

San Agustín! Con la Iglesia hemos topado. "La humildad es algo muy extraño, en el momento mismo en que creemos tenerla ya la hemos perdido". La ironía es tan fina que cuando escucho a alguien decir, con toda humildad me permito discrepar bla bla bla, la expresión se me viene a la cabeza. ¿Quizá modestia, sencillez? Pero no sales de la trampa, soy modesto, soy sencillo serían expresiones de quien justamente no lo es. A Mercedes le dije que lo sentía, lo hice por escrito. Pensé que el perdón también tiene en su origen una connotación religiosa. Algo que me subleva es la facilidad con que muchos piden perdón, te acuerdas que lo comentamos. Ofender, por ejemplo, a la pareja y después pedir perdón, qué fácil. Me debí de haber disculpado, pero tampoco es la palabra: "Razón que se da o causa que se alega —hasta aquí el lenguaje es ecuménico, pero comienzan los problemas— para excusar o purgar de una culpa". De nuevo la idea cristiana de culpa que no puedo digerir. Tú lo sabes. Mis amigos de Madrid hoy no andan muy brillantes, explican excusa como "Acción o efecto de excusar o excusarse" (de la decimonovena), o sea que damos vueltas alrededor de lo mismo. Después viene "Motivo o pretexto que se invoca o utiliza para eludir una obligación o disculpar alguna omisión" (de la decimonovena). Por fin, es motivo o pretexto, son dos causas muy diferentes, lo mío con Mercedes no fue pretexto, fue un motivo, estúpido si quieres, pero motivo al fin. Y además no quiero eludir nada. Qué se debe decir al ser amado y a los otros cuando se comete un error. No encuentro la palabra. "Amor es no tener que pedir perdón", Ali MacGraw en *Love Story*, vaya que la Academia tiene límites. Fue un YERRO y lo admito, haré lo necesario para no tener que pedirle perdón. Contigo lo intenté todos los días.

16

Regresó al *Abecedario*, a HUMILDAD. Pasaron dos fines de semana en que estuvo con Mahler y sin Mercedes, se encontró a varios amigos, los consuetudinarios que, sin decir palabra, le preguntaron por ella, por lo menos así lo sintió Urquiaga. El narrador sabe que estaba de verdad desesperado, los pocos días en que había gozado de su compañía fueron diferentes, su vida tenía sentido. Pensó en llamarla pero era demasiada la confrontación. Las clases de piano con el anciano maestro le divertían sobre todo por la alegría de oír contento a Herr Piano. Los ejercicios le fastidiaban pero el sonido le fascinaba. Además ya no tenía que preparar su clase, le sobraba tiempo. Por eso decidió concentrarse en los dedos sobre el teclado y la intensidad, eso lo distraía. El lunes por la noche le envió un mensaje: ¿te puedo marcar?, como a la hora recibió respuesta, no he acabado. Eran las nueve de la noche ¿no ha acabado? Se fue a dormir, qué es lo que no ha acabado, al día siguiente fue lo mismo, nada, tres días después y nada. No quiere hablar contigo es clarísimo. Llegó el viernes, pensaba visitar a unos amigos en las afueras de la ciudad, fue a cargar gasolina, en esas estaba cuando sonó el aparato, reaccionó de inmediato al ver la pantalla con su nombre, dijo Mercedes con suavidad y en tono de interrogación, ¿cómo estas? fue la respuesta-pregunta, solo y triste, permíteme un segundo le dijo y pagó al despachador, para así poder mover el coche pues atrás de él esperaban. Tomó de nuevo el teléfono mientras buscaba acomodo para no estorbar, perdón, lo dijo sin pensar, no le dio importancia a la expresión, en el *Abecedario* había expresiones más relevantantes que aquellas vinculadas con la culpa, pero estaba cargando gasolina. Ya acabé, ¿qué acabaste?, el libro, dijo ella un poco asombrada, ah respiró Samuel, pensé que estabas en exámenes o algo similar, cómo andas el domingo para comer en la casa. Sin problema dijo él, algo inventaría a sus amigos. Dos treinta, perfecto, te puedo llevar el vino. Claro. Adiós. La conversación fue precisa y sin juegos. Les canceló a sus amigos, se quedó con el tanque lleno y se fue de inmediato a revisar el libro de Ariès, hacía años que lo había leído. El sábado en la noche dejó descansar a Mahler y pidió una pizza. Quería llegar preparado. El narrador sabe que su interpretación del encuentro fue la más cautelosa, yo le recomiendo el libro, después se lo oculto, ella me lo reclama, lo lee, no me habla hasta que lo acaba, ese era el motivo original del primer encuentro solos. Ese es, sigue siendo, el motivo repuesto de la comida, *Morir en Occidente*, la muerte como tema, qué situación más extraña. Pero así será, es muy seria y miró a su silencioso amigo mientras devoraba una pizza Margarita. El domingo temprano fue a nadar, se recortó el pelo y la barba para verse menos viejo y se preparó para el encuentro.

17

Es muy seria, pensó antes de tocar el timbre del alto portón metálico. Pasaron un par de minutos hasta que escuchó su voz, quién, soy yo dijo Samuel y se reclamó de inmediato, otra vez pensó, no aprendes, no seas bobo, Samuel, se corrigió el profesor al instante. Mercedes abrió la puerta vio a un hombre sano, fuerte, pulcro, serio pero sonriente, con una expresión de lo siento y la misma chamarra verde de siempre. En una mano una botella de buen vino argentino, en la otra un ramo de flores. Después de mirarlo Mercedes acercó su rostro y le dio un beso breve. Fijó la mirada en las flores. Eso halagó a nuestro profesor. Samuel personalmente las había comprado en el mercado después de ir a nadar y a acicalarse. Hacía muchos años que no lo hacía y trató con esmero de concebir un arreglo adecuado. No podía ser demasiado juvenil, como si fueran los quince años de alguien, pero tampoco demasiado formal, las rosas eran declaración de amor, sobre todo las rojas y eso todavía estaba en construcción, así que mezcló morados con blancos y amarillos, el narrador admite que el ramo le quedó bastante bien, tomando en consideración su poca práctica en el asunto. Mercedes sonrió, la combinación de verdad le agradó, era evidente que él había metido mano en la selección, gracias le dijo y se le quedó viendo, Samuel Urquiaga sintió la Mirada, aquí está el vino dijo Samuel, pero ella tomó las flores, él conservó la botella, hacía mucho tiempo que nadie le llevaba un ramo, Mercedes había optado por comprarlas ella misma para alegrar la casa. Pasa, le dijo y de pronto sintió el jugueteo del labrador entre sus piernas, ella trató de contenerlo, no molestes Arón, no te preocupes los perros me simpatizan y mucho, además desde hace años no tengo uno, los extraño, Arón, buen nombre, dos sílabas, dijo Samuel para abrirse paso en la conversación. Sabes de dónde viene, lanzó ella, la verdad ni idea, le respondió el profesor Urquiaga, de *armor*, armadura en inglés y *iron*, hierro. Jamás había escuchado la explicación dijo Samuel, es mi gran compañero, soltó Mercedes en una suave confesión. Él imaginó la soledad en que vivía Mercedes Arrigunaga, y también pensó en su propio compañero, Herr Piano. Mercedes tenía a un ser vivo como acompañante de vida, era normal, muy común. Él en cambio convivía y dialogaba ¡con un piano! Eso sí era excéntrico. Qué buena casa dijo él, era de mis padres, y después del litigio con mis hermanos yo me quedé con ella, vendí la parte de atrás, el jardín era demasiado grande. Samuel miró alrededor, el jardín frente a la casa era un poco oscuro, dos cedros añejos sombreaban el área y una enorme pared cubierta de hiedra recordaba la edad de la casa y los años que se requieren para lograr ese tamaño. Es muy bello, y costoso dijo ella, tengo que pagar un jardinero una vez por semana y a una persona que barra dos más. La casa es imponente, dijo él. Le falta mucho mantenimiento pero me trae muy buenos recuerdos. Para venderla bien hubiera tenido que invertir un dinero que no tengo, por eso decidí conservarla. La casona, totalmente afrancesada y bastante deteriorada, los recibió con todos sus misterios, subieron una escalinata de cuatro peldaños a una terraza con piso de baldosas decoradas que Samuel observó, se puso en cuclillas para verlas de cerca, Mercedes cayó en cuenta que Samuel de verdad estaba interesado, allí tomarían la copa, quieres que te la muestre, por supuesto. Permíteme, Cuquita dijo en voz alta y poco después apareció la mujer mayor a la que Samuel había entregado el libro, caminó con lentitud hacia Mercedes, Samuel la saludó. Buenas tardes dijo la mujer con voz cansada. Urquiaga respondió con amabilidad acentuada. Por favor ponlas en el florero alto, no les cortes demasiado el tallo, le advirtió. La mujer se retiró en silencio, pisos de madera que rechinaban, techos con decoraciones de yeso, un baño con una tina original y muchos toques de modernidad que marcaban el interior. Mercedes había llenado la casa, un cuarto era su dormitorio, con una sobria cama de madera tallada al centro, otro lo había convertido en su estudio, repleto de libros y una gran mesa de cristal, otro cuarto era sala de televisión y allí había viejos casetes e infinidad de DVDs en estantes metálicos, otro era el cuarto de música, presidido por un par de enormes bocinas, invadido de acetatos y metros enteros de CDs y, finalmente, un gimnasio, en los pasillos también había libreros repletos que se acompañaban unos a otros. Samuel gozó el tour que le mostraba a una mujer capaz de imponerse a la soledad, a los espacios y a los recuerdos. Detrás de esa elegancia y sobriedad, detrás de esa seriedad había una fortaleza amable pero sin concesiones. Mercedes Arrigunaga había podido reinstalarse en la vida, de reencontrarle un sentido, una razón de ser a su existencia.

Bajaron a la terraza, lo invitó a sentarse yo voy a tomar un vodka tonic, se te antoja, le preguntó la anfitriona o prefieres algo diferente, no dijo él, está perfecto para el calor. Los dos fueron a la cocina, Urquiaga se encargó de los hielos mientras ella cortaba una delgada cáscara de naranja. Prepararon juntos los tragos mientras doña Cuquita guisaba sin distracción. Regresaron a la terraza, no sin que antes Samuel se detuviera en el hall e hiciera observaciones sobre la altura y la dimensión del espacio. Se sentaron en unos muebles de mimbre, unas aceitunas los esperaban. Arón se echó plácido junto a ellos. Fue al grano, es un gran libro, aprendí mucho. Qué hacer con la muerte, qué hacer con los muertos, como convivir con el tema. Durante tres horas Mercedes y Samuel hablaron de sus vidas personales, Cuquita, que había sido su nana y ya pasaba los ochenta años, entraba despacio y silenciosa a llevar los platos, primero fue una deliciosa ensalada de endivias con rebanadas de manzana y después un espléndido lomo de cerdo con ciruelas y puré de papa. Con ellos como testigos salieron a la plática sus tragedias, siempre enmarcadas en la plática con el autor del libro. Samuel no hizo guasas, ella le preguntó por la DEPRESIÓN, él le describió a su vieja amiga, ¿nunca te ha dado?, preguntó, no, dijo ella, eres muy fuerte Mercedes, congratúlate, con todo lo que has vivido era como para que cayeras en ella. En buena medida es químico, probablemente ya nunca te dé. Se quedaron en silencio y siguie-

ron con una confesión de sus horrores que a ambos les llevó
CONSUELO. En el viejo comedor familiar desfilaron soledades,
vacíos y nuevas compañías. Por primera ocasión Samuel confesó a alguien la historia de su gran amigo, Herr Piano, ella sonrió,
no se dio cuenta de lo entrañable de la relación. No tenía cómo
saberlo. Por momentos a ambos se les llenaron los ojos de lágrimas, Mercedes sacó más vino y después un oporto. En una de
las ocasiones en que Samuel estuvo a punto de quebrarse, al
describirle la escena de cómo se había enterado de la muerte de
Marisol, Mercedes le tomó la mano y con el pulgar se la frotó.
Cuquita se retiró después de recibir el agradecimiento sincero
de ambos. No tiene familia dijo Mercedes, habrá de morir conmigo. Cuando cayó la noche salieron a caminar por las calles
vacías de un domingo. Ella subió a cambiarse de ropa, se quitó
el vestido ligero y se puso unos pants. Los zapatos de goma del
profesor Urquiaga y sus inseparables chamarras eran apropiados
para casi cualquier situación. Mercedes bajó la escalera con agilidad, el hall se veía vacío. Él la miró a los ojos, sentía una tranquilidad interna que hacía tiempo no lo visitaba. Está usted en
condición, dijo Samuel y miró unos zapatos para correr, ropa
entallada que mostraba un cuerpo esbelto y bello, Mercedes se
veía juvenil. Samuel, invitado por el oporto, empezó con elegantes lances que rompieron la dinámica previa de varias horas,
maestra está usted como Halle Berry en 007 y la miró con picardía de arriba abajo con cierto descaro, ella sonrió halagada,
atrás había muchas horas de ejercicio. O sea que la filosofía no
está reñida con el *body building*, dijo el profesor Urquiaga, ella
se sintió segura de su físico, lo empujó suavemente a la calle
retomando un lenguaje corporal que la broma, el JUEGO, había
incorporado a su CÓDIGO COMPARTIDO. Arón brincaba incansable, había visto la correa y sabía del paseo. Después Mercedes
lo tomó del brazo y le dio un beso sorpresivo en el cachete y se
fueron a trenzar una nueva relación vital, varias casonas fueron
testigos de la solidez del pacto que se firmó esa noche.

ZALAMELÉ. "…la paz sea sobre ti…".

Mercedes y Samuel construyeron paso a paso, sin prisas, con PACIENCIA una amistad que podría entrar en la A de AMOR, como suma de todo el *Abecedario*. Ambos tenían costumbres y hábitos irrenunciables. No cometieron el error, el YERRO, de intentar fundir sus vidas en un solo troquel. Aprendieron a quererse, pero lo más curioso es que siempre acompañaban esa construcción con bibliografía obligatoria y sugerida, como en sus respectivos cursos. Comenzaron su edificio amoroso por el tema de la muerte, que en sus vidas era inevitable, pero el resto sería una biblioteca sobre la recuperación y aprovechamiento de una vida intensa. Sus conversaciones se volvieron sistemáticas y apasionadas. Se les veía con frecuencia en los conciertos, allí se dio por hecho que habían formado una pareja. Samuel estaba radiante y ella cada vez más suelta. La mano de Mercedes se apoyaba en el brazo de Samuel, se veían elegantes. Él avanzó muy poco a poco en sus caricias, ella a su vez, fue cediendo ante la GENTILEZA y suavidad del profesor Urquiaga. Un día central en su relación fue la primera vez que Mercedes visitó su departamento, habían ido al mercado de San Carlos a comprar un buen pescado fresco e invitaron a Lorena y a Patricio a cocinar y comer solos, los cuatro, era un agradecimiento obvio a la labor de Cupido. Eso fue en el verano del mismo año en que se conocieron, Mercedes y Samuel llegaron al departamento tiempo antes que los invitados, cargados de bolsas con viandas, el pescado, panes, quesos, hongos. El día anterior Samuel había hecho un esfuerzo notable por ordenar su pequeño espacio, nada que ver con la casona de Mercedes. El gran mueble negro, su amigo, había recibido, por sugerencia del maestro Álvarez, mantenimiento una semana antes, lucía espectacular y estaba feliz. Al entrar con Mercedes y recibir la mirada cálida de Herr Piano a Samuel se le cerró la garganta. A ambos les debía una explicación. Puso las bolsas en el piso. Mercedes, que ya tenía una noticia vaga de ese personaje en la vida de nuestro profesor, se percató de que algo muy significativo estaba ocurriendo. Con los ojos llenos de lágrimas incontenibles, Samuel le tomó la mano y llevó a Mercedes frente al instrumento, con la voz entrecortada y sollozando puso la de ella sobre la laca negra y le dijo, te presento a mi mejor amigo, y frotó la mano de Mercedes sobre Herr Piano, como saludándolo, acariciándolo, antes de llorar en el hombro de una mujer que descubría una dimensión emocional sorprendente. Eso duró varios minutos. Mercedes estaba desconcertada e impresionada. Nunca había imaginado la profundidad e intensidad de la relación, de hecho le había parecido anecdótica en la vida de Samuel. Después de unos minutos y secándose las lágrimas con el pañuelo que había sacado de la bolsa derecha de su pantalón, un poco apenado, Samuel la volvió a tomar de la mano y la llevó en silencio al estudio, fue directo a la fotografía y tan sólo le dijo, ella es Marisol, y de pronto corrigió, ella fue Marisol. No volvería a hablarle a su primer amor, en ese instante la estaba enterrando. Ese día por primera vez, no sería la última, Mercedes lo vio llorar, vio sus LÁGRIMAS. Su amor por Samuel incluiría todo, su presente educado, sensible y fino y su pasado doloroso. Mercedes le acarició el rostro con CARIÑO, le dio un ABRAZO cargado de energía, a Samuel se le entrecortó la respiración pero sus emociones no se salieron de cauce. La sorpresa y el desconcierto impidieron que algunas palabras pertinentes fueran a la boca de Mercedes. Se instaló el silencio. Samuel encontró CONSUELO en las CARICIAS de Mercedes. Permanecieron en el estudio unos minutos, los suficientes para que Mercedes recorriera sin prisa el lugar. Samuel decidió romper la dinámica y le ofreció vino blanco seco que había enfriado desde el día anterior. Después fue a su iPod y buscó, como lo haría todos sus nuevos domingos, las *Danzas antiguas* de Respighi. Al entrar a la cocina, por la calidad de los utensilios y por su colocación, Mercedes leyó de manera correcta cómo en ese espacio seguía presente Marisol.

Poco se había movido desde su partida. Buena cocinera, Mercedes fue cautelosa y elogiosa del espacio y de los objetos, en varias ocasiones Samuel, ya en control, tuvo que acotar, sí lo compró Marisol o algo similar. Libraron los obstáculos con enorme sindéresis. Tenían que hacerlo, cruzar la pequeña tormenta. Al llegar Lorena y Patricio, las cosas fluyeron con tersura. En el atardecer salieron a la pequeña terraza detrás del ventanal, la puerta de entrada de Herr Piano a ese hogar, salieron a tomar el café y olieron la tierra húmeda producto de las lluvias que ya se habían instalado en esa ciudad siempre viva.

Al año siguiente Mercedes y Samuel empezaron a viajar juntos, tomaron dos cabinas en el Expreso de Oriente, había un pendiente en la W, y después fueron a Sicilia por dos semanas, Urquiaga solicitó recámaras separadas todas las noches hasta que un día, sin haberlo imaginado, les dieron dos contiguas e interconectadas. No había otras, y ante el reiterado reclamo de Samuel y su convicción de no apresurar las cosas, quería que imperara la PACIENCIA, y el rostro azorado del empleado que no entendía la desproporción entre los hechos y la reacción del cliente, Mercedes tomó el rostro del profesor Urquiaga entre sus manos, lo miró a los ojos y le dijo, Samuel, somos adultos, haremos lo que queramos con la puerta. A ese viaje Samuel llevó su entrañable libreta de apuntes, su *Abecedario*, y se lo dio a Mercedes, quien lo fue leyendo y topándose con las menciones a Marisol, cuya dimensión en la vida de Samuel disminuía al grado de que pudieron hablar de ella y del sano OLVIDO, por supuesto no evitaron la CARICIA, el BESO, y se dieron cuenta del largo camino que tenían enfrente. Mercedes conoció mucho mejor a Samuel gracias a su *Abecedario*. La lectura obligatoria del viaje, además de una historia de Sicilia, fue el libro de la antropóloga Helen Fisher *Por qué amamos*. Por las noches, después de los fascinantes y agotadores recorridos, seleccionaban algún restaurante para conversar largo tiempo sobre los múltiples temas de la isla, sus ciudades, los templos, las costas, sobre el libro de Fisher y de vez en vez sobre el *Abecedario*, ese era territorio serio. Escribieron una lista de faltantes, de imprescindibles, que elaborarían juntos: LABIOS, MENTIRA,

DESILUSIÓN, TIEMPO, SEXO, DICHA, todo como una guía hacia el amor. Fue en uno de esos agotadores días, a la medianoche, mientras Samuel leía tranquilo, que escuchó unos golpes suaves en su puerta. Se levantó asombrado e intrigado, con algo de espanto, miró a través del ojillo por mera precaución, vio la silueta deformada de Mercedes Arrigunaga, en una mano llevaba el enorme bolso de tela que cargaba todos los días. Samuel abrió de inmediato y le preguntó con ansiedad, envuelto en su vieja pijama y con el torso desnudo, estás bien. Sí dijo ella con gran calma y lo miró a los ojos, pero sola pudiendo estar acompañada. Samuel la abrazó con cariño y por primera vez juntaron sus labios, fue sólo un instante que Samuel no prolongó intencionalmente. Los dos recordaron la B, el BESO, pero sobre todo a Klimt y la fusión simbólica de dos entes que se disuelven uno en el otro y forman un nuevo ser. No dijeron palabra. Mercedes tuvo miedo de haber cometido un error. Pero Samuel entendió de inmediato el riesgo. PRUDENCIA, se dijo. Tomó su mano y se acordó de aquel venturoso masaje que le abriera los ojos, entraron juntos a la habitación. Samuel se puso una camiseta muy vieja, pues hacía años que no usaba la parte superior de las pijamas, su desnudez parcial le daba pena, quitó algo de ropa del otro lado de la cama y sin demasiadas palabras la invitó a su lugar, allí puso Mercedes la bolsa, después llevó a su nueva compañera de vida al balcón que había dejado abierto por el calor. Decidió, sin preguntar, abrir una pequeña botella de espumoso del minibar, no miró el precio. A ninguno de los dos les enloquecía la bebida, era emblemática, simbólica, una señal de que algo llegaba a la cima. Samuel sirvió dos vasos, no había copas, Mercedes fue al baño y se puso una pijama de seda blanca y se arropó con la bata del hotel. Al salir fue a la terraza con los PIES descalzos, él los observó con detenimiento, ella había leído PIES y lo entendió, se sentaron en una pequeña banca a mirar el paisaje semidesértico con las lucecillas oscilantes de la pequeña población a lo lejos. Allí se quedaron en silencio, sin decir palabra, los actos hablaban por su alma, eso lo habían logrado, ella posó con suavidad su cabeza sobre el hombro de Samuel, por su estatura no estaba muy cómoda pero no se movió, atrapada por una sensación de confianza y tranquilidad que la había invadido, así estuvieron hasta que el fresco de la noche los llevó a la cama. Esa noche se cumplió uno de los sueños de Samuel y también de Mercedes, él no lo sabía en ella, simplemente amanecer junto a un ser amado, nada más, en compañía.

Samuel conquistó a una mujer herida pero fuerte, lo hizo meditando mucho sobre los tiempos, empujando suavemente las fronteras, venciendo los miedos, con humor, utilizando al tiempo y no dejándose dominar por la prisa, cuál prisa, la conquista era tan importante que nunca se alejó de la consigna de Quevedo, "El tiempo y yo somos dos". Mercedes fue venciendo sus resquemores o francos traumas y recuperando un territorio de su vida que había enterrado, en ese sentido revivió. Al regreso de Sicilia, después de haber leído su *Abecedario*, Mercedes le regaló a Samuel, como lectura obligada, un libro bellamente editado: *A compendium of Kisses* de Lana Citron, con una larga tipología y conceptualización de ese acto humano. Con sabiduría, Samuel entendía las señales y avanzaba siempre con gran cautela. Llegaron al BESO DE AMANTES. Vivieron bajo el régimen de separación de techos un año, cada quien en su espacio. Samuel invirtió en la estrategia de conquista, en tres ocasiones apartó una suite del hotel cercano a Le Bistrò, donde pensó pasaría la noche con Corina, la preparaba con rosas y una botella de espumoso, maniobra bien ensayada, misma que terminó recogiendo solitario y frustrado para irse a su departamento. La deseaba e imaginaba su cuerpo, esas piernas largas, esos brazos delgados pero firmes, esos pechos que en ocasiones Mercedes dejaba traslucir debajo de una blusa sin sostén. Había recuperado la COQUETERÍA. El gran encuentro amoroso tenía que ser en un terreno neutral, por eso el hotel. En la tercera cena en Le Bistrò, con meses de espaciamiento, para que no hubiera sospecha, sentados en el restaurante donde el mesero al menos dejó de considerarlo un borracho, ya en la sobremesa y después de que los BESOS se hubieran vuelto naturales y frecuentes, casi siempre por iniciativa de ella, y Klimt estuviera más en el recuerdo que en el acto, Mercedes tomó el cuello de Samuel y lo frotó con cierta intensidad. Nuestro querido maestro aprovechó ésa importante coyuntura, sin decir más sacó la llave electrónica del hotel, mucho menos romántica que una de bronce, y la puso sobre la mesa, había pensado la escena mil veces, Mercedes le podía decir simplemente no o todavía no, o nunca. El asombro y el desconcierto se apoderaron de ella. Se quedó mirando los ojos tiernos y confiables de Samuel, cayó presa de su MIRADA, él pronunció una breve sentencia del *Abecedario*: "hacerse a la mar…". A ambos se les llenaron los ojos de LÁGRIMAS y Mercedes aceptó con un prolongado BESO DE AMANTES.

Por discreción, el narrador debe detenerse. Sonrientes, jubilosos y llenos de vida, meses después decidieron formalizar su relación, sería un motivo de fiesta allá en la casona. Cupido Gómez y Lorena serían testigos en esa reunión, pequeña y de amigos muy cercanos. Con los preparativos, los malos espíritus se alejaron en definitiva del lugar. El día de la ceremonia civil, Arón jugueteó entre los invitados como si fuera su fiesta, también lo era. El CÓDIGO COMPARTIDO de Mercedes y Samuel había crecido a una velocidad inaudita. Los dos tenían un pasado sobre la mesa y el deseo de construir un presente y un futuro común. El *Abecedario* se convirtió en una obsesión de ambos e incluso tendrían que añadir varios párrafos en la K, para sorpresa de Samuel. Cada quien conservaría su recámara y un estudio, Clara y doña Cuquita, quien viviría varios años más aceptando silenciosa y alegre la labor de Cupido, harían equipo. Clara sintió que su trabajo de llevar a buen puerto al profesor Urquiaga se había logrado. Samuel se empezó a ocupar del jardín y de revivir esa casa con pintura fresca y mantenimiento. Los árboles serían liberados de plagas, un tremendo y voraz muérdago que invadía la ciudad sería eliminado, y la yedra cobraría un vigor asombroso gracias a la fumigación sistemática y calendarizada por el profesor Urquiaga. Samuel, quien jugaba con Arón como otro niño travieso de la casa, se encargó personalmente de salvar un árbol. Fue feliz. Pero más allá de la fiesta y de la primera noche de Samuel en ese espacio cargado de energías, lo más emocionante que ocurrió en la casona fue ver entrar a Herr Piano envuelto en mil colchonetas y protecciones, cargado por un grupo de profesionales que lo instalaron en el amplio hall con todos los mimos que se merecía, y siguiendo las instrucciones, un poco histéricas, de un muy sudoroso y pálido Samuel Urquiaga, eso fue dos semanas antes de la boda. Herr Piano estaba desconcertado por la oscuridad y el movimiento, pero sabía que su amigo estaba por allí para cuidarlo. La noche de la ceremonia, Herr Piano sonó en todo su esplendor bajo los dedos de un anciano profesor Álvarez que desplegó sus mejores dotes entre los aplausos comprensivos y generosos de los asistentes, que le inyectaron energía. Herr Piano lanzaría con frecuencia sus vibraciones por toda la casa, la cual, en poco tiempo, se convirtió en un lugar lleno de vida. Samuel Urquiaga se especializó en las *Escenas románticas* de Granados, en particular en la sexta, de dos minutos y medio, que repetía incansable una y otra vez y que los oídos de Mercedes y las teclas de Herr Piano registraban como un momento de FRENESÍ.

Esa partitura estará allí por más de dos décadas. Ni Mercedes ni Herr Piano lo saben, pero Samuel se irá de la vida en esa casona, será una noche, en silencio, acompañado de Mercedes, de Herr Piano y de Granados, se irá sin dolor y con una sonrisa firme y definitiva en su boca. Decenas de alumnos y exalumnos irán a su sepelio. Muchos más no se enterarían de su muerte. El alma del profesor Urquiaga los miró ese día agradeciendo su presencia y la euforia intelectual que gracias a ellos lo visitó en sus clases. Mercedes usará bastón, eso será después de visitar, por insistencia de Samuel, a Susana. Ella, por cierto, estaba triste del alma. Su abuelo había desaparecido después de matar a su compadre, el padre de Susana. Pero Susana se liberó del círculo vicioso, la energía de sus manos fue capaz de ese milagro. Sin embargo, Susana no recuperaría nunca la sonrisa. En contraste, con una mirada alegre y una sensación de plenitud, Mercedes Arrigunaga conducirá, en control, sus días hasta el final. Después de su muerte la profunda soledad se instaló en esa casona. La muerte de Samuel y de Mercedes trajeron para Herr Piano muchos meses de abandono y tristeza, de LÁGRIMAS que nunca fueron gotas. Pero Herr Piano tendrá un nuevo renacimiento, renovado y con sangre joven, "La casona" se convertirá en un espléndido y concurrido restaurante donde uno de los atractivos principales será escuchar sus infinitas voces tonales. Granados será tocado en muy escasas ocasiones. En la memoria de las teclas es evidente que la versión de Samuel Urquiaga nunca fue superada. Sobrevivió. Sólo él, Herr Piano, guardará la historia con fidelidad.

Índice del *Abecedario*

Esta obra se terminó de imprimir en septiembre de 2013
en los talleres de Edamsa Impresiones S.A. de C.V.
Av. Hidalgo No. 111, Col. Fracc. San Nicolás Tolentino,
Del. Iztapalapa, C.P. 09850, México, D.F.